영웅기(英雄記)

英雄記

영웅기 3권

한랜드

이원호 기업소설

황금물고기

목 차

반전(反轉)

“상황이 변했습니다.”

오전 11시, 신의주장관실에서 특보 안종관이 서동수에게 보고했다. 안종관이 말을 이었다.

“반전(反戰)분위기가 압도적이었던 일본 여론이 급격히 돌아섰습니다. 반한(反韓)감정이 급등하면서 참전하겠다는 여론이 24%에서 76%로 50%포인트 이상 급상승했습니다.”

대마도 폭파사건 때문이다. 지금 장관실의 TV에도 대마도의 폭파된 건물과 사상자 관련 뉴스가 방영되고 있다. 아마 전 세계가 이 사건을 보도하고 있을 것이다. 서동수는 시선만 주었고 안종관의 목소리가 울렸다.

“아베는 전군(全軍)에 전시 동원령을 내렸고 비상계엄을 선포했습니다.”

그때 TV 화면에 아베가 대국민 성명을 발표하는 장면이 떴다. 아베는 비장한 표정으로 희생당한 일본공무원, 국민의 명복을 빌면서 울었다. 그러고는 국난을 당한 일본 국민의 단결을 호소했다. 감동적인 연설이다. 서동수가 세 번째 보는데도 다시 목이 멜 정도였다. 지금 세계인들이 모두 아베의 연설을 되풀이해서 보고 있을 것이다. 서동수가 머리를 돌렸을 때 안종관이 잇새로 말했다. 두 눈이 치켜떠져 있다.

"오늘 폭락할 것으로 예상됐던 도쿄증시가 동요하지 않습니다. 정부에서 틀어막고 있겠지만 국민이 단결하고 있기 때문입니다."

"……."

"상황이 반전된 것 같습니다."

서동수는 소리죽여 숨을 뱉었다. 아베라는 괴물 뒤에 웅크린 거대한 존재를 실감한 것이다. 망령이 살아나고 있다. 그때 안종관이 혼잣소리처럼 말했다.

"대마도 테러는 남북한 특공대의 기습으로 굳어진 것 같습니다. 벌써 폭파범 추적에 대한 관심은 뒤로 밀렸습니다."

급격한 반전이다. 전시(戰時) 분위기가 조성되면서 아베의 군국주의적, 도발적 정치가 국민의 염증을 증폭시키던 중에 대마도 폭파가 일어난 것이다. 이것이 일본 국민을 순식간에 단결시켰다. 머리를 끄덕인 서동수가 안종관의 혼잣소리를 받았다.

"입장을 바꿔놓고 생각해도 마찬가지요. 한국이 그렇게 당했다면, 한국인도 뭉쳤을 테니까."

"그런데 도대체 누가 그런 짓을 했단 말입니까?"

서동수는 쓴웃음을 지었다. 폭발 사건이 발생한 직후 남북한 양국은 거의 동시에 사건과는 관계가 없다는 성명을 발표했다. 그럴 필요도 없고 인력도 없다는 내용이다. 하지만 한국인의 일부는 우리가 기습 공격을 한 것이라고 믿었다. 일본의 기세를 제압하기 위한 선제공격이라고 소문이 퍼져나갔다. 그때 노크소리가 들리더니 전영주가 들어섰다. 손에 핸드폰을 쥐고 있다.

"장관님, 위원장이십니다."

다가선 전영주가 핸드폰을 내밀면서 말했다. 전영주의 얼굴은 긴장으로 굳어 있다. 서동수는 잠자코 핸드폰을 받아 귀에 붙였다. 김동일 국방위원장이다.

"예, 위원장님."

"장관님, 참모회의를 했는데 사건을 우리가 파악했습니다."

숨만 들이켠 서동수의 귀에 김동일의 목소리가 울렸다.

"이 사건은 그때와 똑같다는 우리 참모들의 결론입니다."

"무, 무엇이 말씀입니까?"

"1923년 9월 1일의 간토대지진 당시하고 상황이 같단 말입니다."

김동일의 목소리가 흥분으로 떨렸다. 아니, 무슨 상황이 같단 말인가?

"아니, 상황이 같다니요?"

서동수가 묻자 김동일의 목소리가 수화기에서 울렸다.

"간토대지진 당시 일본은 서민 생활이 극도로 피폐했고, 무능한 군국주의 정권에 대한 국민의 불만이 폭발 직전이었습니다."

서동수는 숨을 죽였다. 아직 얼떨떨한 상태여서 입을 열지 못하겠다. 김동일의 목소리에 열기가 묻어났다.

"바로 그때 간토대지진이 일어난 것이지요. 규모 7.9에서 8.4의 강진이 오전 11시 58분부터 5분 간격으로 세 차례 발생했습니다. 세 차례 모두 5분 이상 계속되었기 때문에 도쿄 등 간토 지역은 궤멸적 타격을 받았지요."

"……."

"도쿄는 도시의 75% 이상이 파괴, 소실되었습니다. 마침 점심시간이어서 대부분의 가구가 불을 피우고 있었기 때문이지요."

"……."

"지옥이 되었습니다. 거기에다 무능한 정부에 대한 불만이 하늘을 찌르고 있던 터라 폭동 일보 직전 상태가 되었지요."

서동수는 호흡을 조절했다. 지금 김동일의 옆에는 각 군 지휘관과 역사학자들까지 모여 있을 것이다.

"말씀하십시오, 위원장님."

"그때 일본 총리는 야마모토 곤노효에, 그러나 새 총리로 선출되어서 아직 취임도 못 했고 내각도 구성하지 못 했지요. 권력 공백 상태였던 것입니다."

"……."

"그래서 실권을 쥐고 있던 자가 내무대신 미즈노였습니다. 사고에 대한 실무 최고 책임자는 경시총감 아카이케, 이놈들 둘은 조선총독부에서 각각 정무총감과 경무국장을 맡아 손발을 맞춰 온 사이였습니다."

호흡을 고른 김동일이 말을 이었다.

"바로 이 두 놈이 조선의 3·1운동을 제압한 당사자이지요. 그러고는 간토대지진 때 또 실무자가 되었습니다."

"……."

"대지진 직후에 간토 전 지역에서 폭동 기미가 보이자 아카이케가 지진 발생 1시간 42분 후에 간토 지역 전(全) 경찰서에 전문을 보냅니다."

'사회주의자, 선인(鮮人)의 방화가 만연하고 있다. 적극 대처하도록 하라.'

"……."

"선인은 조선인입니다. 그리고 신문사에 지시해 호외를 뿌리도록 합니다. 불량 선인을 조심하라고 말입니다."

"……."

"다시 지진 발생 22시간 후에 전 경찰서에 공문을 보냅니다."

'곧 조선인들의 내습이 있을 것이다. 9월 1일 화재는 다수의 조선인이 방화를 하거나 폭발물을 던져서 발생한 것으로 조사 결과 판명되었다.'

그러고는 김동일이 길게 숨을 뱉었다.

"그 결과 일본인들의 폭동은 조선인들을 잡아 죽이는 것으로 변했지요. 조선인 임신부는 배를 갈라 죽이고 태아는 죽창에 꿰어 다녔습니다. 이후 말할 수 없는 참극이 벌어졌지요. 일본 민간인 자경단이 군·경의 협조를 받아 조선인들을 죽이고 다닌 것입니다. 간토 지역에 거주하던 조선인 3만여 명이 지진 후에는 7000명만 살아남았습니다."

그때 서동수가 긴 숨을 뱉었다. 간토대지진 당시와 상황이 같다는 김동일의 말은 이미 알아듣고 있었다. 아베는 당시 일본 정부처럼 상황을 반전시키려고 한다는 말이다. 그러고 보면 급속히 단결하는 현재의 일본인들은 당시의 자경단 같다. 그렇다면 이 폭발은 과연 누구 소행인가? 그때 김동일이 말했다.

"폭파범 배후를 찾아야 합니다."

국가정보원장 박기출이 회의실에 앉은 간부들을 둘러보았다. 오후

5시 반, 회의실 분위기는 무겁다. 회의 주제는 '대마도 폭발사건', 간부들은 제각기 분야별 대책을 준비해 왔지만 문제는 딱 하나다. '누가 폭파했느냐'는 것이다. 박기출이 눈을 치켜뜨고 물었다. 눈동자의 초점이 멀어서 누구를 보는 것도 아니다.

"누가 그런 거야?"

아침부터 일본 언론은 폭파범이 한국군 특공대라고 보도했다. 지금까지 일본 측은 한국과 대마도의 거리가 49㎞밖에 안 된다는 것을 한 번도 강조한 적이 없었다. 그런데 오늘은 모든 언론이 '그것'을 입에 '달고' 있다. 고속정으로 30분 거리라는 것이다. 특공대가 폭파하고 소형 보트로 돌아가면 위성에서도 잡히지 않는다고 했다. 외국 언론도 마찬가지다. CNN은 대놓고 '한국군 특공대'라고 방송했다가 한국 정부의 강력한 항의를 받고 '특공대'로만 불렀는데 이미 엎어진 물그릇이다. 이러니 한국민들도 슬슬 그것을 믿기 시작하는 것 같다. 어느 종편에서 인터뷰 장면을 방영했는데 '대전의 시민'이 '우리 특공대'가 자랑스럽다고 말하는 장면이 나왔다. 속이 다 시원하다는 것이다. 이제 북한군이 3,000척의 배로 대마도를 덮치는 일만 남았다면서 열변을 토했다. 그때 제1차장 신현기가 입을 열었다.

"일본의 자작극입니다."

둘러앉은 10여 명의 간부들은 조금도 동요하지 않았다. 이미 오전부터 한국군과 정보기관에서 그런 이야기가 나왔기 때문이다. 박기출이 시선만 준 것은 그렇다면 그 증거를 내놓아 보라는 표시다. 신현기가 말을 이었다.

"폭파범의 흔적이 전혀 발견되지 않은 것이 그 증거라고 볼 수 있습니다."

"글쎄, 그것이."

박기출이 입맛 다시는 소리를 냈다.

"그거, 철학적인 이야기인데."

다른 때 같으면 그 말에 웃음을 띨 수도 있겠지만 아무도 긴장을 풀지 않는다.

박기출의 목소리가 높아졌다.

"증거를 내놔 봐! 증거를! 우리가 안 했다는 증거를 말이야! 흔적이 없다는 것이 일본 측 자작극이라고? 그게 말이 돼?"

모두 어깨를 늘어뜨렸지만 말은 된다. 폭파범은 CCTV를 교묘하게 피해서 폭발장소 근처의 CCTV에 어떤 자취도 남기지 않았다. 일본 정부에서 샅샅이 뒤졌지만 아무것도 드러나지 않은 것이다. 일본 측은 그것이 한국군 특공대의 치밀하게 계획된 작전이라고 보도했다. 그것이 오히려 자연스럽다. 그때 말석에 앉아 있던 대공국장 이영섭이 머뭇대다가 말했다.

"히다카쓰 해상보안서 소속의 다나카라는 자가 폭발 당시 현장에서 사망한 것으로 보도되었다가 나중에 밖에 있었던 것이 밝혀져 가족들이 안도했다는 보도가 났습니다."

모두의 시선을 받은 이영섭이 가볍게 헛기침을 했다. 55세의 이영섭은 국정원 근무 27년이다. 대부분 동기는 퇴직했고 이영섭도 내년에 명퇴하고 신의주로 갈 예정이다.

"다나카는 숙직자로 알려졌거든요. 그런데 일본 언론은 이후 일절 다나카에 대한 보도를 하지 않습니다."

박기출이 머리를 끄덕여 보인 것은 계속하라는 표시다. 이영섭이 말을 이었다.

"대마도의 요원에게 다나카가 왜 밖에 있었는지를 알아내라고 지시했습니다."

"그렇지."

어깨를 편 박기출이 정색하고 이영섭을 보았다.

"귀신이 아닌 이상 밤에도 그림자는 있어."

이건 박기출이 지어낸 말이다.

"일본을 지켜라!"

TV에는 일본 시위대의 모습이 방영되고 있다. 도쿄에 이어서 오사카 거리를 행진하는 시위대다.

"한국에 복수를!"

메가폰을 입에 댄 사내가 외치자 뒤를 따르는 수백 명이 복창한다. 대부분이 머리띠를 둘렀고 흰 머리띠 중심에 붉은색 일장기 모양이 찍혀 있다. 욱일승천기가 뒤에서 펄럭인다. 시위대는 늘어나는 추세다. 오후 6시, 서울역 대합실은 붐비고 있다. 대형 TV 앞에 모여 선 수백 명은 대부분 시선만 주었으나 가끔 짧은 욕설이 터져 나온다. 모두 기다리고 있다. 이윽고 화면이 바뀌더니 대통령 한대성이 나타났다. 이제 한국도 대통령 성명이다. 한일 양국의 지도자가 각각 성명전을 하는 셈이다.

"친애하는 대한민국 국민 여러분, 해외동포 여러분, 그리고 세계 각국의 시청자 여러분."

한대성이 그렇게 운을 뗐다. 차분한 표정이다.

"두 시간 전, 저는 북한 김동일 국방위원장으로부터 대마도 폭발사건은 전혀 관계가 없다는 확인을 받았습니다. 그리고 저도 그것을 믿

습니다."

한대성이 똑바로 시청자들을 보았다. 이 성명은 지금 전 세계로 방영되고 있다.

"이로써 대마도 폭발사건은 일본 측의 자작극이라는 것이 확실해졌습니다. 지금은 21세기입니다. 증거가 치밀하게 은폐되었지만 곧 드러날 것이라고 저는 확신하고 있습니다. 친애하는 국민, 그리고 해외 시청자 여러분."

한대성의 목소리가 굵어졌다.

"몇 시간 전에 김동일 위원장이 저에게 지난 역사를 말해 주면서 이번 일도 그와 같은 맥락이라고 말했습니다. 일본 군국주의자들의 습성이 되풀이되었다는 것입니다."

그러고는 한대성이 1923년 9월 1일의 간토대지진을 차분하게 설명했다. 자경단의 잔학무도한 조선인 학살을 말하면서도 차분했다. 그래서 서울역 대합실의 시청자들도 숨을 죽이고 있다. 어느덧 대합실 TV 앞에는 천여 명이 운집해 있었다. 이윽고 말을 마친 한대성이 가라앉은 시선으로 시민들을 보았다.

"진정한 사과를 받지 못한 우리는 대마도 폭발사건을 접하고 일제강점기의 간토대지진 사건을 떠올릴 수밖에 없습니다. 이것이 남북한 국민들의 공통된 생각입니다. 국민 여러분, 그리고 세계의 시청자 여러분. 이것은 일본의 자작극입니다."

한마디씩 분명하게 말한 한대성이 인사를 하고 화면이 다시 도쿄의 반한(反韓) 시위장으로 옮아갔다.

"에잇, 개새끼들."

갑자기 누군가가 버럭 소리쳤다. 그러나 TV 앞을 떠나는 대부분 시민은 눈빛이 강했고 표정이 굳었다. 당장에라도 누군가를 후려치려는 것 같기도 하다.

"잘하셨습니다."

청와대 집무실에서 함께 TV를 보던 비서실장 양용식이 한대성에게 말했다.

"간토대지진 사건을 세계 각국에 재조명시킨 것만으로도 엄청난 효과를 본 것입니다."

"아베가 군국주의 시대로 돌아갈수록 우리도 지난 상처를 끄집어내서 세계 각국에 알릴 테니까."

그리고 이제는 남북한 연합시대인 것이다. 북한의 위협에 일본과 공동 대응하던 시기가 아니다. 그때 한대성이 화면에 그림만 나오는 일본 시위대를 보면서 혼잣소리를 했다.

"저 사람들이 지금 히틀러 같은 망상론자에게 휘둘리고 있다는 것을 알고나 있을까?"

하지만 히틀러도 당시에는 독일 국민의 우상이었다.

오바마가 존 브레넌 CIA국장을 보았다. 백악관 집무실 안, 방이 좁아서 소파에 다섯 명이 둘러앉았는데도 꽉 찬 느낌이 든다.

"이봐요, 존. 대마도는 누가 터뜨린 것 같소?"

브레넌은 CIA국장으로 가기 전에 백악관 대테러·국토안보보좌관을 지냈다. 오바마의 신임을 받고 있는 인물이다. 브레넌이 국방장관 척 헤이글, 안보특보 제임스 우드 등을 둘러보고 나서 입을 열었다.

"한국군, 북한군은 움직이지 않았습니다."

방 안에 잠깐 정적이 덮였다. 오전 9시, 그들은 조금 전에 한국시간 오후 6시에 방영된 한대성의 성명 발표 장면을 본 것이다.

"그렇다면"

소파에 등을 붙인 오바마가 길게 숨을 뱉었다.

"일본 자작극이란 말인가? 그게 발각되면 아베는 정치 생명뿐만 아니라……."

"살인, 테러죄가 적용될 겁니다."

척 헤이글이 말하고는 외면했다. 헤이글은 지금까지 한국보다 일본에 가까웠다.

그도 그럴 것이 노상 반미, 미군 철수 시위가 일어나는 한국 땅에 호감을 갖는 정치인이 줄어드는 상황이다. 미국과 한국이 이 정도나마 친선관계를 유지하고 있는 것은 그럴수록 더 기를 쓰고 뛰었던 국민, 외교관, 일부 정치인과 교민들 덕분이다. 헤이글이 입맛을 다시고는 혼잣소리처럼 말했다.

"일본이 옛날에 한국 국민들한테 몹쓸 짓을 많이 했습니다."

간토대지진 사건을 말하는 것이다. 그때 대통령 집무실에만 오면 얌전해지는 바이든이 거들었다.

"적절하게 그 사건을 꺼내는군요. 북한 김동일한테서 들었다면서요."

그러자 이번에는 브레넌이 나섰다.

"이런 식으로 나온다면 중국도 난징대학살 사건을 부각시킬 것입니다. 난징에서는 30만 명을 학살했다니까요."

"일본인들이 그렇게 잔인한가?"

이맛살을 찌푸린 오바마가 주위를 둘러보았다. 이것이 오바마의 장점이다. 모르는 것은 모른다고 해버리면 주위 참모들이 신바람을 내는 것이다. 대통령이 되었다고 다 아는 체를 하는 인간치고 성공한 대통령이 없다. 그때 브레넌이 대답했다.

"한국은 일본으로부터 역사적으로 가장 많은 피해를 봤습니다. 1910년부터 1945년까지 일본 식민지가 되어 2차 세계대전 때는 수백만 명이 징용, 위안부로 끌려갔으니까요."

그런데 헤이글이 거들었다.

"하지만 아베는 위안부를 강제로 데려갔다는 증거가 없다는 둥, 한국에는 기생집이 많아서 위안부가 생활 속에 녹아 있는 것 같다는 둥, 침략에 대한 정의는 어느 관점에서 보느냐에 따라 다르다는 둥 하면서 한국인들의 분통을 터뜨려 왔지요."

"어허."

오바마가 헤이글을 향해 눈을 둥그렇게 떴다.

"척, 공부 많이 하셨는데?"

"요즘 한·일 관계, 일본의 군국주의에 관한 책을 좀 읽었습니다."

심호흡을 하고 난 헤이글이 오바마를 보았다. 굳은 표정이다.

"일본 국민은 순수해서 지도자를 잘 따릅니다. 저는 아무래도 아베 때문에 아시아에서 미국의 위상이 추락할 것 같다는 생각이 듭니다."

그때 브레넌이 거들었다.

"그렇습니다. 아베 같은 100년 전 사고(思考)의 지도자는 현재에는 맞지 않습니다."

그 시간에 중국 칭다오의 바닷가 저택 응접실에서 중국 총리 저우커장이 주석실 비서실장 왕원, 외교부장 우린과 함께 지금 막 들어온 서동수 일행을 맞는다. 서동수는 신의주에서 날아온 것이다. 칭다오는 오후 10시가 조금 지났다. 이곳은 바다가 내려다보이는 3층 저택으로 파도소리가 들린다. 인사를 마치고 차를 한두 모금씩 마시는 동안 양측 분위기는 화기애애했다. 서동수는 비서실장 유병선과 안보특보 안종관을 대동했다. 오늘은 저우커장으로부터 비밀리에 만나자는 연락을 받은 것이다. 그때 찻잔을 내려놓은 저우커장이 서동수를 보았다.

"장관, 한 대통령의 성명은 감동적이었습니다. 세계 인민이 일본인의 잔학성에 대해 충격을 받았을 것입니다."

"감사합니다."

서동수가 머리를 숙였다. 그때 저우커장이 말을 이었다.

"대마도 폭발 사건은 일본의 자작극이 분명합니다. 그러나 자국에서 일어난 일이니 증거는 철저히 은폐하겠지요. 드러난다고 해도 노출시킨다는 것은 반역 행위가 될 테니까요."

한국 정부가 조사를 할 수도 없는 노릇이다. 정색한 저우커장이 서동수를 보았다.

"이 기회에 중국 정부도 일본이 군국주의 시대에 저지른 엄청난 만행에 대한 사과를 받아내기로 했습니다. 그래서 남북한 정부와 연합해 대응하기로 방침을 정했습니다."

서동수는 숨만 들이켰고 저우커장의 말이 이어졌다.

"일본에 대해 성명을 발표하겠지만 미국 정부와 접촉할 것입니다. 1945년으로 되돌아가 일본을 점령한 미국 정부의 입장에서 다시 시작해 달라고 제의할 예정입니다."

"……."

"아울러 미국의 아시아 방위선이니 개뿔이니 하는 구시대적인 발상도 이번 기회에 중·미 정부가 함께 토의할 것입니다."

"……."

"한국과 일본 정부는 현재 분쟁 당사자이니만큼 당분간 참여를 보류하고 토의하겠습니다. 미국의 아시아 방위선은 결국 중국을 견제하려는 것이니까요."

저우커장의 목소리에 열기가 묻어났고 얼굴도 상기되었다.

"일본을 태평양 방위선으로 삼으려고 온갖 악행을 덮고 응원하다니, 말이 됩니까? 아베 같은 100년 전의 허접한 사무라이가 다시 날뛰게 만들어 주다니요? 일본은 지금 남북한 연합군이 쳐들어가면 사흘안에 항복합니다."

서동수가 숨을 들이켰을 때 저우커장도 심호흡을 하고 나서 말했다.

"한국도 100년 전의 조선이 아니고 중국도 청나라가 아닙니다. 그리고 지금은 미국이나 중국이 패권 경쟁을 하는 시대도 아닙니다. 누가 중국을, 미국을 침략합니까?"

갑자기 저우커장이 주먹으로 테이블을 쳤으므로 모두 긴장했다.

"누가 세계를 정복합니까? 모두 50년, 100년 전의 망상에 사로잡혔고 그 사이에서 득을 보는 인간이 아베 같은 허접한 놈입니다. 분위기를 만들어 군비 확장, 제3의 세력으로 도약하려는 것이지요."

서동수가 천천히 머리를 끄덕였다. 과연 크게 보는 지도자다. 아마 여럿의 중지를 모았겠지. 그때 저우커장이 다시 목소리를 낮추고 말했다.

"남북한이 중립국으로 남아 지렛대 역할을 해주면 됩니다. 일본을 더 이상 키워줄 필요는 없습니다. 먼저 1945년으로 돌아가 일본의 진솔한 사과부터 받아야지요."

밤 11시 반, 회의를 끝낸 서동수와 저우커장 둘이서 3층의 응접실 소파에 앉아 있다. 그런데 탁자 위에는 술과 안주가 놓였고 둘의 옆에는 그림 같은 여자가 시중을 들고 있는 것이다. 둘이 3층으로 자리를 옮긴 것이다. 유병선과 안종관은 따로 술자리를 갖는 모양이다. 이곳에서 모두 숙박을 할 예정인 것이다. 50도짜리 백주는 향기로웠고 달았다. 식도를 타고 내려갈 때의 뜨거운 기운은 마치 내공(內功)의 진기가 내려가는 느낌이 들었다. 그리고 옆에 앉은 여자는 또 어떤가? 양귀비 같고 서시(西施) 같고 여희(麗姬) 같고 초선(貂蟬) 같다. 지금까지 수많은 미인을 만났지만 이토록 아름다운 미녀(美女)는 처음이다. 서동수에게는 새로운 미녀가 끝없이 나타난다는 사실이 신통하기만 하다. 전에도 미녀를 수없이 만났지만 만날 때마다 다른 모양의 미녀가 감동을 주는 것이다. 조물주의 위대한 능력이다. 저우커장이 웃음 띤 얼굴로 술잔을 들었다.

"서 장관, 영웅은 호색한다는 말이 있소. 고금을 통해 미녀와 영웅의 이야기는 수없이 미화되어 전해지지요."

"요즘은 잘못되면 혼납니다."

서동수도 술잔을 들고 따라 웃었다.

"한국은 인권이 많이 성장되었지요."

"중국은 오래전부터 여권 신장이 잘 되었어요. 한국보다 나을 겁니다."

저우커장이 옆에 앉은 여자의 허리를 당겨 안으면서 말을 이었다.

"이 아가씨들은 베이징 극단에서 데려온 것 같은데 화대를 줘야 됩니다. 그런 조건으로 왔으니까요."

"총리께서 술을 사셨으니 화대는 제가 내지요. 그래야 공평하지 않습니까?"

"그렇군. 국고를 절약하게 되었습니다."

머리를 끄덕인 저우커장이 한입에 백주를 삼키더니 말을 이었다.

"조금 전에 미국 측에 중·미 정상회담 제의를 했습니다. 곧 연락이 올 겁니다."

"신의주에서 하시지요."

"우리 생각도 같습니다."

저우커장이 잔을 쥐자 여자가 술을 따른다. 머리를 돌린 서동수가 옆에 앉은 여자를 보았다. 갸름한 얼굴, 반쯤 내려진 속눈썹이 비 오는 날 내려진 창문 같다. 서동수가 팔을 뻗어 여자의 허리를 당겨 안았다. 부드러운 허릿살이 잡혔고 여자가 몸을 붙여왔다. 여자한테서 옅은 향내가 맡아졌다. 서동수가 물었다.

"이름은?"

"쉬팡(徐芳)."

"나하고 종씨(宗氏)구나. 서로가 같은 모양이다."

여자가 섬세한 손가락으로 입을 가리고 웃었다. 입안이 바짝 마른 느낌이 들면서 목구멍이 좁혀진 서동수가 침을 끌어모아 삼켰다. 문득 죽기 전의 여포가 눈앞에 떠올랐다. 여포 옆의 초선이 쉬팡의 모습이다.

"왜 그렇게 보세요?"

쉬팡이 눈웃음을 치면서 낮게 물었다. 목소리가 나긋나긋, 맑아서 구슬이 마른 나무 접시 위를 구르는 것 같다. 갸름한 얼굴, 곧게 선 콧날은 크지도 작지도 않았고 붉은 입술은 석류가 벌어진 것 같다. 쌍꺼풀이 없는 맑은 눈은 눈꼬리가 조금 솟았고 속눈썹은 가지런하다. 쉬팡은 분홍색 원피스를 입었는데 화려한 꽃이 금박으로 장식되어 있다. 서동수가 대답 대신 쉬팡의 허리를 더 당겨 안았다. 쉬팡이 얼굴을 서동수의 가슴에 붙인다. 그때 앞쪽에서 여자의 낮은 웃음소리가 들렸다. 저우커장이 여자 원피스를 들추고 허벅지를 주무르고 있다.

“저기 왼쪽 방이 장관님 침실이에요.”

쉬팡이 서동수의 귀에 대고 속삭였다.

“우리가 먼저 일어나도 됩니다.”

눈을 뜬 서동수가 머리를 돌려 옆을 보았다. 쉬팡은 이쪽으로 머리를 보인 채 잠이 들었다. 알몸의 어깨와 모로 누워서 깔린 젖가슴이 생생하게 드러났다. 납작해진 젖꼭지는 선홍색이다.

쉬팡의 뒤쪽 유리창 밖이 환해져 있다. 아침이다. 어젯밤의 뜨겁고 격렬한 정사 흔적이 차츰 눈에 드러났고 냄새로도 풍겨왔다. 쉬팡의 머리칼이 이마 위에 헝클어져 있는 것도 그 증거다. 시트는 구겨진 채 흩어져 있는 데다 방에는 아직도 정액 냄새가 배어 있다. 서동수는 한동안 눈앞의 쉬팡을 응시했다. 쉬팡의 숨결이 닿으면서 옅은 알코올 냄새가 났다. 머리를 돌린 서동수가 옆쪽 탁상시계를 보았다. 오전 7시 반이다. 이윽고 침대에서 일어난 서동수가 욕실에서 씻고 나왔을 때는 8시가 되어갈 무렵이다. 그사이에 쉬팡도 대충 옷을 차려입고 소파에 앉아 있었는데 시선이 마주치자 수줍게 웃었다.

“쉬팡, 너 같은 미인을 안아서 영광이야.”

서동수가 웃음 띤 얼굴로 말했다.

“내가 너희 둘 화대를 주기로 총리께 약속했으니까 네 전화번호를 놓고 가.”

다가간 서동수가 쉬팡의 머리칼을 가볍게 쓸어 넘겼다.

"오늘 누가 너한테 연락해서 돈을 가져갈 테니까 말이야. 그런 돈은 직접 현찰로 받는 것이 낫단다."

"그렇게 안 해주셔도 되는데요."

쉬팡이 상기된 얼굴로 말하자 서동수가 머리를 저었다.

"쉬팡, 정당한 대가를 받는 거다. 네 역할이 컸고 전혀 부끄러운 일이 아니야."

"고맙습니다."

쉬팡이 옷을 입는 서동수의 뒤에서 거들며 말했다.

"전화번호 드릴 테니까 언제든지 불러주세요, 장관님."

"당연하지."

그때 탁자 위에 놓인 핸드폰이 울렸으므로 서동수가 집어 들었다. 발신자를 모르는 번호였지만 서동수는 핸드폰을 귀에 붙였다.

"예, 서동수입니다."

중국어로 대답했더니 곧 사내도 중국어로 말했다.

"장관 각하, 총리 비서 저우춘입니다. 총리께서 통화를 원하십니다."

"좋습니다."

그러자 곧 저우커장의 목소리가 울렸다.

"미국 정부가 열흘 후에 신의주에서 중·미 정상회담을 하자고 합의했습니다. 오바마가 올 것이고 우리는 시진핑 주석이 참석합니다."

"잘되었군요."

"대마도 문제로 동남아 정세가 급변하고 있으니 만치 미국도 정상회담의 필요성을 느낀 것이지요."

저우커장의 목소리는 밝다.

"장관, 저는 먼저 베이징으로 돌아갑니다. 신의주에서 뵙지요."

"예, 준비해 놓겠습니다."

"우리가 한국 정부에도 이 사실을 알려주겠습니다. 미국은 일본에 알려주겠지요."

통화를 끝낸 서동수가 핸드폰을 떼면서 쉬팡을 보았다.

"네가 복을 몰고 오는 여자 같다."

"네?"

이쪽의 통화는 들은 터라 쉬팡이 눈을 반짝이며 물었지만 얼굴에 웃음이 떠올라 있다. 서동수가 다가가 쉬팡의 허리를 감아 안고는 입술을 붙였다. 쉬팡이 서동수의 목을 감아 안더니 바로 입을 열어주었다. 그러고는 아랫배를 딱 붙이면서 부드럽게 비벼대었다. 달콤하고 따뜻했다. 향기로운 냄새까지 난다. 중국 황제들은 이래서 단명을 했는가?

오후 3시, 신의주로 돌아온 서동수가 장관실에서 김동일과 통화를 한다. 옆쪽에는 비서실장 유병선과 안보특보 안종관이 서 있다. 서동수는 신의주에서 중·미 간 정상회담이 개최될 것이라고 말해 주었다. 중국의 연락을 받은 한국 정부가 북한에 통보를 해주는 것이 바람직했지만 그러라고 시킬 수는 없다. 이쪽에서 전해주는 것이 자연스러울 것이다. 신의주는 이것이 장점이다. 의사결정이 빠르고 절차가 간단하다. 이야기를 듣고 난 김동일이 말했다.

"이번 대마도 반환 사건으로 미국의 제국주의 전략이 수정되는 계기가 되어야 합니다, 장관."

"예, 위원장 동지."

서동수는 그동안 김동일이 공부를 많이 했다는 생각이 들었다. 젊어서 그런지 이해와 순발력이 빠르다. 이번 대마도 사건에 개입하면서 주도적으로 상황을 이끌고 있다. 한국이 미국과 동맹 관계이며 중국과 경제적으로 밀접해서 여러 제약을 받는 데 비해 북한은 그 영향이 적기 때문이기도 할 것이다. 그때 김동일이 말을 이었다.

"일본이 100년 전의 군국주의 시대로 돌아가고 있는 것과 마찬가지로 미국의 태평양 방어선 정책은 1905년의 가쓰라·태프트 시대에서 한 걸음도 진보되지 않았습니다. 계속해서 한반도는 미·일 양국의 제물이 되어 있습니다."

서동수가 숨을 들이켰다. 맞다. 가쓰라·태프트가 각각 한반도와 필리핀을 나눠 먹고 서로 눈감아주기로 약속하고 나서 1950년에는 애치슨이 미국의 극동방어선을 한반도를 빼놓고 오키나와, 필리핀, 일본으로 그었다. 한반도가 쏙 빠진 바람에 김동일의 조부가 마음 놓고 남침하지 않았던가. 그때 김동일의 목소리에 열기가 더해졌다.

"지금부터는 북남한의 한반도가 좌시하지 않을 것입니다. 미국이 계속해서 일본을 싸고돈다면 아시아에서 일본과 함께 고립될 것입니다."

호흡을 고른 김동일이 다시 말을 잇는다.

"제가 푸틴 대통령에게 정상회담을 제의할 예정입니다. 조선 말기에 러시아, 중국, 일본이 우리를 괴롭혔지만 일본이 러일, 청일전쟁에서 이기고 나서 한반도의 지배권을 획득했지요?"

그러고는 김동일이 짧게 웃었다. 밝은 웃음이다.

"한반도가 옛날의 조선이 아니라는 것을 미·일 양국에 보여줘야 할 필요가 있습니다. 특히 일본놈들한테 말입니다."

"저기"

갑자기 목이 멘 서동수가 헛기침을 하고 나서 물었다.

"위원장님, 어떻게 하시려는 겁니까?"

"군사동맹을 맺을 수도 있지요. 원산이나 청진을 러시아 극동함대에 임차해줄 수도 있습니다. 그럼 동해에 러시아 군함이 꽉 차겠지요."

"……."

"그렇다고 우리가 무슨 일이 나면 러시아 대사관으로 도망간 고종 신세가 되겠습니까? 핵이 있는데요."

그러고는 김동일이 다시 웃었다.

"그럼 미국한테는 일본이 애물단지가 되는 거죠. 아베는 제 외조부 대신 전범 재판을 받게 될지도 모릅니다."

"……."

"도대체 미국이 기를 쓰고 일본을 키워주는 이유가 뭡니까? 아직도 세계를 적과 아군으로 나뉘어서 전쟁 연습을 하자는 겁니까?"

서동수는 길게 숨을 뱉었다. 과연 왜 그러는가? 그래야 군수물자가 많이 팔리기 때문인가? 왜 전쟁을 일으킨 일본을 싸고도는가? 가미카제가 무서워서? 웃기네.

"우리 들으라고 한 겁니다만……."

민주당 의원 로버트 존스가 쓴웃음을 짓고 말을 이었다.

"이 말에 공감하는 의원들이 많습니다."

힐러리가 잠자코 탁자 위에 놓인 녹음기를 보았다. 방금 힐러리는 북한의 지도자 김동일이 신의주 장관 서동수와 나눈 대화를 들은 것이다. 물론 대화 끝마다 목청 좋은 성우가 통역을 했으므로 실감나게 들었다. 존스가 힐러리를 보았다.

"솔직히 한국이 좌우로 갈라져서 매일 데모를 하고 반미가 애국인 것처럼 좌파가 설칠 때는 한국에 배신감을 느끼는 미국인이 많았지요. 미국 대사가 서울 한복판에서 칼부림을 당한 적도 있었으니까요."

"……."

"미군 훈련 중에 실수로 여중생 둘이 탱크에 치여 죽고 나서 얼마나 반미 데모가 일어났습니까? 한국을 지키러 파병된 미군인데 말입니다. 그것을 본 미국민은 물론 정치인들까지 한국에 정이 떨어졌지요. 하지만……."

그다음 말은 힐러리도 안다. 신의주가 만들어지고 남북한이 급속하게 가까워지면서 각각 정체성을 찾았다. 남북한 내부의 반체제 조직과 인물들이 철저하게 숙청당한 것이다. 남한에서는 사사건건 국정의 발목을 잡던 친북, 종북 세력이 소탕되었고 북한에서는 반(反)김동일 세력이 추방되었다. 그 작업을 서로 돕고 나서 남북한은 지금 연방으로 되어가는 중이다. 이제는 과거의 남북한이 아닌 것이다. 미국에 한국은 가장 강력한 동맹국이 될 수가 있다. 한국전쟁에서 5만 명 가까운 사상자를 내면서 미국은 한국을 지켜주었다. 한국인은 그것을 안다. 그때 힐러리가 입을 열었다.

"아시아에 새 정책이 필요하다는 말이군요, 존스 씨."

"새 시대에는 새 정책이 필요합니다."

"동의해요."

힐러리가 앞에 앉은 존스를 바라보았지만 초점이 멀다.

"김동일의 말에 동의한다고요."

그러더니 쓴웃음을 짓고 덧붙였다.

"물론 역사학자, 정책 입안자가 계획을 세웠겠지만 젊은 사람이라

순발력과 적응력이 강하군요."

"북한 같은 국가는 결정이 빠르지요."

"김동일이 푸틴을 만나면 일이 복잡하게 돼요. 오바마도 이 테이프를 들었겠지요?"

"물론이죠. 이 테이프 출처가 CIA인지 국토부인지 밝혀지지도 않은 채 돌아다니는 것을 보면 정부 내에서도 김동일의 의견에 공감하는 인사가 많다는 증거 아니겠습니까?"

"공화당이나 군수업자들은 반대하겠지요? 특히 친일파 의원들은."

"그놈들은 한 방에 날릴 수가 있습니다."

존스가 웃음 띤 얼굴로 말을 이었다.

"75년 전 일본군의 진주만 침공을 잊고 있는 놈들이지요. 일본에 매수된 반역자라고 해도 할 말이 없을 것입니다."

힐러리가 머리를 끄덕였다.

"아시아에 새 정책이 필요해요. 지금까지 적과 아군으로만 구분하는 대립의 정책을 써서 비난을 받았어요. 이제는 공존의 정책이 필요해요."

"일본은 그것을 교묘하게 이용해서 무임승차해온 것입니다."

얼굴을 굳힌 존스가 말을 이었다.

"일본은 전범국이면서 전쟁 배상은 물론이고 사과도 제대로 한 적이 없습니다. 그러고는 미국의 극동방어선 정책에 무임승차하더니 이제는 다시 전쟁 전의 군국주의 시대로 돌아가 있습니다."

힐러리가 길게 숨을 뱉었다.

"그래요. 한반도가 예전의 남북한이 아니라는 것이 중요해요. 우리가 간과했어요."

"장관입니다."

CNN 기자 제니퍼의 얼굴은 붉게 상기되어 있었고 목소리가 떨렸다.

"제 일생에 이런 장관을 본 적이 없습니다, 시청자 여러분."

그때 화면에 원산 앞바다가 펼쳐졌다.

"우와."

서울역 대합실의 TV 앞에 모여든 수백 명의 시민 입에서 일제히 탄성이 뱉어졌다. 보라, 4,000여 척의 배가 정렬되어 있는 것이다. 바다를 뒤덮은 배는 모두 4,575척, 종류별로 구분하면 어선이 2,000여 척으로 가장 많고 화물선, 여객선, 유람선, 페리선, 고속정에다 예인선, 유조선까지 배란 배는 다 보냈다. 본래 북한에서 3,000척을 요구했는데 4,575척을 보냈고 지금도 끊임없이 모이는 중이다. 누군가가 소리치듯 말했다.

"어이구, 바다가 뵈지 않네."

제니퍼는 헬기에서 바다를 내려다보면서 보도하고 있다. 그런데 과연 헬기가 한참을 날아도 선박은 끝없이 펼쳐져 있다. 제니퍼가 소리치듯 말했다.

"지금 훈련 중입니다. 저 달리는 모습을 보십시오!"

앞장선 어선 100t급 300여 척이 전속력으로 나아갔고 그 뒤를 조금 더 큰 어선 수백 척이, 그 뒤를 유람선, 화물선이 그룹별로 달려가고 있다. 대마도 점령 훈련을 원산 앞바다에서 하고 있는 것이다. 그 순간 배에 타고 있는 북한군 병사의 모습이 확대되었다. 완전무장한 병사들은 질서 있게 배 안에 앉아 있었는데 긴장한 표정이다. 전투에 투입되기 직전의 표정이 맞다. 그때 제니퍼의 목소리가 울렸고 밑에 자막이 떴다.

"지금 세 번째 합동훈련입니다. 북한군은 200척의 선봉대에 어뢰를 장착할 것이며 300척의 소형 고속정 및 쾌속선에 폭탄을 장치할 것이라고 했습니다. 일본 함대가 방해할 것에 대비하여 자살 특공대를 편성한 것입니다."

40대의 제니퍼는 종군기자 출신으로 이라크와 아프가니스탄 전쟁도 보도를 해서 시청자에게 낯이 익은 얼굴이다. 제니퍼가 열띤 목소리로 말을 이었다.

"북한군 당국에 의하면 선박에 탑승한 북한군은 2개 보병사단 3만 명, 1개 돌격여단 6,000명, 1개 박격포연대 2,000명, 1개 미사일대대 600명, 1개 고사포대대 600명, 1개 병참연대 2,000명, 1개 예비사단 1만 명, 1개 해군특수여단 6,000명, 1개 의무연대 2,000명 등 총 6만 명의 승선 인원을 확보했습니다. 지금 6만 명이 승선하고 있는 것입니다."

장면이 뒤쪽의 대형 유조선과 여객선을 비추었다. 유조선 위에는 각종 무기가 가득 실려 있는 것이 무기 전시장 같다. 그런 광경을 생전 처음 본 터라 이곳저곳에서 탄성이 일어났다. 그때 제니퍼가 말했다.

"곧 북한군 지휘부와 인터뷰가 있겠습니다. 기다려주십시오."

그러고는 곧 장면이 바뀌더니 바닷가에 선 제니퍼가 전투복 차림의 북한 장성을 소개했다.

"이번 원정군 사령부의 작전참모 이극성 소장입니다."

제니퍼가 이극성에게 마이크를 내밀었다.

"장군, 이것은 침략전쟁 아닙니까? 전 세계가 우려하고 있습니다. 이렇게 전쟁연습을 과시하고 위협을 하시다니요? 의견을 말씀해 주시죠."

그 말을 들은 이극성이 빙그레 웃었다. 북한군 장군치고는 젊다. 50

대 중반쯤 되었을까? 이극성이 똑바로 화면을 보더니 유창한 영어로 말했으므로 서울역 시민들은 자막을 봐야만 했다.

"일본은 그동안 한국을 수백 번 침략했습니다. 거기에다 사과도 하지 않았어요. 이제 그 대가를 받을 차례입니다."

오후 6시 반이 되었을 때 서동수는 서울식당의 현관으로 들어섰다. 한식당인 서울식당은 신의주 유흥구에서 음식이 맛있다고 소문난 식당 중의 하나다.

"기다리고 계십니다."

현관 안에서 대기하고 있던 지배인이 서동수를 안내하며 말했다. 지배인은 홀을 피해 바깥쪽 통로로 나가더니 곧 밀실 앞에 섰다. 손님들의 이목을 끌지 않으려는 배려다. 지배인이 노크를 하더니 반쯤 들어가 오셨다는 말을 하고 나왔다. 방으로 들어선 서동수는 자리에서 일어서는 나오미를 보았다.

"아, 기다렸어?"

"아뇨, 방금 왔어요."

나오미가 웃음 띤 얼굴로 말했지만 긴장한 것처럼 보였다. 식탁에 마주보고 앉았을 때 서동수가 쓴웃음을 지었다.

"요즘 신의주에 일본의 투자가 뚝 끊겼어. 게다가 극우파가 신의주에 투자한 기업들도 공격하고 있다던데."

"네, 걱정입니다."

그때 지배인이 종업원들과 음식을 가져와 식탁에 차려놓았다. 한정식 상이어서 20여 개의 찬과 국이 먹음직스럽게 놓였다. 다시 둘이 되었을 때 서동수가 젓가락을 들었다. 그동안 나오미는 만나지 못했다.

연락도 못 했는데 상황이 급박하게 진척되었기 때문이다. 나오미를 내세울 만큼 여유 있는 상황이 아니었다. 생선전 하나를 삼킨 서동수가 나오미를 보았다.

"나오미 씨는 지금도 요시무라 씨하고 연락을 하는 사이지?"

숨을 들이켠 나오미가 시선을 받고 나서 머리를 끄덕였다. 요시무라는 자민당 군소 계파 수장으로 나오미가 보좌관을 지냈다. 나오미가 신의주 공관장으로 오게 된 것도 요시무라의 추천이 있었기 때문이다. 서동수가 말을 이었다.

"공명당은 연정을 탈퇴한다고 했고 자민당 내부에서도 반(反) 아베 세력이 모였다가 대마도 폭파 사건 이후로 다시 뭉치게 되었어, 하지만 오래 못 갈 거야."

"……."

"요시무라 씨한테 가서 이 사태를 수습하려면 아베가 물러나고 새 지도자가 정권을 잡는 방법밖에 없다고 전해."

"그것은 누구 말씀이죠?"

건조한 목소리로 나오미가 물었고 서동수가 바로 대답했다.

"신의주 장관이 그랬다고 전해."

한 모금 국을 삼킨 서동수가 말을 이었다.

"내가 중재하겠다고, 아직 남북한 지도자는 모르는 일이야."

나오미는 숨을 죽였고 서동수가 말을 이었다.

"이대로 나가면 전쟁이야. 아니면 전쟁 직전에 일본이 붕괴하든지 그 둘 중 하나밖에 없어."

"……."

"시간이 지날수록 남북한 결속은 더 굳어지고 전의(戰意)가 팽창될 거야. 일본은 이미 남북한에 경제 압력을 넣고 있지만 그럴수록 한민족의 한이 쌓일 거야."

"……."

"원산 앞바다의 선박들을 보았지?"

"……."

"그 배들이 더 늘어날 것이고 그러면 대마도만 갈까?"

쓴웃음을 지은 서동수가 머리를 저었다.

"김동일 위원장이 엄포만 놓은 것 같아? 미국도 알고 있을 거야, 배 한 척만 뒤집혀도 핵을 도쿄에 쏘아버릴 것이라고."

나오미의 시선을 받은 서동수가 한마디씩 분명하게 말했다.

"문제는 간단해. 아베 신조라는 괴물이 떠나면 돼. 선한 제 국민을 부추겨서 수억 명 주변국 국민의 가슴을 찢어놓는 그 괴물, 히틀러보다도 나쁜 인간이야."

식사를 마쳤을 때는 7시 반이 되어가고 있다. 방 안에는 TV가 설치되어 있었으므로 7시가 조금 넘었을 때부터 서동수의 요구로 TV가 켜져 있는 중이다. 나오미도 서동수가 TV를 켜라고 한 이유를 안다. 7시 반에 중국 지도자 시진핑의 성명 발표가 예고되어 있기 때문이다. 이윽고 7시 반 정각이 되었을 때 시진핑이 화면에 등장했고 나오미가 볼륨을 높였다. '작금의 동북아 정세에 대한 성명'이었으니 세계 각국이 주시하고 있을 것이었다. 특히 미국과 일본은 성명 발표가 예고된 이틀 전부터 온갖 추측을 다 내놓았다. 일본은 중국이 남북한 편을 들어줄 것이라는 보도가 대부분인 반면에 미국은 중국이 조정자 역할을 자임하려는 것 같다는 보도가 많았다. 중국이 중·미 회담을 제의했기 때문인 것 같다. 이윽고 시진핑이 무거운 표정으로 입을 열었다.

"중국 정부는 이미 미국 정부에 작금의 한·일 관계에 대한 중·미 정상회담을 신의주에서 열자고 제의한 바가 있습니다."

바로 본론을 꺼낸 시진핑의 어법은 세계 각국의 시청자 머릿속을 즉각 파고들었을 것이다. 화면 밑에 영어 자막이 떠 있다. 시진핑의 말이 이어졌다.

"제의를 받은 미국 정부는 중·미 정상회담에 합의했으며 곧 일정이 결정될 것입니다. 그러나 나는 그전에 세계 각국의 지도자, 국민 여러분께 현재의 동북아 긴장 상태가 중·미 간의 세력 경쟁에 의한 반작용이라는 것을 먼저 겸허하게 반성합니다."

자막이 펼쳐지기도 전에 서동수는 중국어를 알아듣고 감동한다. 시진핑이 똑바로 세계 시민을 보았다.

"그 세력 경쟁의 틈을 이용하여 일본 총리 아베는 731이라고 쓰인 비행기 조종석에 앉아 식민지 지배를 했던 한국, 침략 받았던 중국 대륙을 조롱하면서 세력을 확장했습니다."

그때 시진핑이 주먹을 쥐고 연단을 쳤다. 전에 소련 총리 흐루시초프는 유엔총회에서 구두를 벗어 연단을 치는 바람에 웃음거리가 됐지만 이번 시진핑의 주먹은 느낌표를 100개 붙이는 것과 같은 효과가 있다.

"단 한 차례의 진정한 사과도 없이 말입니다. 지금도 한국의 위안부 할머니 몇 분이 살아남아서 진정한 사과만을 간절하게 바라고 있는데도 아베는 모욕만 주고 있습니다."

다시 한 번 시진핑이 적당한 힘으로 연단을 내려쳤는데 이번은 느낌표 1,000개다. 서동수는 어금니를 물었고 나오미는 숨도 쉬는 것 같지가 않다. 그때 시진핑이 말했다.

"나는 중재자로 중·미 정상회담을 제의했습니다만 일본의 계속적인 한국 모욕이 이번 결과를 초래했다고 믿습니다. 따라서 동북아뿐만 아니라 아시아의 질서를 위해서는 일본 지도층의 각성이 있어야 한다고 중국 정부를 대표하여 말씀드립니다."

서동수는 참고 있던 숨을 길게 내뿜었다. 이제 올 것이 왔다. 중국 정부는 일본을 내세운 미국의 아시아 세력 구축에 대한 거부 의사를 세계만방에 발표한 것이다. 그것은 미국의 등에 업힌 아베의 안하무인적 망발, 무시, 도발적인 행동이 불씨가 되었고 남북한 연합의 대마도 반환 요구로 일본의 뒤통수를 때린 것으로 불이 붙었다. 이제 시진핑이 불길에 바람을 불어준 셈이다. 그때 서동수가 머리를 돌려 나오미를 보았다.

"어때? 오늘 밤 내 방에 올 거야?"

그 순간 숨을 들이켠 나오미가 눈동자의 초점을 잡았다. 그러나 입을 열지는 않았다.

입술이 젖꼭지를 물었을 때 그때야 나오미의 입에서 옅은 탄성이 터졌다. 입을 꾹 다문 채 가쁜 숨만 뱉으면서 참고 있었던 것 같다. 벽시계가 12시 5분 전을 가리키고 있다. 나오미는 방 안에 들어온 지 10분도 되지 않았다. 방에 들어오자마자 서동수가 말없이 옷을 벗겨 던졌고 나오미는 따랐기 때문에 말도 나누지 않았다. 둘은 알몸이다. 방 안의 불도 다 켜놓은 채다.

"으음."

젖을 가득 입안에 넣고 젖꼭지를 혀끝으로 굴렸더니 나오미가 허리를 꿈틀거리며 신음했다. 두 눈은 감았고 반쯤 벌린 입에서 가쁜 숨소리가 이어졌다. 서동수의 손끝이 나오미의 아랫배를 쓸고 내려가 골짜기를 덮었다. 나오미가 다리로 손을 잡으려는 것처럼 꼬았다가 곧 풀었다. 무의식과 의식이 교차하고 있다. 서동수의 입술이 젖가슴에서 아랫배로, 손끝이 골짜기 안으로 밀려들어갔다.

"아아."

턱을 치켜든 나오미가 그때야 두 손으로 서동수의 머리를 감싸 안았다. 서동수의 입술이 배꼽에서 허리까지를 훑었고 손은 골짜기 안을 부드럽게 애무했다. 그때 입술을 뗀 서동수가 상기된 얼굴로 말했다.

"아베는 일본이 아냐."

서동수의 입술이 바로 골짜기를 덮었으므로 나오미가 입을 딱 벌렸다가 신음했다. 서동수도 더 이상 말을 잇지 않았다. 인류 역사상 어느 한 국가의 지도자가 바로 이웃 나라를 이토록 무시하고 모욕을 준 경우가 있었던가? 히틀러의 유태인 처리보다 더 비겁하고 더 교활하며 더 위선적이고 더 부정직하다. 히틀러가 더 사내답다. 입술이 골짜기 끝을 물었을 때 나오미가 온몸을 비틀며 소리쳤다.

"이제 그만."

애무는 그만하고 위로 오르라는 말이다. 그러나 서동수는 턱으로 골짜기를 문지르며 애무를 멈추지 않았다. 해방 70년, 그 식민지 압제하에서의 해방을 우리 손으로 이루지 못한 것이 이렇게 다시 일본과 부딪치게 된 가장 큰 원인이다. 우리가 해방의 일익을 맡았다면 일본이 이러진 못 했을 것이다. 그러니 힘을 길러야 한다. 그때 나오미가 소리쳤다.

"아유, 나 죽어."

나오미의 몸은 폭발 직전이다. 애액이 넘쳐흘러 서동수의 얼굴을 적셨고 두 손이 힘껏 어깨를 당기고 있다. 허리를 치켜 올렸다가 내리는 바람에 침대가 출렁거린다. 나오미의 몸은 아름답다. 한 손으로 희고 매끄러운 허벅지 안쪽을 쓸어내리면서 서동수가 말했다.

"터져도 돼."

그 순간 한 쪽 다리만 활짝 벌린 상태에서 나오미가 하반신을 치켜 올리더니 폭발했다.

"아아아."

커다란 신음은 곧 탄성이다. 두 손으로 제 젖가슴을 잔뜩 움켜쥔 나오미가 이제 두 다리로 서동수의 머리를 감아 안으면서 환호했다.

"아아아."

이 순간은 어떤 여자도 사랑스럽고 아름답다. 물론 함께 오르려고 준비하는 상대의 입장에서다. 서동수는 나오미의 온몸을 애무하면서 잠깐 기다렸다. 그러고는 나오미의 경직된 몸이 풀리기 시작했을 때 몸 위로 올랐다. 두 다리를 거칠게 열고는 진입했을 때 나오미가 다시 탄성을 뱉었다. 두 손이 서동수의 어깨를 힘껏 움켜쥐었고 이 순간을 확인하려는 듯이 눈을 크게 떴다. 서동수는 거칠게 움직이면서 허리를 굽혀 나오미의 이마에 콧등에 입술에 키스했다.

"이 새끼들이 아무리 그래도 난 끄떡없다고."

아베가 의자에 등을 붙이면서 말했다.

"국제문제가 감정만으로 되는 게 아냐. 이건 현실이라고, 과거?"

묻고 난 아베가 쓴웃음을 지었다.

"중국이나 조센진들은 세계사 공부를 열심히 해야 돼. 약육강식, 강자독식의 역사가 이어져 왔다는 것을 알아야 된다고."

총리 공관의 집무실 안이다. 오후 3시, 오늘도 비상상황 체크를 마친 아베가 점심을 마치고 잠깐 쉬는 중이다. 앞에는 총리실 직속 정보책임자 도쿠가와가 앉아 있다. 그때 도쿠가와가 말했다.

"이제 세계의 이목이 신의주에서 열릴 미·중 정상회담에 쏠려 있습니다, 각하."

"뻔한 이야기야."

이미 미국 고위층으로부터 중국 측의 예상 제의와 그에 대한 대비책까지를 문서로 받아본 아베가 말을 이었다.

"미국이 중립적 입장을 취한다는 것은 한국을 의식한 제스처야. 전쟁이 일어날 수도 없지만 실제로 전쟁이 일어나면 미국이 적극적으로 개입하게 되어 있다는 것을 이제는 모두 깨닫게 된 것이지."

모두 허둥대다가 현실을 깨닫게 되었다는 말이다. 그것을 지금까지 모호한 태도를 취했던 미국이 지난번 CNN의 원산 앞바다 보도를 계기로 급격하게 전쟁방지 태도를 취함으로써 분위기가 반전된 것이다. 도쿠가와가 소리 죽여 숨을 뱉었다. 일본 지도자인 아베까지도 당시에는 당황하고 있었기 때문이다. 상반신을 굽힌 도쿠가와가 말했다.

"쓰시마 폭발사건 이후로 치솟은 반한(反韓), 참전 분위기는 더 치솟고 있습니다, 각하."

"그것이 우리 일본 국민의 위대성이지. 일사불란한 단결심. 세계 어떤 민족과도 비교할 수가 없어."

이제는 경제도 안정되었고 세계 각국 분위기도 달라졌다. 처음에는 당장에 남북한 군(軍)에게 점령당할 것 같은 대마도 분위기가 비관적으로 돌아서고 있다. 저런 어선으로 뭘 할 것이냐? 쇼다. 핵을 터뜨린다는 공갈에 누가 넘어가느냐?

그땐 미·일 방위조약에 의해 남북한이 몽땅 거덜 날 수가 있다. 이렇게 미·일은 물론 유럽 국가들도 논평을 내는 상황이다. 그때 중국이 중·미 정상회담 제의를 해온 것이다. 서류를 덮던 도쿠가와가 머리를 들고 아베를 보았다.

"각하, 신의주 공관장 나오미 씨가 오늘 오전에 귀국했습니다."

아베는 시선만 주었고 도쿠가와의 말이 이어졌다.

"그런데 한 시간 전에 요시무라 씨하고 사쿠라호텔 밀실에서 만났습니다."

"그 사람들, 연애하는 것 아냐?"

쓴웃음을 지은 아베가 다시 물었다.

"나오미가 요시무라 보좌관이었을 때도 그런 소문이 났었지. 안 그래?"

"예, 그런데"

심호흡을 한 도쿠가와가 말을 이었다.

"나오미는 어젯밤 신의주에서 서동수하고 만났습니다. 서동수하고 신의주 서울식당에서 만난 후에 다시 12시쯤에 장관 관저 후문으로 들어가 서동수와 밀회를 하고 나서 오전 4시쯤 숙소로 돌아왔지요."

"……."

"그러고 나서 바로 귀국, 요시무라 씨를 만난 것입니다. 거기에다"

도쿠가와의 입술 끝이 조금 치켜 올라갔다.

"나오미는 어설프게 미행을 떼려는 행동을 하면서 요시무라 씨를 만났는데 요시무라 씨도 호텔에서 회의를 하다가 은밀히 객실로 올라

온 것입니다."

"서동수와 연락을 주고받는 것 같군."

아베가 쓴웃음을 짓고 말했다.

"난국에는 반역자가 나오기 마련이지."

나오미의 말이 끝났을 때 요시무라가 긴 숨을 뱉고 나서 말했다.

"경위가 어떻든 치욕적이군."

요시무라의 얼굴에 쓴웃음이 번졌다.

"일본 총리의 거취를 타국에서 강요하다니, 이것은 있을 수가 없는 일이야."

방금 요시무라는 서동수의 제의를 들은 것이다. 모든 문제의 핵심인 아베를 퇴진시키는 것만이 일본과 동남아는 물론 세계 평화를 위한 길이라는 내용이다. 나오미는 시선만 주었고 요시무라의 목소리가 점점 높아졌다.

"하지만 아베가 국민을 선동하고 호도하고 있는 것은 사실이야. 애국심을 빙자하고 전혀 쓸모없게 에너지를 밖에다 쏟아붓는 상황이 되어 있어."

"……."

"전후 70년 동안 일본이 억압받았나? 일본이 무시당한 적이 있나? 일본이 독일처럼 제대로 배상한 적이 있나?"

놀란 나오미의 시선을 받은 요시무라가 얼굴을 일그러뜨리며 웃었다.

"아베가 1997년에 '일본의 앞날과 역사교육을 생각하는 의원 모임'을 국회에서 만들고 '저지른 과거에 대한 후세교육은 부끄럽고 미래에 필요 없다'면서 자학사관이라고 비난했을 때부터 나는 오늘이 올 것을 예상했어."

"……."

"그런 아베를 총리로 만든 것이 일본 국민이야. 역사교과서를 모조리 개정해서 자학사관을 없앤 것이 일본의 현실이라고."

"의원님, 그러면……."

입안의 침을 삼킨 나오미가 요시무라를 보았다.

"이것은 일본 지도층 일부가 아니라 일본인 대다수의 의식이란 말씀입니까?"

"강한 일본, 대일본."

어깨를 편 요시무라가 위쪽을 보면서 말했는데 눈동자의 초점이 멀다.

"이렇게 외치면 뭉쳐지지. 아마 히틀러 시대의 독일인보다 일본인의 결속은 더 강할 거야."

"……."

"아베는 그것을 알고 있어."

"……."

"더구나 미국이라는 거인 등에 업힌 상태야. 평화의 사도를 자처하는 미국의 동맹국이란 말이지. 아베는 지금 아무것도 겁날 것이 없다고."

"……."

"미국하고 같이 공생공사(共生共死) 하는 입장이 되었으니 한·중의 비난이나 도발쯤은 코웃음으로 넘길 수가 있게 된 것이지."

"의원님, 미국이 변하고 있다고 생각하지 않으십니까?"

"그땐 미국 따라서 움직이면 되는 거지."

다시 요시무라가 일그러진 웃음을 띠었다.

"아베는 미국을 적절하게 이용해 먹고 있어. 책임질 일은 안 한다고."

"그렇다면 아베 총리가 물러나도 제2, 제3의 아베가 나타날 수도 있다는 말씀입니까?"

나오미가 물었지만 요시무라는 시선만 준 채 대답하지 않았다. 호흡을 조절한 나오미가 말을 이었다.

"일본의 군비 확장, 자위대법 개조의 배후에 미국이 있을까요?"

"있다고도, 없다고도 말할 수 없지."

다시 요시무라의 눈빛이 몽롱해졌다.

"인공위성으로 미국 사무실에서 베이징 거리의 자동차 번호판을 보고 모스크바 사무실의 이야기를 듣는 세상이 되었지만 역사는 승자의 기록이라네. 지금도 다 조작할 수가 있는 거야. 더 교묘하게."

요시무라가 눈을 깜빡여 눈동자의 초점을 잡고는 나오미를 보았다.

"하지만 가만있을 수는 없지, 우리가 배터리로 움직이는 인간이 아닌 이상."

"다나카가 처 미도리의 전화를 받고 해상보안서 밖으로 나와 있었습니다."

대공국장 이영섭이 차분한 목소리로 말을 이었다.

"미도리는 다나카에게 전화를 하기 전에 사다코라는 여자의 전화를 받았습니다."

국정원장실 안에는 원장 박기출과 1차장 신현기, 그리고 이영섭까지 셋이 소파에 둘러앉았다. 이영섭의 보고를 고위층 둘만 듣는 셈이다. 구두보고였으므로 이영섭이 손에 쥔 메모지를 읽는다.

"사다코는 가쓰라라는 사내의 처입니다. 그리고…"

머리를 든 이영섭이 앞에 앉은 박기출을 보았다.

"가쓰라는 자위대 해군 특공대 상사로 36세, 미도리의 동생이 됩니다."

박기출이 눈만 껌벅였는데 잘 연결이 안 되는 것 같았다. 머리가 좋은 사람이 가끔 간단한 족보를 이해 못하는 경우가 많다. 그때 신현기가 대신 해설했다.

"그럼 다나카의 처남이 특공대 상사 가쓰라로군, 맞지?"

"그렇습니다."

박기출이 심호흡을 했다. 그렇다면 가쓰라가 폭파작전 직전에 제 처를 시켜 해상보안서에 근무하는 매형을 피신시켰다는 추측이 가능하다. 그것도 의심받지 않도록 와이프끼리 연락하도록 했다. 박기출의 시선을 받은 이영섭이 말을 이었다.

"이것은 일본 경시청 특별수사대의 조사에도 드러났지만 몇 시간 만에 자료가 삭제되었습니다. 통화 기록도 지워졌을 뿐 아니라 다나카 부부는 철통 같은 감시를 받고 있습니다."

"그럼 이 국장은 이 정보를 어떻게 수집했나?"

신현기가 박기출이 묻고 싶은 사항을 대신 물은 것 같다. 박기출이 머리만 끄덕이는 것을 보면 그렇다.

"예, 경시청에서 빼내왔습니다."

"경시청?"

놀란 듯 박기출이 묻자 이영섭이 먼저 심호흡부터 했다.

"예, 현지에서 다나카에게 접근하기는 불가능했습니다. 그래서 특별수사대 쪽으로 접근했지요."

둘은 시선만 주었고 이영섭의 말이 이어졌다.

"그곳도 철저하게 보안장치가 되어 있었지만 폭파사건을 은폐한 것에 갈등을 느끼고 있는 사람이 있었습니다."

"……."

"휴대전화 내용을 삭제한 담당 엔지니어는 삭제 전에 내용을 복사해 놓았다가 현재 구금 상태가 되어 있습니다."

그때 신현기와 박기출이 서로의 얼굴을 보더니 머리를 끄덕였다. 박기출이 먼저 입을 열었다.

"그럼 미국도 대충 파악하고 있겠군 그래. 그렇지 않나?"

"그럴 가능성이 많습니다."

"한국 CIA 지부장도 알고 있을까?"

박기출의 시선을 받은 이영섭이 머리를 끄덕였다. 머릿속을 읽은 것이다.

"정보를 전달하겠습니다, 물론."

다시 호흡을 가눈 이영섭이 말을 이었다.

"중국과 북한 측에도 넘기겠습니다. 그리고 그 사실을 은근하게 밝히도록 하겠습니다."

"수고했어."

박기출이 그때야 칭찬하고 나서 생각이 났다는 표정을 짓고 물었다.

"내년에 명퇴하고 신의주에 간다던데. 소문이 다 났어."

신현기가 희미하게 웃었지만 박기출은 정색했다.

"이 사람아, 내가 내년에 그만두면 자네는 진급할 길이 열려. 기다려 봐."

술잔을 든 서동수가 앞에 앉은 포장마차 주인을 보았다. 30대 후반쯤의 여자로 미인이다. 생머리는 뒤로 묶었고 스웨터에 바지 차림이었지만 날씬한 몸매가 드러났다. 신의주 유흥구에도 한국식 포장마차가 있는 것이다. 그러나 곰장어 등 안줏감은 모두 중국에서 수입해온다. 한 모금 소주를 삼킨 서동수가 주인에게 물었다.

"최 사장, 포장마차 한 지 석 달 되었지?"

"석 달 반요. 정확히 석 달 17일요."

바로 대답한 여자가 서동수 앞에 순대 안주를 놓았다. 포장마차 안에는 손님이 서동수 한 명뿐이다. 오후 9시 반, 유흥구 끝 쪽, 호텔이 밀집된 바닷가 거리의 뒷골목에는 포장마차가 100개도 넘는다. 그러나 이곳은 외진 데다 옆까지 막혀서 손님이 적다. 포장마차도 장소를 배정받기 때문이다. 여자가 진열창 건너편에 앉아 있는 서동수를 바라보며 웃었다.

"하지만 장관님이 술 팔아주시지 않아도 먹고는 살아요."

"알고 있어."

입맛을 다신 서동수에게 여자가 물었다.

"오늘까지 제 가게에 몇 번 오신 줄 아세요?"

"네 번인가?"

"다섯 번요."

"많이 온 셈이야?"

"아뇨, 석 달 반 동안 스무 번 온 손님도 있는데요?"

"장사 잘 하는구나."

"왜요?"

"스무 번 올 동안 안 줬다는 말로 들린다."

"뭐를요?"

되물었던 여자가 눈을 흘겼다. 눈이 가늘어지면서 새침한 표정이 되었고 서동수의 식도가 좁혀졌다.

"주고 더 왔을 수도 있잖아요?"

"열여덟 번째 왔을 때 주고? 아니면 열아홉 번째야?"

"주고 나면 안 오나요?"

"내 생각이야. 사람은 다 제 기준으로 생각하니까."

"장관님한테는 끝까지 안 줘야겠네."

"가능하면 그래야 돼."

"시원한 조개탕 드려요?"

"봐, 벌써부터 준다면 어떻게 하려고 그래?"

"나아, 참."

다시 눈을 흘긴 여자가 몸을 돌리더니 조개탕을 그릇에 담는다. 여자 이름은 최정현, 37세. 9세, 7세된 두 남매의 어머니다. 남매는 신의주 국제초등학교 3학년, 1학년에 재학 중인데 지금쯤 동쪽 주택단지에서 외할머니와 함께 있을 것이다. 최정현은 6년 전에 이혼한 후에 한국에서 피아노 레슨, 음악학원 교사 등을 하며 살다가 다 정리하고 신의주에 온 지 석 달 17일이다. 우연히 두 달쯤 전에 포장마차에 들렀던 서동수가 오늘까지 다섯 번째 온 셈이다. 앞에 놓인 조개탕을 한 수저 삼킨 서동수가 빙그레 웃었다.

"과연 맛이 좋구나."

"왜 저한테 자주 오세요?"

손님이 한 사람뿐이었기 때문인지 오늘은 최정현이 말을 걸었다.

"그야 당연하지. 꽃에 벌이 꼬이는 이치나 같아."

"속으신 거죠. 전 조화거든요."

"그러면 안 돼. 우리 둘뿐만 아니라 아이들 생각해서라도."

그 순간 최정현이 숨을 들이켰다. 제 가족에 대해서 말한 적이 없었기 때문이다. 최정현의 시선을 받은 서동수가 쓴웃음을 지었다. 이혼을 한 이유까지 알고 있다면 더 놀랄 것이다. 최정현의 남편이었던 양준기는 실업자 생활 5년 만에 알코올중독자가 되었다. 선량하고 성실한 남자였지만 무능력한 사람이었다.

"다 알고 계시겠군요."

차분한 표정이 된 최정현이 서동수 앞에 놓인 식은 어묵 국그릇을 집어 들며 말했다. 손가락은 물기에 붉어져 있었지만 섬세하다. 최정현이 혼잣말을 이었다.

"하긴 장관이시니까요, 만나는 사람이 누구인지 먼저 조사를 하시겠죠."

"그건 아냐."

"그럼 나중에 하셨어요?"

"시키지 않았어."

한입에 소주를 삼킨 서동수가 지그시 최정현을 보았다.

"내가 어느 순간에 가장 마음이 편안해지는지 알아?"

반쯤 몸을 돌린 최정현이 어묵 냄비를 국자로 저었고 서동수가 말을 이었다.

"이런 순간이야."

"왜요? 내가 부자라는 현실이 느껴져서 그런가요?"

"비슷하지. 내가 조금만 베풀어도 상대가 행복해지겠다는 느낌."

"어휴, 바쁘신 분이."

뜨거운 어묵국을 서동수 앞에 놓으면서 최정현이 웃었다.

"TV를 보니까 대마도 때문에 정신없으시던데 여기까지 오셔서."

서동수가 어묵국을 한 수저 떠먹고는 따라 웃었다. 편안해지는 건 사실이다. 장사가 신통치 않은데도 열심히 사는 최정현을 보면 자극이 일어난다. 비서실에서 조사해온 최정현의 결혼생활은 불행했다. 돈이 없다고 다 불행한 것은 아니다. 최정현의 전남편 양준기는 알코올중독이 되자 온갖 행패를 다 부렸다. 선량한 인간이 짐승으로 변한 것이다.

"잘될 거야."

잔에 술을 따르면서 서동수가 말을 이었다.

"양준기는 신의주에 못 와. 내가 지시를 해놓았거든. 이게 바로 현실이지, 알아?"

숨을 죽인 최정현이 시선만 주었으므로 서동수가 술잔을 들고 빙그레 웃었다.

"내가 장관이라는 현실 말이야."

최정현이 신의주에 온 것은 새 생활을 위한 것이 맞다. 양준기가 없는 곳에서의 새 생활이다. 이혼한 후에도 양준기는 끊임없이 최정현을 쫓아다녔다. 최정현은 계속해서 도망쳤고 나중에는 경찰에 신고해서 양준기가 세 번이나 구속되기도 했다. 하지만 교도소에서 나오면 바로 찾아오는 것이다. 한입에 술을 삼킨 서동수가 최정현을 보았다.

"내가 다섯 번째 왔다고 했지?"

"네."

"두 번째 왔을 때 그 이야기를 해주려고 했는데 못 했어."

"……."

"해주고 나면 다시 올 핑계가 없을 것 같아서......, 미안."

"……."

"이제는 아까 조개탕 먹은 것으로 대신하고 다시 못 올 것 같다."

"……."

"다 그런 거야."

서동수가 손목시계를 보았다. 10시가 조금 넘었다. 이제 포장마차에 손님이 모일 시간이다. 이곳은 지금부터 새벽 3시까지가 붐비는 것이다. 그때 최정현이 말했다.

"저기요, 장관님."

최정현이 서동수를 똑바로 보았다. 눈 밑이 조금 붉어진 것 같다.

"장소만 알려주시면 갈게요."

저절로 숨이 들이켜진 서동수의 얼굴이 굳어졌다. 최정현이 눈도 깜박이지 않고 말을 잇는다.

"신의주 어디든지요."

그때 서동수가 폐 안에 담고 있던 숨을 길게 뱉어내고 말했다.

"됐다. 내가 그 말, 저축해 놓지."

신의주에서 중·미 정상회담이 열린 것은 그로부터 나흘 후였다. 미국은 버락 오바마와 존 케리 국무장관, 제임스 우드 안보특보 등 행정부의 최고위층들이 대거 참석했고 중국 또한 시진핑과 저우커장 등 서열 1위에서 2위의 거물을 중심으로 간부들이 모였다. 신의주로 세계의 이목이 집중되었고 당연히 정상회담의 원인이 된 한반도와 일본의 대결이 부각되었다. 오전 10시, 신의주의 '코리아 호텔' 27층의 회의장에 둘러앉은 양측 대표단은 30여 명씩 60여 명이나 되었다. 옵서버 자격으로 원탁의 끝 쪽에 앉은 신의주 측의 서동수 일행은 다섯 명, 서동수는 미리 '신의주 측은 심부름꾼 역할을 할 뿐'이라고 언론에 다 공표를 해놓았다. 양측이 예의와 격식을 갖추려는 듯 조금 긴 인사가 끝나고 나서 미국 측 대표 오바마가 현재 동북아의 긴장상태에 대한 우려를 간단하게 표현했다. 이어서 시진핑이 같은 맥락의 인사말을 한다. 소요 시간은 각각 2분 10초와 2분 30초, 약속이나 한 것처럼 보였는데 실제로 그렇다. 양측의 합의 하에 시간 제한을 둔 것이다. 바로 이어서 케리가 본론을 꺼내었다. 이것은 각본을 주고받지 않았다.

"대마도에 대한 긴장상태가 도를 넘었습니다. 미·중이 중립을 천명했지만 이대로 두면 전쟁 상태가 될 가능성이 있습니다. 미·중이 적극적 중재에 나설 것을 제의합니다."

동시통역이어서 리시버로 내용을 들은 중국 총리 저우커장이 시진핑과 귓속말을 나누고 나서 바로 대답했다.

"동의합니다. 하지만 이 사건의 계기가 된 일본 총리 아베의 식민지탄압, 침략전쟁과 살상행위를 부정해온 행태에 대한 진정한 사과와 책임이 전제되어야 할 것입니다."

오바마와 케리, 그리고 고위층들이 서로 시선을 주고받고, 소곤대고, 쪽지를 주고받더니 곧 케리가 대답했다.

"우리는 중재자 역할입니다. 주권을 가진 해당국의 내정에 간섭할 수는 없습니다. 다만 충고를 할 뿐이지요, 그런데"

호흡을 고른 케리가 앞에 앉은 중국 대표들을 둘러보았다.

"참고로 듣겠습니다. 어떤 성격의 사과와 책임입니까?"

비공개회의여서 사방 문은 꽉 닫혀 있다. 그때 시진핑과 눈을 맞춘 저우커장이 종이를 손에 쥐었다. 미리 준비를 해온 것 같다.

"일본 총리 아베가 20세기 초부터 시작된 일본의 아시아 침략, 주민 학살, 식민지 정책, 제2차 세계대전의 전범국으로 전쟁을 일으킨 것에 대한 사죄, 전쟁 피해자에 대한 사죄와 재발 방지, 보상에 대한 약속을 해야 할 것입니다."

미국 대표들이 다시 서로의 얼굴을 보았지만 수군대지는 않았다. 예상하고 있었던 것 같다. 그때 오바마가 가볍게 헛기침을 했다. 차분한 표정이다.

"제의를 참고하겠습니다. 우리가 일본 측 중재자로 그렇게 하도록 설득한다면 중국 측은 남북한에 지금의 긴장 상태를 해소하도록 설득할 수 있겠지요?"

그 대답은 시진핑이 했다.

"예, 노력하겠습니다. 하지만 대마도 반환 문제는 한·일 양국이 다시 협의하도록 시간 여유를 줘야 할 것입니다."

대마도는 미결 상태로 놔두고 당장의 전쟁 분위기는 가라앉히자는 말이나 같다. 그러자 오바마가 머리를 끄덕였다.

"그럼 그렇게 합의한 것으로 알겠습니다."

오바마의 말을 들은 저우커장이 길게 숨을 뱉더니 리시버를 막 벗은 시진핑의 귀에 입을 붙이고 말했다.

"오바마도 아베가 대마도를 폭파시킨 것을 알고 정나미가 떨어진 것 같습니다."

CIA 국장 존 브레넌은 정상회담에 오바마를 수행해서 신의주에 왔지만 회의에 참석하지는 않았다. 오전 11시 5분경이다. 회의가 거의 마무리되어 가면서 정리를 위해 15분간의 휴식시간이 되었을 때 브레넌이 나타났다. 회의실 오른쪽에 위치한 미국 대통령의 휴게실 안이다. 브레넌이 오바마 옆으로 다가가 서자 앞쪽 소파에 앉아 있던 케리와 제임스 우드 등이 시선을 주었다.

"뭐요, 존?"

오바마가 브레넌을 신임하고 있는 건 세상 사람이 다 안다. 먼저 오바마가 물었더니 브레넌이 한 걸음쯤 옆에 서서 보고했다.

"각하, 방금 신의주에 온 KCIA 국장 미스터 박을 만났습니다."

대통령 휴게실 안이 조용해졌을 때 오바마가 분위기를 부드럽게 하며 말했다.

"아베가 대마도를 폭파한 증거를 또 찾았다고 합니까?"

"아닙니다, 각하."

"혹시 대마도를 기습 점령한 것은 아니지요?"

케리가 피식 웃었고 제임스 우드는 외면했다. 웃을 군번이 아니었기 때문이다. 그때 여전히 정색한 브레넌이 말했다.

"한국 대통령의 전갈을 가져왔습니다."

오바마가 꼬았던 다리 한 짝을 내려놓았고 모두의 시선이 모였다. 브레넌이 말을 이었다.

"한국은 미 제7함대 본부를 제주도에 유치할 수 있다고 합니다. 미국만 원하면 바로 국회의 동의를 받아 장소를 고를 것이며 모항(母港) 공사까지 해주겠다고 했습니다."

"으음."

오바마의 입에서 저절로 신음이 터졌다. 케리는 반쯤 입을 벌린 채 브레넌의 얼굴만 쳐다보고 있다. 제임스 우드의 눈동자가 어지럽게 흔들렸다. 심호흡하고 난 오바마가 먼저 정적을 깨뜨렸다.

"제주도란 말이죠?"

"예, 각하."

"내 기억으로는 그곳에 한국이 해군기지를 건설하다가 격렬한 반대 데모에 몇 년간 공사도 시작하지 못한 것 같던데."

"지금은 한국이 달라졌습니다."

그때야 제임스 우드가 입을 열었다.

"각하, 엄청난 제의입니다."

"정말 남북한이 계속 놀라게 하는군."

오바마가 혼잣소리처럼 말했을 때 케리가 나섰다.

"각하, 제주도라면 요코스카보다 훨씬 위치가 좋습니다. 아주 바람직한 위치지요."

그것은 지도만 보면 알 수가 있다. 미 제7함대 모항이 제주도로 옮겨지면 중국 대륙은 물론이고 아시아가 바로 턱밑이다. 요코스카는 도쿄만 아래쪽 가나가와현에 위치한 항구로 인구 40만, 태평양함대의 모항이기 때문인지 바로 눈앞이 태평양이다. 태평양으로 고기 잡으러 가기에는 적당하다. 그러나 제주도는 우로는 태평양이며 좌측이 중국 대륙이다. 태평양함대의 설립 목적에 딱 맞는 위치다. 그때 오바마가 혼잣소리로 말했지만 다 들었다.

"제주도만 한 위치가 없지. 이건 베벌리힐스이고 요코스카는 디트로이트 공장 단지야."

그러고는 얼른 덧붙였다.

"여기 디트로이트 출신은 없지?"

아무도 웃지 않았고 케리가 헛기침을 하고 나서 말했다.

"중국이 한국한테 배신당했다면서 펄펄 뛰겠는데. 하필 오늘 같은

날에 그런 제의를 해오다니. 참, 극적이군요."

"그렇다면"

심호흡을 하고 난 오바마가 상체를 세웠다.

"이번 일은 확실하게 해야겠습니다. 한국이 그런 메시지를 전해온 것 같네요."

그로부터 한 달 후, 오전 11시가 되었을 때 신의주 장관실에는 서동수와 비서실장 유병선, 안보특보 안종관과 비서 전영주까지 넷이 둘러앉았다. 넷은 모두 TV를 바라보고 있었는데 곧 일본 총리의 성명 발표가 시작될 것이기 때문이다. 서동수는 전영주가 가져온 커피를 한 모금 마시고 광고가 나오는 TV 화면을 응시했다. 그러나 눈동자의 초점이 멀어져 있어서 딴 생각하는 것이 분명했다.

한 달 동안 일본은 물론 한반도에도 변화가 일어났다. 특히 일본은 거의 혁명에 가까운 변화가 일어났는데 오늘 성명을 발표할 일본 총리는 요시무라이다. 자민당과 공명당의 연립정권은 아베 내각을 불신임하고 다시 총선을 거쳐 요시무라 정권을 탄생시켰다. 그것이 사흘 전이다. 그동안 아베는 대마도 폭발 사건을 지시한 혐의로 구속되어 지금 수감돼 있다. 폭파를 했던 특공대 상사 가쓰라와 그 상관인 핫토리, 그리고 통신사 직원 아오모리 등이 줄줄이 나서서 범행을 자백했고 신고하는 바람에 세계가 떠들썩했다.

결정적인 역할은 미국이 맡았다. 미국 정부에서 위성사진을 세계 각국에 보낸 것이다. 사진에는 특공대원 얼굴까지 선명하게 드러난 터라 자백할 필요조차 없었다. 그때 광고가 그치면서 화면에 요시무라의 얼굴이 나타났다. 요시무라의 성명을 전 세계 방송사가 생방송으로 중계하고 있다. 요시무라가 굳어진 얼굴로 인사를 하더니 곧 본론을 꺼냈다.

“전후 70년, 일본은 미국의 극동방위선 역할을 이용하여 제대로 된 사과와 반성을 한 적이 없습니다. 또한 전범을 숭상하는 정신이상자를 지도자로 뽑는 잘못을 저질러 주변 국가에 심대한 모욕과 분노를 일으키게 만들었습니다.”

요시무라의 성명은 밑에 한국어 자막으로 번역되어 나오고 있다. 다른 국가도 마찬가지일 것이다. 상기된 얼굴로 요시무라가 말을 이었다.

“1세기 전, 일본의 대동아공영은 아시아 침략의 구실이었음을 시인합니다. 일본의 중국대륙 침략과 한반도 무력 진입, 식민지화는 수백만 인명을 살상케 하고 수천만 주민을 괴롭혔습니다. 실로 인류 역사상 전무후무한 악행이었음을 일본 총리로서 시인하고 사죄드립니다.”

방 안이 숙연해졌다. 조금 전까지 박수를 칠 기세였던 유병선도 화면에만 시선을 준 채 움직이지 않는다. 머리를 든 요시무라가 똑바로 이쪽을 보았다.

“저는 일본 총리로서 이번에야말로 일본인다운 모습을 전 세계 여러분께 보여드립니다. 역사를 위장하고 젊은이들에게 자부심을 키우게 한다는 아베는 진정한 일본인이 아닙니다. 싸구려, 가짜 사무라이입니다. 비겁자, 거짓말쟁이, 테러범입니다.”

그때 안종관이 머리를 쓸어 올렸지만 서동수는 다 보았다. 쓸어 올리는 시늉을 하면서 손끝으로 눈물을 닦았던 것이다. 유병선은 아예 머리를 저쪽으로 돌리고 있는 것이 벌써 울고 있는 것 같다. 요시무라의 말이 이어졌다.

"저는 일본 총리로서 일본인을 대표하여 한국, 중국 그리고 아시아 각국, 미국과 세계의 여러분께 지난 과오를 사죄합니다. 잘못했습니다. 반성합니다. 용서해 주십시오."

그러고는 요시무라가 연단에서 비켜나더니 그 자리에서 마룻바닥에 무릎을 꿇고는 두 손을 짚고 이마를 붙였다. 뒤에 일렬로 서 있던 일본 각료들이 일제히 그를 따라 엎드려 절을 했다. 회견장은 숙연했다. 수백 명이 모여 있었어도 조용하다. 마침내 서동수도 볼에 흘러내리는 눈물을 손바닥으로 닦았다. 저러면 되는 것을, 저것이 진정한 남자이며 진정한 친구다.

후계자

권불십년(權不十年) 화무십일홍(花無十日紅), 같은 말이다. 권력만큼 무상한 것이 없다. 그러나 기업을 일군 기업가는 다르다. 기업은 영원해질 수 있기 때문이다. 기업가가 비록 천하를 호령하는 정치권력을 쥘 수는 없지만 성취감과 긍지는 권력자 이상으로 느낄 수가 있는 것이다. 오늘 서동수는 칭다오 동성그룹 본사의 회장실에 들어와 있다. 오랜만에 온 터라 비서실 직원들이 긴장한 것 같다. 유병선도 이곳 비서실장이었다가 신의주로 따라간 바람에 손님처럼 쑥스러운 표정이다. 오전 10시 반, 비서가 가져온 차를 한 모금 마신 서동수가 유병선에게 물었다.

"우즈베키스탄에서 쿠데타가 일어났더군. 거기 영업은 괜찮나?"

"글쎄요, 저는."

쓴웃음을 지은 유병선이 서둘러 자리에서 일어서더니 인터폰을 눌렀다. 스피커로 대답이 들리자 유병선이 지시했다.

"비서실장 들어오라고 해요."

비서실장이 비서실장을 부른 셈이다. 곧 문이 열리더니 비서실장 김영재가 들어섰다. 김영재는 서울 본사 비서실 차장으로 근무하다가 칭다오 본사 비서실장으로 승진해온 것이다. 40대 중반의 김영재가 긴장한 듯 흰 얼굴을 굳힌 채 다가와 섰으므로 서동수가 물었다.

"우즈베키스탄 상황에 대해서 나한테 말해줄 사람 없나? 지금 말이야."

"예, 있습니다."

대답부터 해놓고 김영재의 눈동자가 흔들렸다. 생각하는 것이다. 이것이 서동수가 좋아하는 스타일이다. 김영재는 적응력이 뛰어났다. 그때 김영재가 초점을 잡은 시선으로 서동수를 보았다.

"영업부 전자팀의 우즈베키스탄 수출물량이 증가하고 있었습니다. 그러니 전자팀장을 불러 물어보시는 것이 낫겠습니다."

"그렇군."

만족한 서동수가 머리를 끄덕였다. 김영재의 순발력도 마음에 든 것이다. 김영재가 곧 방을 나갔을 때 유병선이 웃음 띤 얼굴로 서동수를 보았다.

"김영재도 제가 단련시켰습니다."

"몇 년째인가?"

"이곳에 온 지 2년 되었습니다."

"다음은 뭘 노릴 것 같나?"

"신의주 장관 비서실장쯤 되겠지만 그것은 힘들 것 같군요."

"큰일 났군. 자리를 만들어 놓아야겠는데."

다시 한 모금 차를 삼킨 서동수가 생각한 듯 물었다.

"주기가 점점 빨라지는 것 아닌가?"

"얼마 전만 해도 그것을 걱정했는데 그와 비례해서 지쳐 떨어지는 숫자도 늘어났습니다. 지구력이 약해진 것 같습니다."

"배부른 현상인가?"

"힘들고 어렵고 위험한 일을 피하는 현상과 겹치고 있지요."

"정예를 추리기가 힘들어지는군."

그때 노크 소리와 함께 문이 열리더니 김영재가 사내 하나와 들어섰다. 사내는 잔뜩 긴장한 듯 몸도 눈동자도 굳어 있다. 김영재가 사내를 소개했다.

"영업 1부 3팀장입니다."

그때 사내가 허리를 꺾어 절을 했다.

"이태영입니다."

"잘 왔어, 앉아."

서동수가 소파 앞자리를 권하며 말했다.

"우즈베키스탄 이야기를 듣자고. 현 상황, 미래 전망까지 아는 대로 말해줘."

"예, 장관님."

자리에 앉은 이태영은 장신에 우람한 체격이었고 호남형 용모다. 30대 초반쯤 되었을까? 팀장이면 경력 7, 8년 차로 과장 다음의 직급이다. 똑바로 앉은 이태영이 서동수를 보았다. 손에 서류를 들고 있었지만 펴지도 않고 말한다.

"전쟁이 시작되었으니 기회가 온 것이나 같습니다."

"그 이유는?"

바로 서동수가 물었더니 이태영이 준비하고 있었던 것처럼 대답했다.

"파괴 뒤에는 건설이 있는 법입니다. 건설에서부터 생필품, 가전제품 등 전 제품의 구매활동이 증가할 것입니다."

"쿠데타군과 정부군이 교전 중인데 전망은 어떤가?"

"제 바이어하고 수시로 연락을 하는데 며칠 전부터 정부군이 밀리고 있습니다."

"언론에서는 정부군이 곧 쿠데타군을 격멸시킬 것이라고 하던데?"

그것은 모든 외국 방송사가 한결같다. 서동수의 시선을 받은 이태영이 대답했다.

"제 바이어는 정부 고위층인 경찰청 부청장입니다. 그가 저한테 어제 수입 대금 결제하는 것처럼 서류를 꾸며서 500만 불을 송금했습니다. 재산을 빼돌리는 것이지요."

"그렇군."

서동수가 머리를 끄덕였다.

"정부 측이 불리한 것 같군."

"만일의 경우를 생각해서 돈을 빼돌릴 수도 있습니다만, 각 지역의 바이어들에게 확인을 한 결과 국민 여론이 쿠데타군을 지지하고 있습니다."

의자에 등을 붙인 서동수가 이태영을 보았다. 20년 전의 자신을 보는 것 같았기 때문이다.

일에 열중하면 타산을 잊는다. 목표는 성취감이다. 미래에 대한 계획 따위는 책상물림의 웃기는 꿈이다. 맡은 일에 전력투구해서 얻는 성취감, 그 성취가 쌓여서 미래가 된다. 한걸음씩 딛고 올라가는 것처럼 말이다. 소리 없이 숨을 뱉은 서동수가 다시 물었다.

"앞으로의 계획은?"

"예, 제가 내일 현지로 떠날 예정입니다. 가서 직접 확인하고 부딪치겠습니다."

"누구하고 부딪칠 건가?"

"가능하면 쿠데타군 측도 접촉해볼 계획입니다."

서동수가 숨을 들이켰다가 입을 다물었다. '어떻게?' 하고 물으면 모욕이 될 것이다. 이태영쯤 되는 수준이면 적지에서 순발력과 기지를 발휘할 수 있다. 위험하지 않겠느냐고 묻는 것도 입에 발린 소리다. 이윽고 서동수가 천천히 머리를 끄덕이며 말했다.

"어려운 일 있으면 직접 비서실장한테 연락하도록. 내가 자네한테서 상황을 듣고 싶으니까 말이야."

"알겠습니다."

서동수는 이태영의 두 눈이 반짝이는 것을 보았다. 회사원에게 이런 경우도 에너지를 분출시키는 기폭제 역할을 한다. 대통령이 독대 통로를 만들어준 청와대 행정관의 분위기보다 나으면 나았지 못하지 않다. 이태영이 방을 나갔을 때 서동수가 김영재에게 말했다.

"이태영의 신상 자료를 가져오게."

"예, 회장님."

적절하게 회장 칭호를 쓴 김영재도 서둘러 방을 나갔다. 그때 유병선이 조심스럽게 물었다.

"회장님, 실무 팀장의 업무를 체크해 보시려는 것입니까?"

"유 실장의 예상이 맞을 거야."

"그럼 회사로 복귀하시려는군요."

"맞아. 그리고 내 후계자들을 양성하려는 것이지."

서동수가 웃음 띤 얼굴로 유병선을 보았다.

"실무 팀장하고 직접 현장에서 뛰면서 후계자를 고르겠어."

"그러시면……."

"장관직은 곧 사임할 거야."

"언제 말씀입니까?"

"남북한 지도자들의 합의를 얻어야겠지."

유병선은 입을 다물었다. 이제 남북한은 곧 연방제가 된다. 따라서 양국 지도자의 합의가 있어야 되는 것이다.

자리로 돌아와 앉은 이태영에게 김창수가 다가와 섰다. 김창수는 영업1부장, 이태영의 직속상관으로 3년 선배다.

"회장 만났어?"

책상에 두 손을 짚은 김창수의 두 눈이 번들거렸다. 서울 본사에서 근무할 때는 김창수하고 부서가 달라서 접촉할 기회가 없었다가 이곳 중국 본사로 옮겨왔을 때 같은 부 소속이 되었다. 중국밥 먹은 연수로는 김창수가 3년, 이태영이 2년인데 둘 다 자원해서 중국으로 왔다는 공통점이 있다. 중국은 현장에서 가깝고 그만큼 기회가 많았기 때문이다. 머리를 든 이태영이 빙긋 웃었다.

"예, 만났습니다."

그 순간 김창수의 입술 끝이 희미하게 떨리는 것을 이태영이 보았다. 그러나 곧 눈웃음을 치면서 다시 묻는다.

"뭐래?"

"우즈베키스탄 상황이 어떠냐고 묻던데요. 그래서 대충 말씀드렸지요."

"무슨 일 있나?"

다시 김창수의 입술 끝이 떨렸다. 시기다. 절차대로 한다면 팀장보다 부장을 부르는 것이 맞다. 부장이 실무팀 책임자이기 때문이다. 그러나 비서실장이 팀장을 불렀으니 어쩌랴? 다른 때 같으면 제 책상으로 이태영을 불러 물었을 것을 제가 다가온 것도 그 때문이다. 이태영이 머리를 기울였다.

"글쎄요."

"다른 말 없고?"

"없습니다."

어깨를 편 이태영이 다시 김창수를 보았다. 말대가리 같은 김창수의 얼굴을 본 순간 이태영의 머릿속으로 만감(萬感)이 교차했다. 문득 당분간은 '고생 끝, 행복 시작'이 될 것이라는 생각이 떠올랐다. 회장이며 신의주 장관인 서동수와 독대를 한 번 한 것만으로도 잘하면 몇 년을 우려먹을 수가 있을 것이었다. 사주와 밀접한 사이라고 소문이 나면 다들 알아서 챙겨주기 때문이다. 별일이 없는 한 진급 순위는 항상 영순위로 올라간다. 사주는 한 번 만나고 잊어버렸는데도 계속해서 올라가는 것이다.

사주는 사주대로 진급예정자 명단을 보고 '아, 이놈. 일 잘하는 모양이네?' 하면서 사인을 해버리는 바람에 대리 때 회장 면담을 한 번 하고 나서 전무까지 고속승진을 했다는 '전설의 고향' 이야기도 있는 것이다. 이것이 한순간에 이태영의 머릿속을 스치고 간 상념이다. 그때 김창수가 말했다.

"곽 전무한테서 전화가 왔어. 무슨 일로 회장실에 불려갔느냐는 거야."

"부장님이 말해 주시죠."

이태영이 웃어 보였지만 눈에 힘이 들어갔다. 가소로움을 참고 있는 것이다. 곽 전무는 하버드 박사학위 소지자로 영업본부장이다. 곽 전무도 회장실에 불려간 이태영에게 신경을 곤두세우고 있는 것이다. 김창수의 시선을 받은 이태영이 마침내 한마디 했다.

"저한테 직접 물어보기엔 체면이 깎이는 모양이죠?"

"그런 모양이야."

쓴웃음을 지은 김창수가 허리를 폈다.

"우즈베키스탄 상황에 대해서 물었다고 말해 줘야겠군."

"아유, 바빠 죽겠는데 이게 웬."

입맛을 다신 이태영이 부드러운 시선으로 김창수를 보았다.

"회장실에 갔더니 장관 비서실장도 있더라고요. 이것저것 물어보는 통에 진땀이 다 났습니다."

"뭔데?"

다시 김창수가 책상에 두 손을 짚었을 때 이태영은 또 입맛을 다셨다.

"그냥 회사 분위기 같은 거요."

이태영은 이것으로 분위기는 굳어졌다는 생각이 들었다.

신의주로 돌아오는 비행기 안에서 서동수가 자료를 읽는다. 이태영은 지방대 출신으로 겨우 입사했지만 팀장이 됐으니 실력은 인정받았다. 입사 7년 차이며 33세, 작년에 팀장으로 승진했는데 영업에서 발군의 실적을 올렸기 때문이다. 미혼이며 적극적인 성격, 리더로서 팀원의 신망을 받는 편. 이는 팀원들이 팀장을 평가한 것이다. 그러나 상사들의 평가는 전혀 달랐다. 행정 절차가 미숙하며 월권,

근태 불량, 과도한 음주, 사생활 문란까지 적혀 있다. 이쯤 되면 치명적이다. 이태영의 전(前) 상사 네 명과 현(現) 상사 두 명의 평가가 거의 부정적이었기 때문이다. 부하들의 신망만 가지고는 조직사회에서 출세하지 못한다. 차라리 부하들로부터 더러운 평가를 받더라도 상사들의 평가가 좋으면 대부분 진급한다. 서동수의 얼굴에 쓴웃음이 번졌다. 월권, 근태 불량, 사생활 문란까지 자신의 옛날과 비슷했기 때문이다. 결국 하청공장에서 리베이트를 먹은 것이 들통 나는 바람에 전자팀장에서 칭다오 계열공장의 총무과장으로 전출됐지 않은가? 그것이 지금의 서동수를 만든 계기가 됐다. 그러나 누가 지금을 상상이나 했겠는가? 서류를 내려놓은 서동수가 앞쪽에 앉은 유병선을 보았다.

"젊은 시절을 돌이켜 봤을 때 후회하느냐 안 하느냐로 자신의 현재 상태를 측량할 수 있어."

영문을 모르는 유병선이 눈만 깜박였고 서동수가 말을 이었다.

"후회하지 않는 인간의 성공 가능성이 많다고 확신해."

유병선이 머리를 끄덕였지만 건성인 것이 실감하는 것 같지는 않다. 서동수가 눈으로 앞에 놓인 이태영의 서류를 가리켰다.

"이 친구 서류를 보니 능력은 뛰어난데 윗사람과의 관계와 생활에 문제가 많은 것 같군."

"제가 먼저 읽었습니다만, 진급은 어려울 것 같습니다."

서동수가 머리만 끄덕였다. 이태영이 예전의 자신과 비슷하다고 했다면 유병선은 그런 말을 하지 않았을 것이다. 유병선이 말을 이었다.

"직장 생활에서 상관들의 불신임과 견제를 받는다면 치명적입니다. 이태영은 회복하지 못할 것 같습니다."

"하긴 그렇군."

이태영의 전 상관 중 아무도 호의적이지 않았다. 이태영이 지금까지 버텨 온 이유는 단 하나, 빼어난 능력 덕분이다. 입사 4년 만에 러시아에서 1억 불 가까운 전자오더를 획득한 것은 동성전자 영업본부 역사상 전무후무한 일이었다. 그래서 팀장으로 승진됐지만 그 후로 앞이 막혔다. 평소의 행실 때문이다. 직장인 중 능력 외의 사생활, 대인관계, 특히 윗사람과의 관계에서 제동이 걸려 주저앉은 비율은 과연 얼마나 될까? 머리를 기울였던 서동수가 입을 열었다.

"내가 우즈베키스탄 상황 때문에 문제아를 하나 발견한 것 같아."

뒷말이 궁금한 유병선이 숨을 죽였고 서동수의 말이 이어졌다.

"이놈은 자생력이 있어. 두고 보라고."

"자생력이라면 뭘 말씀하십니까?"

유병선의 시선을 받은 서동수가 빙그레 웃었다.

"이놈이 앞으로 어떻게 처신할지 내 눈에 선해."

"……."

"만일 내 예상대로라면 이 서류에 적힌 내용을 엎어 버릴 수 있을 거야."

"어떻게 말씀입니까?"

유병선의 시선을 받은 서동수가 다시 웃었다.

"가만 두고 보라고. 재미있을 거야."

"이제 신의주도 궤도에 올랐으니 본업으로 돌아갈까 합니다."

전화기를 귀에 붙인 서동수가 정중하게 말하자 수화기에서 먼저 한숨 소리부터 들렸다.

"아, 정말 그런 말씀 들으니까 서운합니다. 아주 이별하는 것 같아요."

청와대 비서실장 양용식이다.

"장관님, 몇 년쯤 더 계셔도 되지 않습니까? 대통령께서 남북연방 체제를 발족시키실 때까지라도 말씀입니다."

그때까지는 최소한 4~5년을 더 기다려야 한다. 한대성 대통령의 연임 기간 말쯤이 될 것이기 때문이다. 서동수가 웃음 띤 얼굴로 말했다.

"저 아니면 안 된다는 생각이 바로 독선의 시작입니다. 저는 이 정도면 제 분수 이상의 대접을 받은 셈입니다. 이제 물러나야지요."

"그건 장관의 겸손하신 말씀이고."

"대통령께 정식으로 말씀드리기 전에 실장께서 보고해 주시길 바랍니다. 후임자만 결정하시면 제가 김동일 위원장께 추천해 드리겠습니다."

"아, 후임자는 장관께서 말씀해 주셔야지요. 그래야 김 위원장께서도…."

"어쨌든 대통령께 말씀 부탁드립니다."

다시 정중하게 인사를 한 서동수가 전화기를 내려놓고는 길게 숨을 뱉었다.

"간곡하게 만류하니까 서운해지는군."

그러자 앞에 서 있던 유병선이 따라서 긴 숨을 뱉었다.

"저도 몸 반쪽을 떼어놓는 심정인데 장관께선 오죽하시겠습니까?"

"내가 신의주 장관으로 일했던 4년 동안 동성의 성장이 15%밖에 되지 않았어."

쓴웃음을 지은 서동수가 말을 이었다.

"그전까지는 연평균 35%씩 성장을 했는데 말이야."

"여러 요인이 있었습니다만 최고경영자가 결정할 일이 미뤄지거나 아예 만들지 않았던 것이 가장 큰 원인이었습니다."

"앞으로는 자네가 기조실 사장을 맡아줘야겠어."

"알겠습니다."

예상하고 있었으므로 유병선이 바로 대답했다. 기업 인사는 파격이 드물다. 공무원이나 정치인처럼 자리가 사람을 만드는 경우가 거의 없기 때문이다. 자신의 전문 분야에서 두각을 나타내어 파격 승진을 하는 경우는 있지만 난데없는 인사는 곧 망사(亡社)의 시작이 된다. 유병선은 동성의 비서실장 출신이고 신의주 장관의 비서실장까지 한 인물이다. 그러니 그 경력을 감안하면 동성의 기조실 사장이 안성맞춤일 것이다. 그때 유병선이 수첩을 펴고 말했다.

"오후 7시에 이하영 씨하고 저녁 약속이 있으십니다."

서동수의 얼굴에 웃음이 떠올랐으므로 유병선이 외면했다. 그 웃음의 의미를 아는 것이다.

"이하영 씨에 대해서 북한 측이 눈치채고 있지는 않지?"

"아직 모르고 있는 것 같습니다."

유병선이 외면한 채 말을 이었다.

"현재 이하영 씨가 취업 희망자들로부터 받은 취업비는 22억5,000만 원이 되었습니다. 모두 경력직이어서 과장급은 2,000만 원, 부장급이 5,000만 원, 실장급 7,000만 원, 중역은 1억에서 3억 원까지를 받았습니다. 아직 시작 단계이니 만치 앞으로 몇 배가 늘어날지 알 수 없습니다."

"며칠 전보다 더 늘어났군."

혼잣소리로 말한 서동수가 긴 숨을 뱉었다. 이하영은 조선항공·자동차의 경력직 사원 공급 계약을 맺은 후에 희망자로부터 취업비를 받아 챙기고 있다.

서동수가 들어서자 이하영은 자리에서 일어섰다. 웃음 띤 얼굴이 환했다. 아름답다. 반짝이는 눈과 반쯤 벌어진 입술을 보면서 서동수는 이하영의 쾌락에 젖은 얼굴을 떠올린다. 이하영의 모습을 본 순간 강한 성적 충동을 느꼈기 때문이다.

"그동안 안녕하셨어요?"

비음이 섞인 목소리도 자극적이다. 서동수도 따라 웃으며 앞쪽 자리에 앉았다. 아베와의 '대마도 전쟁' 때문에 한 달이 넘도록 만나지 못했다. 그동안 이하영은 김동일이 투자한 조선자동차, 조선항공의 인력공급업체로 선정되었다. 수천 명의 행정직, 기술직 경력 사원이 필요한 터라 한 달도 안 되어서 22억5,000만 원을 벌었으니 취업자로부터 수백억 원의 비자금을 챙길 것은 분명했다. 이하영은 조선자동차, 조선항공과는 계약서상의 수수료도 수십억 원을 받게 돼 있다. 신의주의 유흥구에 위치한 '서울식당'의 방 안이다. 주문한 한정식 요리가 놓였고 식사를 하는 동안 이하영이 밝은 분위기로 대화를 이끌었다. 인력공급의 어려운 점, 외국에서 우수 기술 인력을 빼 올 때의 에피소드가 재미있게 펼쳐졌다. 식사와 함께 소주를 마셨는데 소주병이 두 병째 비워졌을 때 이하영이 상기된 얼굴로 서동수를 보았다.

"곧 동성으로 복귀하신다면서요?"

"아, 그래요."

소주잔을 든 서동수가 웃음 띤 얼굴로 이하영을 보았다.

"조선자동차와 조선항공 경영까지 맡게 될 테니 지금보다 더 바쁘겠지."

"장관직에 계시면서도 경영하실 수 있을 텐데요."

"장관 하면서 동성 성장률이 낮아졌어요."

한 모금에 소주를 삼킨 서동수가 말을 이었다.

"동성이 제2의 도약을 해야 살아남게 될 거요."

"제가 필요하시면 언제든지 불러주세요, 장관님."

이하영의 시선이 은근해졌다. 진홍빛 루주를 바른 입술이 조금 벌어져 있는 것이 색정적이다. 오늘 만남은 어젯밤에 서동수가 만나자고 연락을 한 것이다. 그런데 바로 오늘 오전에 신의주에 와 있던 이하영의 정부(情夫) 김창무가 돌아갔다. 대준상사 전무 김창무가 신의주에 머무는 사흘 동안 매일 밤 이하영의 방에서 잤다. 이하영과 같은 호텔에 묵고 있었기 때문이다. 그때 길게 숨을 뱉은 서동수가 입을 열었다.

"김창무란 사람 알아요? 대준상사 전무라고 하던데."

그 순간 이하영의 얼굴이 하얗게 굳어졌다. 눈동자의 초점이 멀어졌고 입을 벌렸지만 말은 뱉어지지 않는다. 순발력이 뛰어나더라도 갑자기 머릿속이 하얗게 되는 경우가 있다. 서동수가 말을 이었다.

"오전에 공항에서 체포되었는데 이하영 씨하고 연루되었을 가능성이 많기 때문이라는군."

"……."

"이하영 씨가 인력을 공급하면서 취업자들로부터 취업비 명목으로 막대한 수수료를 받았다는 것이 사정 당국에 적발된 거요. 이건 북한으로 송환될 사안인 것 같은데."

서동수가 잔에 소주를 따르면서 말을 이었다.

"내가 만나자고 한 건 이것 때문이요."

잔을 든 서동수가 한 모금에 술을 삼키고는 외면했다.

"북한 당국은 그런 부정은 용납하지 않습니다. 아마도 두 분을 고사총으로 처형할 것 같은데."

말을 멈춘 서동수가 벽시계를 보았다. 오후 8시 반이 되어가고 있다. 그때 문득 포장마차가 떠올랐다. 최정현이었던가?

"오셨어요?"

서동수가 들어서자 최정현이 활짝 웃었다. 그 순간 서동수의 목구멍이 좁아졌고 갑자기 코에 겨자가 들어간 것처럼 찡한 느낌도 왔다.

"어, 오늘은 바쁘구먼."

포장마차에 손님이 셋 앉아 있었기 때문이다. 서동수를 보더니 40대쯤의 사내 둘은 놀란 것 같다. 자리에 앉은 서동수가 닭똥집과 순대, 조개탕을 시키고는 아직도 힐끗거리는 사내들을 향해 웃었다.

"나 여기 단골입니다. 조개탕 맛이 좋아서 자주 오지요."

"아이고, 예."

옆쪽 사내가 앉은 채로 머리를 숙여 보이고는 따라 웃었다.

"놀랐습니다, 장관님."

그때 최정현이 먼저 어묵 국물과 술을 가져다 놓으면서 서동수에게 살짝 눈을 흘겼다. 서동수는 심호흡을 했다. 오후 9시 반, 이하영을 식당에 남겨두고 먼저 나온 참이어서 꺼림칙한 상태다. 이하영과 김창무가 고사총으로 처형당할 것이라고 한 것은 홧김에 한 말이다. 그러나 김창무가 공항에서 체포된 것은 사실이고 지금쯤 이하영도 경찰서에 잡혀가 있을 것이다. 식당 안에 경찰을 대기시켜 두고 있었기 때문이다. 김창무는 이하영과 공모하여 잇속을 차린 혐의로 처벌될 것이다. 옆자리의 사내들은 근처 유흥가 종업원들 같았는데 술을 얼른 비우더니 서동수에게 제각기 꾸벅여 보이고는 나갔다.

"이거, 미안한데. 나 때문에 다들 나간 것 아냐?"

서동수가 빈자리를 눈으로 가리키며 묻자 최정현이 머리를 저었다.

"아녜요. 저 사람들 근처 나이트클럽 종업원들인데 이 시간이면 나가요."

"오늘 밤 나하고 데이트할래?"

서동수가 불쑥 묻자 옆쪽 식탁을 치우던 최정현이 옆모습만 보인 채 대답했다.

"그럼 문 닫고 나갈 테니까 장소만 알려주세요."

"어이구. 바로 대답하니까 믿기지가 않는데, 정말 오는 거야?"

"지난번에도 말씀드렸잖아요?"

"나한테 빚 갚으려고?"

"그것도 있고요."

몸을 돌린 최정현이 웃음 띤 얼굴로 서동수를 보았다.

"오늘까지 여섯 번째나 오셨는데 조개탕 드실 때가 되었죠."

"아이고. 내가 농담을 말아야지."

"어디로 가죠?"

최정현이 정색했으므로 서동수가 손목시계를 보았다.

"내가 자리를 잡고 차를 보내지."

"한 시간쯤 후에 만나는 것으로 해요."

최정현이 이제는 서동수의 소주병까지 치우면서 말했다.

"술 그만 드시고 어서 나가세요."

자리에서 일어선 서동수는 계산도 하지 않고 포장마차를 나왔다. 서울식당에서 갑자기 최정현이 떠오른 것은 이하영과 대조가 되었기 때문일 것이다. 주변의 호의를 이용하여 거짓말과 사기로 범벅이 된 인생을 살아가는 이하영이다. 이하영이 과장급 한 명을 취업시켜주고 뒷구멍으로 받은 돈을 최정현은 한 달 동안 손님들에게 시달리며 손발이 퉁퉁 붓도록 일해야 번다. 그날 밤 11시가 되었을 때 승용차에서 내린 최정현이 신의주 서남쪽 바닷가의 2층 저택 현관으로 들어섰다. 3면이 숲으로 둘러싸인 저택의 앞쪽은 바다다.

"어서 와."

응접실에서 기다리던 서동수가 다가가 최정현의 어깨에 두 손을 얹었다. 집 안은 조용했고 아늑해서 최정현은 가슴이 편안해졌다.

천장을 향하고 누운 서동수가 시선을 벽시계로 옮겼다. 오전 1시 반, 반쯤 열린 베란다 창문을 통해 바다 냄새가 느껴졌다. 방의 불은 꺼놨지만 사물의 윤곽은 뚜렷하게 드러났다. 옆에 누운 최정현의 속눈썹도 보인다. 베란다 밖의 소나무 가지 위에 달빛이 하얗게 덮여 있다. 가슴에 볼을 붙인 최정현이 더운 숨을 뱉으며 물었다.

"무슨 생각해요?"

"아무 생각 없어."

쓴웃음을 지은 서동수가 최정현의 어깨를 당겨 안았다. 둘 다 알몸이다. 방금 몸을 뗀 상태여서 방 안의 열기도 아직 다 가시지 않았다. 바깥 공기가 밀려오면서 비린 정액의 냄새도 맡아졌다. 달콤한 냄새다. 만족한 정사를 끝낸 후면 따뜻한 물속에 가라앉은 느낌이 든다. 서동수가 옆으로 누우면서 최정현의 엉덩이를 움켜쥐었다.

"너처럼 탄력 있는 몸은 처음이야."

"거짓말."

최정현이 몸을 딱 붙이더니 손을 뻗어 남성을 두 손으로 감싸 쥐었다.

"하지만 듣기 좋네요. 제가 좋았다는 건 알고 계시죠?"

"네 몸은 거짓말을 못 하지."

"물이 조금 많은 편이죠?"

"조금이 아니던데."

그때 최정현이 서동수의 젖꼭지에 입술을 붙였다. 어느덧 주무르던 서동수의 남성이 다시 단단해졌다. 서동수의 손이 최정현의 허벅지를 쓸어올리다가 숲에 닿았다. 몸을 꿈틀대던 최정현이 다리를 올려주면서 말했다.

"그래요. 오랜만에 해서 더 많아진 것 같아요."

"그렇더구나. 앞으로 자주 만나면 리듬도 맞겠지."

서동수의 손이 골짜기를 애무하기 시작했다. 이미 최정현의 동굴 밖이 젖어가고 있다. 최정현의 가쁜 숨결이 서동수의 가슴을 훑고 지나갔다.

"이렇게 마음 놓고 하는 건 처음이에요."

서동수의 손가락이 동굴 위쪽의 작은 지붕을 건드리자 최정현이 말을 이었다.

"이혼 후에 서너 번 관계가 있었지만 항상 불안했거든요. 몸도 다 열리지 않았어요."

"오늘은 다 열린 건가?"

"해주세요."

"벌써?"

그러나 이미 최정현의 몸은 준비가 다 됐다. 몸은 뜨거워졌고 동굴은 활짝 열린 상태다. 최정현의 혀가 빠져나오더니 서동수의 입안으로 들어왔다. 서동수는 탄력 있는 최정현의 혀를 힘껏 빨아들였다. 방 안은 다시 뜨거운 열기로 가득 찼다. 가쁜 숨소리 사이로 신음이 터졌고 의미 없는 말이 토막으로 뱉어졌다가 사라졌다. 이윽고 서동수가 몸 위에 오르자 최정현이 어깨를 움켜쥐었다. 눈은 치켜떴지만 초점이 멀다. 반쯤 벌린 입에서 쇳소리가 섞여 나온다. 서동수는 천천히 최정현의 몸 안으로 들어갔다. 이제는 최정현도 서두르지 않고 서동수의 몸을 받아들인다.

"아아아."

탄성과 신음이 섞인 이 외침은 천상의 소리다. 몸이 빈틈없이 밀착됐을 때 최정현이 두 발을 침대에 붙인 채 하반신을 치켜들어 더 밀착감도를 높이더니 몸을 떨어뜨리면서 두 다리로 서동수의 하반신을 감았다. 감동한 서동수가 숨을 들이켰을 때 최정현이 다리를 풀어 서동수의 다음 행동을 기다렸다. 완벽한 리듬이며 조화다.

"이태영은 타슈켄트에 머물고 있습니다, 장관님."

앞자리에 앉은 유병선이 웃음 띤 얼굴로 말했다.

"바이어인 경찰청 부청장을 두 번 만났습니다."

서동수가 눈동자의 초점을 잡고 유병선을 보았다. 집중하는 표정이다. 서류를 편 유병선이 말을 이었다.

"통화로 직속상관인 1부장에게 보고했는데 타슈켄트에서 200여㎞ 떨어진 반군과의 교전 지역에 가서 3일 동안 머물면서 반군 지휘부 일원인 모하마드를 만났다고 말했습니다."

"어허."

서동수의 입에서 저절로 탄성이 뱉어졌다. 며칠 전 우즈베키스탄으로 단독 출장을 떠난 이태영은 서동수의 특별지시로 비밀리에 보호를 받고 있다. 따라서 보호팀도 따로 유병선에게 보고서를 올리고 있다.

"그놈 대단하군. 반군 지휘부까지 만났다니 말이야. 그래서?"

"이태영은 반군이 타슈켄트를 함락하면 빅 오더를 주겠다는 약속을 받았다고 합니다."

이제는 서동수가 눈만 크게 떴고 유병선이 서류를 계속 읽는다.

"생필품은 물론 건설 오더도 하겠다는 겁니다. 그 대신에…."

"말해봐."

"미화 현찰로 300만 달러를 요구했다는 겁니다. 군 장비를 사는 데 필요하다면서 말입니다."

"반군이 말인가?"

"예, 그래서 이태영은 거절했다고 합니다. 만일 일이 잘못되면 정부로부터 반군 일당으로 취급될 테니까요."

"잘했어. 그래야지."

"거절은 했지만 인연을 맺었으니 향후 정국이 어떻게 되건 유리할 것이라고 보고했답니다."

이것이 이태영의 현지출장 구두 보고다. 적지에 뛰어든 용사 같은 행위이다. 서동수가 머리를 끄덕였을 때 유병선이 다른 서류를 펼쳤다.

"이것은 현지 파견관 보고서입니다."

현지 파견관은 유병선이 따로 고용한 이태영의 보호 역이다. 국정원 출신의 노련한 수사관이 현지의 KGB 출신과 팀을 이루고 있다. 힐끗 서동수에게 시선을 준 유병선이 서류를 읽었다.

"이태영은 교전 지역에 가 있었다는 3일 동안 타슈켄트의 호텔 풀장과 사우나, 클럽에서 여자하고 즐기고 있었습니다."

외면한 유병선이 서동수 앞에 사진 여러 장을 내려놓았다. 서동수는 시선만 준 채 집지 않았고 유병선의 말이 이어졌다.

"이태영은 거짓말한 것입니다. 교전 지역에 잠입하는 데 필요하다고 현금 5만 달러까지 송금 받았습니다."

서동수는 눈만 껌벅였고 유병선이 다시 사진 몇 장을 서동수 앞에 놓았다.

"여기 이태영의 정부 사진입니다. 이태영은 이 여자에게 아파트도 얻어주었고 차도 사주었습니다. 이름이 스텔라지요."

그때야 서동수가 사진을 집어 들었다. 여자는 검은 머리칼의 미녀다. 이태영과 함께 수영장 안에서 껴안고 있었는데 둘 다 활짝 웃고 있다. 아파트 베란다에 둘이 서 있는 사진도 있다. 한국산 중형차 운전석에 앉아 있는 여자 사진을 보면서 서동수가 감탄했다.

"이 자식, 이런 미인을 데리고 살다니."

"나이트클럽에서 일하던 여자였습니다."

"그러면 어때?"

"위험한 놈입니다."

"뛰어난 놈이야."

그때 유병선이 잠자코 서류를 내려놓았다. 더 이상 말할 것이 없다는 표정이다.

아파트 벨이 울렸으므로 스텔라가 문으로 다가가며 물었다.

"누구세요?"

"소피아야."

이웃집에 사는 친구다. 몸을 돌린 스텔라가 거실에 앉아 있는 이태영을 보았다.

"소피아도 이번 파티에 초대할까?"

"네 맘대로 해."

다시 TV로 시선을 돌리면서 이태영이 건성으로 대답했다. TV에서는 반군과의 교전 내용이 방영되고 있었는데 본사에 보고할 때 요긴하게 써먹을 수가 있다. 그때 문이 열리더니 스텔라의 놀란 외침이 들렸다.

"누구세요?"

머리를 돌린 이태영은 소피아 뒤에 서 있는 사내들을 보았다. 사복 차림의 세 사내는 스텔라를 밀어젖히고 방으로 들어섰는데 시선이 모두 이태영에게로 쏠려 있다. 이태영이 엉거주춤 자리에서 일어섰을 때 다가선 사내 하나가 물었다.

"당신이 코리안 미스터 리인가?"

"무슨 일이요?"

이미 얼굴이 하얗게 굳어진 이태영이 묻자 사내 둘이 이태영의 양쪽 팔을 잡았다. 스텔라는 입만 딱 벌린 채 벽에 붙어 서 있었고 문 여는 데 앞장섰던 소피아는 보이지 않았다. 그때 앞쪽의 사내가 말했다.

"널 반란군과 접촉한 죄로 체포한다."

"뭐요?"

이태영이 기가 막힌다는 표정으로 웃었다. 그때 팔을 낀 사내들이 이태영의 양팔을 뒤로 젖히더니 수갑을 채웠다.

이태영이 팔을 흔들면서 소리쳤다.

"내가 반란군하고 접촉하다니? 말도 안 되는 소리 마! 난 반란군을 알지도 못한다고!"

"넌 반란군 간부 무하마드를 만났어."

앞에 선 사내가 정색했다.

"무하마드, 기억나지 않나?"

"처음 듣는 이름이야!"

"넌 닷새 전에 치쿠로 내려가서 무하마드를 만나고 이틀 전에 돌아왔다. 사흘 동안 치쿠에 있었던 거야."

"천만에!"

그러고는 이태영이 헛웃음을 지었다.

"난 그때 이곳에 있었어. 여기 스텔라가 증인이야!"

"거짓말 마!"

"스텔라하고 수영장, 사우나, 밤에는 나이트클럽을 갔어! 증인이 100명도 넘어!"

"우린 네가 네 상관한테 보고한 통화 내역을 갖고 있어."

눈을 가늘게 뜬 사내가 말을 이었다.

"네 출장 보고서 말이야. 우린 다 번역을 해서 갖고 있다고."

"아, 아니……."

그때야 사태의 심각성을 깨달은 이태영이 더듬거렸다.

"그, 그것은 모두 거짓말이야!"

"이 자식, 거짓 보고를 했다고? 대답이 궁색하군."

입맛을 다신 사내가 이태영의 팔을 끼고 있는 두 사내에게 지시했다.

"이놈 사물을 챙겨."

"이것 봐, 나는……."

그때 옆에 선 사내가 손바닥을 휘둘러 이태영의 뺨을 쳤다. 전자밥통 뚜껑 같은 손바닥이 날아가 뺨에 부딪치자 이태영은 소파 위로 넘어졌다.

"아이고."

이제는 더럭 겁이 난 이태영이 소리쳤다.

"전화를! 내 회사에 전화!"

"네 마음대로 할 수가 없어. 이 반역자!"

"저기, 동성 회장실로 전화를! 동성 회장이 바로 신의주 장관이야!"

"이건 오바마가 나서도 안 돼, 이 새끼야."

사내가 뱉듯이 말하고는 몸을 돌렸다.

"어서 오세요."

오후 9시 반, 손님 하나가 들어섰으므로 최정현이 반겼다. 두 번째 손님이다. 10시가 넘어야 손님이 모이지만 오늘은 뜸한 편이다. 포장마차 안을 훑어본 손님이 자리에 앉더니 최정현과 시선을 마주쳤다. 50대 초반쯤 되었을까. 양복 차림에 단정한 용모, 눈빛이 조금 차갑게 느껴졌다.

"뭘 드릴까요?"

최정현이 시선을 떼지 않고 부드럽게 물었다. 예전에는 이러지 않았다. 이런 시선을 받으면 기가 죽었다. 전 남편 양준기의 영향이다. 그런데 지금은 달라졌다. 이 또한 서동수의 영향이다. 그동안 서동수의 별장에 세 번 다녀왔고 지금은 단 한 치의 어긋남이 없이 리듬이 맞는다. 그러나 중요한 것은 궁합이 아니다. 사는 것이 즐거워진 것이다. 비록 포장마차 매상이 겨우 먹고살 만큼만 되었어도 배가 부른 것이다. 그만큼 생활에 여유와 활력이 생기고 있다.

"아, 저기, 에…."

사내가 안주 진열장을 보면서 더듬거렸으므로 최정현의 얼굴에 웃음이 떠올랐다. 그때 사내가 안주에서 시선을 돌리더니 최정현에게 말했다.

"저기, 제가 장관 비서실장 유병선이라고 합니다."

놀란 최정현이 들고 있던 순대를 어묵 냄비 속에 떨어뜨렸다. 그러나 국물이 튀지는 않았다. 여전히 정색한 유병선이 말을 이었다.

"장관께서 조선자동차 건설현장의 구내식당을 해 보시라고 해서 제가 찾아온 것입니다."

이제는 유병선의 얼굴이 풀렸고 눈빛도 따뜻해졌다. 두 손을 든 유병선이 조금씩 흔들면서 말하는 것이 더 머릿속에 쏙쏙 들어온다.

"건설현장 근로자를 위한 식당이니까 손님 걱정은 안 해도 됩니다. 매일 세끼 식사를 만들어 줘야 되지만 식당 직원을 3교대로 운영하면 되겠지요."

"……."

"예, 제3식당을 맡게 되시는데 식당에서 밥 먹는 인원은 600명쯤 되겠습니다. 600명이 하루 세끼를 먹는 거죠."

"……."

"물론 식비는 다 회사에서 냅니다. 지금 운영되는 제1, 2식당이 한 끼에 5000원씩이니 그 기준으로 보면 매출은 하루 900만 원이 되겠습니다."

그 순간 최정현이 숨을 들이켰다. 최정현은 회계에 좀 어둡다. 하긴 큰돈을 계산할 기회가 없었기 때문이기도 했다. 포장마차의 하루 매상이 15만 원 정도였고 가장 많았던 때가 27만 원인가였던 것이다. 그런데 하루 900만 원이라니, 그것도 보장된 손님이, 그러면 한 달에 얼마인가. 눈동자의 초점이 흐려진 최정현이 겨우 입만 벌렸을 때 유병선이 작게 헛기침을 했다.

"저기, 내일 비서실 직원하고 만나서 식당에 한번 가보시지요. 직원이 자세히 설명해 드릴 것입니다. 식당에 필요한 집기나 주방기구는 모두 준비해 드릴 테니 걱정하지 마시고요."

"……."

"식당 고용원도 모집해 드릴 것이니까 맡겨 두시고요. 최정현 씨께서는 관리만 해주시면 됩니다."

"저기."

마침내 최정현이 상기된 얼굴로 손을 조금 들었다. 심장이 너무 세게 뛰는 바람에 딸꾹질까지 나오려고 한다.

"장, 장관님은요?"

그러자 유병선이 그럴 줄 알았다는 듯이 빙그레 웃었다.

"장관님께서도 곧 연락하실 겁니다."

오전 11시, 서동수가 평양 주석궁 접견실에서 김동일과 마주앉아 있다. 오늘은 배석자도 없는 단 둘만의 만남이다. 김동일은 무거운 표정이다. 앞에 놓인 인삼차 잔은 손도 대지 않고 소파에 등을 붙인 자세로 앉아 있다. 이윽고 머리를 든 김동일이 서동수를 보았다.

"박세중 씨가 형님 후임으로 신의주 장관에 추천된다는 보도가 있더군요. 맞습니까?"

"예, 맞습니다. 곧 지도자 동지께 대통령이 추천서를 보낼 겁니다."

서동수가 부드러운 표정으로 김동일을 보았다. 김동일이 형님이라고 불렀지만 오늘은 예의를 차리고 싶은 것이다.

"박세중 씨는 원만하고 신의주를 발전시키는 데 적임자입니다. 지도자 동지께서 승인해 주시길 바랍니다."

"형님께서 추천하시니 당연히 승인해야지요."

외면한 채 말했던 김동일이 머리를 들고 서동수를 보았다.

"형님, 우리 북조선은 어떻게 될까요?"

김동일의 시선을 받은 서동수가 숨을 들이켰다. 서동수의 장관직 사임을 보고 김동일도 자신의 거취를 생각하게 된 것 같다. 그것을 에둘러서 말한 것이다. 서동수가 입을 열었다.

"시작이 있으면 다 끝이 있는 법이지요. 영원한 것은 없습니다."

"……."

"맛이 있다고 배부르게 먹으면 속이 거북한 경우하고 같지요. 적당하게, 조금 모자란 것같이 먹어야 뒤가 개운합니다."

"그렇지요."

김동일이 머리를 끄덕였지만 그늘진 표정은 풀리지 않았다. 다시 인삼차 잔을 내려다보던 김동일이 머리를 들었다.

"내가 원했던 자리가 아니었어요. 아버지의 후계자가 되었고 인민을 위한 의무라고 교육받았습니다."

"……."

"내가 맡지 않았다면 공화국은 격심한 혼란 상황에 빠져서 수백만의 인명 피해가 났을 겁니다."

"……."

"북조선에도 기득권 세력과 개혁 세력이 공존하고 있어요. 갑자기 권력 공백 상태가 되었다면 내전(內戰)이 일어났을 것입니다."

길게 숨을 뱉은 김동일이 서동수를 보았다.

"나는 북남연방제를 합의하고 북남 공동정권의 대통령 선거가 끝난 후에 물러날 예정입니다."

서동수는 시선만 주었다. 그것은 5년쯤 후가 될 것이다. 내년에 북남연방제가 양국의 합의로 결정되면 연방대통령 선거는 4년 후가 될 것이기 때문이다. 그때는 한반도가 동북아의 중심이 된다. 제주도에 미국 태평양함대 사령부가 건설되는 것이 중요한 역할을 했다. 신의주로 흘러들어온 중국의 막대한 자금과 인력이 한반도 친중화(親中化)의 상징이라면 제주도의 미 7함대 사령부 이전은 친미화(親美化)의 상징이다. 그렇다고 한반도가 100년 전의 조선처럼 열강에 휘둘리는 미약한 존재가 아니다. 핵을 보유한 세계 3위의 군사력을 갖춘 강국(强國)이다. 그러나 일본은 새 정권이 들어서면서 더 이상 미국의 등에 업힌 존재가 아니다. 동북아의 중심국 한국의 오른쪽에 있는 나라일 뿐이다. 그때 김동일이 다시 말을 이었다.

"형님이 장관은 물러나시더라도 우리 북조선의 직위 하나는 맡아 주시지요."

"알겠습니다. 맡지요."

서동수가 흔쾌히 수락했다. 이제 얼굴에 웃음이 떠올랐다.

"수시로 사업 현황도 말씀드려야 할 테니까요."

뛰어난 놈이라고 했지만 서동수는 이태영에 대한 현지파견관의 보고를 듣는 순간 귀를 막고 싶은 심정이 되었다. 이태영은 영업사원이 아니라 사기꾼이었다. 이런 인간이 고위직에 오를수록 조직의 피해는 늘어난다. 현지파견관의 조사가 없었다면 속아 넘어갈 뻔했다. 제아무리 뛰어난 경영자라고 해도 용인(用人)에 실패할 때도 있는 법이다. 사기꾼의 수단도 날로 발전하기 때문이다.

"그래, 마침내 신의주 장관을 그만둔단 말이지?"

서동수의 친구 강정만이 지그시 시선을 주면서 다시 한 번 확인하듯 물었다. 오후 10시 반, 이곳은 이태원의 요정 '사리원'이다. 세월이 지나면서 룸살롱, 요정의 밤 문화도 변했지만 몇 십 년째 같은 방식을 고수하는 업소도 있다. 바로 사리원이 그렇다. 온돌방, 등받이가 붙은 앉은뱅이 의자, 교자상에는 상다리가 부러지도록 안주가 놓였고 둘의 옆에는 한복 차림의 아가씨가 붙어 앉아 시중을 들고 있다. 서동수 위쪽에 12쪽짜리 병풍이 놓였는데 종이가 낡아서 몇 백 년 전 진품 같다. 서동수가 옆에 앉은 아가씨를 보았다. 몇 년 전에 본 것 같은 아가씨다. 얼굴은 화장으로 가렸지만 목의 주름은 드러났다. 그러나 그윽한 분위기가 뒤쪽 병풍과 어울렸다. 시선을 마주치자 아가씨가 엷은 입술을 구부리며 희미하게 웃는다. 서동수의 목구멍이 쩌르르 울렸고 활기가 일어났다. 이런 분위기가 좋은 것이다. 강정만의 말에는 대답하지 않고 서동수가 아가씨에게 물었다.

"네 인생에서 가장 행복한 때가 언제였어? 생각나는 대로 말해봐. 섹스 할 때 빼고."

그때 아가씨가 똑바로 서동수를 보았다. 눈이 조금 가늘어졌고 꾹 다물었던 입술이 열렸다.

"제 아들이 유치원에 다니던 2년 동안이 가장 좋았던 것 같아요."

"으음."

저도 모르게 서동수의 입에서 탄성이 울렸고 앞쪽 아가씨는 숨을 죽였다. 서동수가 잠자코 기다렸더니 아가씨가 말을 이었다.

"행복했죠. 세 식구가. 그때를 생각하면 언제나 맑은 날씨, 웃는 아이 얼굴이 떠올라요."

"몇 년 전이야?"

"5, 6년 되었어요."

그렇다면 아가씨는 30대 중·후반의 나이가 된다. 술잔을 든 서동수가 한입에 소주를 삼키고는 빈 잔을 아가씨에게 내밀었다. 서동수가 소주를 따르면서 물었다.

"전에 나하고 잔 적이 있어?"

"아뇨, 뵌 적은 있었지만 안 잤습니다."

"네 꿈이 뭐야?"

"옳지."

기다리고 있었던 것처럼 강정만이 끼어들었다.

"지금 말하지 마라. '좀 생각해 보겠어요' 해놓고 이따 자고 나서 말해라. 그럼 다 들어줄 거다."

강정만도 정색했고 옆에 앉은 파트너도 긴장하고 있다. 그때 아가씨가 웃음 띤 얼굴로 말했다.

"그냥 착한 남자 만나서 사는 거요."

서동수가 머리만 끄덕였고 아가씨는 말을 이었다.

"둘이 같이 일하면 좋겠죠. 농사를 짓든지 가게를 하든지."

"얘는 산전수전 다 겪어본 것 같군."

입맛을 다신 강정만이 파트너의 허리를 당겨 안으면서 투덜거렸다.

"나보다도 더 선배인 것처럼 말하고 자빠졌군. 너 오늘 밤 저 친구하고 자기는 틀렸다."

그러나 그날 밤 서동수는 이정애와 성북동 안가에서 잤다. 아가씨 이름이 이정애였던 것이다. 이정애는 37세, 남편은 5년 전에 자동차 사고로 죽고 열 살 된 아들과 친정어머니까지 셋이 산다고 했다. 사리원에 나온 지는 4년, 다른 곳으로 옮기지 않고 사리원 한 곳에서만 일했다는 것이다. 밤 12시 반, 샤워를 하고 나온 이정애가 침대에 누운 서동수 옆으로 다가와 섰다. 가운 차림의 이정애는 머리도 풀었고 화장도 지워져서 얼굴이 반들반들했다.

"저, 어떻게 해드릴까요?"

이정애가 물었을 때 서동수의 얼굴에 웃음이 떠올랐다. 마치 10년쯤 같이 산 와이프 같았기 때문이다.

"뭘 어떻게 해?"

"그냥 누워만 있을까요?"

"넌 뭐가 좋은데?"

"좀 적극적인 방법이 낫죠."

이정애가 가운을 벗으면서 말했다. 가운 안은 알몸이다. 방금 샤워를 끝낸 알몸도 반질거렸다. 이정애는 키가 크진 않았지만 알맞게 살이 붙었다. 젖가슴도 큰 편이었고 배도 볼록했다. 그러나 허벅지는 탄탄했고 허릿살도 늘어지지 않았다. 서동수의 시선이 선홍빛 골짜기로 옮겨갔다. 짙은 숲은 윗부분에 모였는데 골짜기 주변은 말끔했다. 골짜기 위쪽에 붉은 콩알이 단단하게 박혀 있다. 그때 서동수의 시선을 본 이정애가 다리를 조금 벌리고 섰다. 얼굴에 웃음기가 떠올라 있다.

"다리 들까요?"

"아니, 됐다."

다시 서동수의 얼굴에 웃음이 떠올랐다.

"침대로 와."

"제가 좀 오버한 건가요?"

침대에 오르면서 이정애가 물었다. 알몸이 움직이면서 아랫배가 늘어졌고 젖가슴이 출렁인다. 서동수가 옆에 붙은 이정애의 어깨를 당겨 안았다. 이정애의 손이 거침없이 서동수의 남성을 감싸 쥐었다.

"아유, 좋아."

두 손으로 남성을 감싸 쥔 이정애가 활짝 웃었다.

"처음에 뒤에서 했다가 끝날 때 정상위로 해주세요. 전 그게 좋아요."

"너, 말이 많은 편이냐?"

서동수가 골짜기를 쓸면서 물었더니 이정애가 다리를 벌렸다.

"저, 물이 많은 편이죠."

말을 물로 잘못 들었다 했더니 이정애가 말을 이었다.

"말도 많고요."

과연 골짜기를 문지른 지 얼마 되지 않아서 서동수의 손이 흠뻑 젖었다.

"수건 밑에다 깔아야겠어요."

이정애가 허리를 들면서 말했으므로 서동수는 어깨를 눌렀다. 방안에 곧 거친 숨소리와 함께 신음이 덮였다. 참지 못한 서동수가 이정애의 골짜기에 얼굴을 묻었기 때문이다. 새로운 분위기다. 다소곳하고 차분한 성격인 줄 알았던 이정애는 침실에서는 딴판이었다. 서동수의 머리칼을 움켜쥔 이정애가 허리를 들썩이며 거침없는 신음을 뱉었다. 이윽고 머리를 든 서동수가 이정애의 몸 위로 올랐다. 이정애가 치켜뜬 눈으로 서동수를 보았지만 눈동자가 흐려져 있다. 이정애가 허리를 비틀면서 하반신을 붙였다가 떼었다. 재촉하는 것이다. 서동수는 이정애의 입술에 부드럽게 키스했다. 다음 순간 서동수가 상반신을 들었을 때 이정애의 입이 딱 벌어졌다. 두 손이 서동수의 어깨를 잔뜩 움켜쥐었고 곧 커다란 신음을 뱉었다. 서동수는 온몸이 불구덩이 속으로 빠져드는 느낌을 받고는 숨을 멈췄다. 머리칼이 곤두서는 것 같은 자극이 온다.

"어서 오십시오."

서동수가 박세중의 손을 잡아끌면서 말했다. 오전 9시 반, 박세중이 성북동 안가로 서동수를 찾아온 것이다. 응접실 소파에 마주보고 앉았을 때 박세중이 정색하고 말했다.

"제가 감당할 수 있을지 모르겠습니다."

"천만의 말씀이십니다."

서동수도 정색했다.

"이제야말로 자리에 맞는 분이 오신 것이지요."

박세중은 한국 정부로부터 신의주 장관으로 추천받았고 이제 북한 정부의 승인을 남겨 놓은 상황이었다. 서동수가 말을 이었다.

"김동일 위원장께서도 곧 승인해 주실 겁니다. 제가 약속을 받았으니까요."

"감사합니다."

박세중의 얼굴이 환해졌다. 서동수로부터 그 말을 듣고 싶었을 것이다. 그때 응접실로 유병선이 들어섰다. 유병선도 서울에 함께 온 것이다. 머리를 숙여 보인 유병선이 소파 끝자리에 앉더니 박세중에게 물었다.

"의원님, 북한 측에 후임 장관님의 신의주 행정청 주요 보직자 명단을 보여야 하는데 가져오셨지요?"

정권이 바뀌면 새 내각으로 바뀌는 것과 같다. 박세중이 들고 온 가방에서 서류를 꺼냈다.

"예. 여기 가져왔습니다."

서동수가 탁자에 놓인 서류를 집어 유병선에게 넘겨주었다. 장관은 행정청 부장관과 한국 측 몫인 각 부(部)의 간부를 임명하되 북한 측의 동의를 받아야 하는 것이다. 북한 측도 마찬가지다. 유병선이 서류를 들고 나갔을 때 서동수가 박세중을 보았다.

"장관 승인을 받으시면 상황 브리핑을 해드리지요."

"폐를 끼치게 되었습니다."

박세중이 웃음 띤 얼굴로 겸손하게 머리를 숙여 보였다. 여당인 한국당 원내총무를 지낸 박세중은 원만한 성격이지만 인내심이 강했고 때로는 저돌성도 보이는 정치인이다. 서동수가 신뢰하는 정치인 중 하나였기 때문에 한국 정부의 결정에 이의를 붙이지 않았다. 서동수가 입을 열었다.

"남북연방이 되면 신의주는 연방의 자유무역 특별시가 될 것입니다. 상하이 이상 가는 대도시로 발전하겠지요."

"모두 서 장관께서 이루어 놓으신 것이지요. 저야 후계자일 뿐이니까요."

"지금부터가 더 중요하지요."

덕담을 주고받은 박세중이 만족한 얼굴로 떠나간 것은 30분쯤이 지난 후였다. 다시 응접실로 돌아와 앉은 서동수를 따라 들어온 유병선이 말했다.

"장관님, 안 특보가 드릴 말씀이 있다는데요. 지금 이곳으로 오는 중입니다."

이번 서울 방문은 안종관도 함께였으므로 서동수가 머리만 끄덕였다. 안종관까지 셋이 신의주를 꾸려갔다고 해도 과언이 아니다. 특히 안종관은 신의주 내부의 남북 간 갈등 사항과 대북 관계에 대해 발군의 조정 능력을 발휘했다. 서동수는 기업인으로 잔뼈가 굵은 인물이다. 자신이 모르는 부분은 과감히 전문가에게 맡겨 책임과 권한을 주었다. 그것이 신의주의 성공 비결이기도 했다. 잠시 후에 도착한 안종관이 소파에 앉자마자 입을 열었다.

"박세중 씨 처남이 TS건설과 프린스그룹, 대광유통으로부터 비자금을 받았다는 증거 자료가 저한테 있습니다."

안종관이 충혈된 눈으로 서동수를 보았다.

"그런데 그 자료를 전해준 것이 북한 당국입니다, 장관님."

시선을 내린 안종관의 목소리가 떨렸다.

안종관이 내놓은 증거 자료는 완벽했다. 박세중의 처남 황문규가 해당 업체로부터 돈을 받는 장면의 사진에다 대화 녹음테이프, 입출금 계좌 내용을 첨부했고 당사자의 신상정보까지 정리해놓았다. 장소는 모두 신의주였고 시간은 서동수가 장관직 사의를 표명하고 박세중이 후임자로 거론이 되던 한 달 전부터 시작되어 닷새 전까지 계속되었다. 이윽고 자료에서 시선을 뗀 서동수의 얼굴은 굳어져 있었다. 황문규가 받은 돈은 모두 25억 원 가깝게 되었는데 이것은 선수금이었다. 신의주는 광대한 지역 전체가 아직도 개발 중이다. 관급공사 비용만 수조 원이다. 수백억, 수천억의 자금이 황문규에게로 쏟아질 것이었다.

"박세중 씨는 알고 있나?"

마침내 서동수가 입술만 달싹이며 물었다. 가라앉은 목소리다. 그때 심호흡을 하고 난 안종관이 봉투에서 성냥갑 만한 녹음기를 꺼내더니 탁자 위에 놓았다.

"이건 사흘 전에 박세중 씨 승용차 안에서 녹음한 내용입니다."

안종관이 버튼을 누르자 곧 사내의 목소리가 울렸다.

"형님, 돈은 모두 버진 아일랜드로 송금시켰습니다. 여기서는 전혀 자료가 남지 않습니다."

황문규일 것이다. 서동수의 얼굴이 일그러졌다. 그것은 그쪽만의 생각이다. 준 쪽에서는 어떻게든 근거를 만들어 놓아야 한다. 그래야 받고 오리발을 내밀 때 따질 수가 있는 것이다. 그래서 안종관이 가져온 근거 자료는 모두 준 쪽에서 캐내었다. 그때 박세중의 목소리가 들렸으므로 서동수는 숨을 죽였다.

"서둘지 마라, 시간은 충분해. 그리고 다시 말하지만 조심하고."

"염려하지 마십시오."

황문규의 목소리에 웃음기가 섞여 있다.

"형님한테 절대로 누가 되지 않을 것입니다."

"신의주로 갈 사람들한테 지금 나서면 안 돼. 가서 시작하는 것이 안전해."

"알고 있습니다. 신의주에서 근무한 후에 이야기하기로 합의했습니다."

그때 버튼을 눌러 테이프를 끈 안종관이 충혈된 눈으로 서동수를 보았다.

"신의주로 갈 사람들이란 박세중이 임명할 신의주 행정청이나 기타 관계기관 임직원들입니다."

"……."

"장관이 임명할 주요 보직이 수백 명이니 거기서도 거금이 걷힐 것입니다."

"도대체."

어깨를 늘어뜨린 서동수가 외면한 채 말을 이었다.

"이 사람, 그렇게 안 봤는데……."

"예, 철저했기 때문입니다."

안종관이 손가락을 갈퀴처럼 만들어 머리칼을 쓸어 올리더니 서류 한 장을 집어 들었다.

"이것도 북한 측이 조사해주었는데 박세중은 바하마에 황문규의 처남 고춘식의 계좌로 4,000만 불 정도를 숨겨놓고 있었습니다."

해외계좌에 돈 넣고 빼는 것은 북한 측이 더 도사일지도 모른다. 그러나 막강한 한국기관의 정보력과 그 많은 정예 언론기관들은 뭘 하고 있었단 말인가? 그때 안종관이 또 다른 서류를 꺼내 읽었다.

"박세중은 대인관계가 좋아서 각계에 인맥이 있습니다. 박세중의 도움을 받지 않는 사람이 없을 정도지요. 박세중에 대한 의혹이 여러 번 있었지만 번번이 시작부터 무산된 이유가 그것 때문인 것 같

습니다."

그것이 북한 측에는 통하지 않았다는 말이 된다. 서동수는 무의식 중에 손바닥으로 볼을 쓸었다. 부끄러웠기 때문인 것 같다.

그로부터 사흘 후의 오후 6시 정각. 청와대 소회의실에 둘러앉은 면면(面面)은 다음과 같다. 원탁의 중앙 상석에 한국 대통령 한대성이 있고, 그 좌우에 비서실장 양용식과 국무총리 조수만, 그 옆에 국정원장 박기출과 청와대 국정수석 장경수까지 앉았으니 사안이 중대하다는 표시가 되었다. 대통령은 회의 때 직접 관계된 인원만 부르되 행정부 책임자도 꼭 참석시킨다. 그리고 원탁의 양쪽 모서리 부분에 각각 신의주 장관 서동수와 후임 예정자 박세중이 앉았으며 대통령의 정면에는 북한에서 온 인사들이 자리 잡았다. 김동일을 대신한 호위사령관 겸 국방위 부위원장 박영진이 턱을 들고 앉았는데 사복 차림이다. 밀행이라는 증거다. 그 좌우에 앉은 인사들은 각각 무슨무슨 사령관, 대장, 위원장으로 소개되었지만 건성으로 넘어갔다. 발언은 거의 박영진이 할 것이기 때문이다. 그래서 북한과의 회의는 일사불란하게 진행되었다. 시간을 끄는 것은 오히려 한국 쪽이다. 인사를 마쳤을 때 박영진이 가볍게 헛기침을 했다. 먼저 발언하겠다는 표시였고 대통령 한대성이 가볍게 머리를 끄덕여 보인다.

"자, 그럼 바로 본론으로 들어가시지요."

박영진이 입을 열더니 곧 옆쪽으로 머리를 돌렸다. 그러자 왼쪽 끝의 사내 하나가 가방에서 손바닥만 한 녹음기를 꺼내더니 박영진의 눈치를 보았다. 모두 녹음기에 시선을 주었는데 비장한 표정이다. 대통령 한대성은 어금니를 문 것이 드러났고 비서실장 양용식은 외면했다. 국정원장 박기출은 아무것도 없는 탁자를 보았으며 북한 측도 비슷했다. 서동수도 탁자 위에 내려놓은 손가락을 보는 중이다. 다만 한 사람만 녹음기를 말똥말똥 바라보고 있었는데 바로 박세중이다. 그때 박영진이 말했다.

"누르라우."

마치 핵단추를 누르라는 말처럼 들렸는지 모두 흠칫했다. 이번에도 박세중만 녹음기와 박영진을 번갈아 보고 있다. 그때 녹음기에서 목소리가 흘러나왔다. 바로 사흘 전에 서동수가 들었던 내용이다. 10분쯤 지났을 때 각자의 앞에는 서류가 놓여 있다. 듣고 있는 동안 북한 측 대장 하나가 박세중의 자료를 나눠주었기 때문이다. 이제 박세중은 입을 꾹 다문 채 석상처럼 굳어져 있었는데 눈동자도 고정되었다. 다만 살아 있다는 표시는 난다. 얼굴에 땀이 솟아나고 있었기 때문이다. 지금까지 한국 측은 아무도 입을 열지 않았다. 한대성도 서류 표지만 내려다 볼 뿐 의자에 등을 붙인 채 숨만 쉰다. 그들은 진작 다 듣고 보았기 때문이다. 그때 박영진이 다시 입을 열었다.

"저희는 자료를 드렸을 뿐입니다. 결정은 한국 측이 해주시길 바랍니다."

"감사합니다."

의자에서 허리를 뗀 한대성이 상반신을 굽혀 보이면서 사례했다.

"위원장님께도 감사드린다고 전해 주시길 바랍니다."

"이것으로 대국을 망치면 안 된다고 위원장께서 말씀하셨습니다."

"물론입니다."

머리를 끄덕인 한대성이 어깨를 늘어뜨리면서 앞에 놓인 물병을 쥐었다. 그러더니 조금 밝아진 얼굴로 묻는다.

"이런 경우야 없으시겠지만 북한 측에서는 어떻게 처리하셨습니까?"

모두의 시선이 모이자 물병을 쥐었던 박영진의 눈동자가 잠깐 흔들렸다.

"아, 이건 제 생각입니다만."

플라스틱 물병을 쥔 박영진이 정색하고 말을 이었다.

"차 사고가 날 수도 있지요. 아니면 고층 빌딩에서 실족사를 할 수도 있습니다."

서동수는 길게 숨을 뱉었다. 그렇구나.

"어떻게 하실 겁니까?"

대통령 한대성이 그렇게 묻더니 쓴웃음을 지었다. 불쑥 뱉었지만 서동수에게 물을 내용이 아니었기 때문이다. 박세중을 추천한 것은 한국 정부였고 서동수는 동의했을 뿐이다. 이 사태는 조사를 제대로 못한 한국 정부의 책임이다. 그러나 서동수는 정색하고 한대성을 보았다.

"새 후보자는 얼마든지 찾으실 수 있을 것입니다. 걱정하지 마십시오."

"누구 추천하실 분이라도……."

한대성의 굳어진 얼굴을 본 서동수가 외면했다. 회의가 끝나고 서동수는 한대성의 집무실로 들어와 있었는데 방 안에는 비서실장 양용식까지 셋뿐이다. 벽시계가 오후 7시 반을 가리키고 있다. 북한에서 온 박영진은 국무총리 조수만이 마련한 저녁 만찬장에 가 있을 것이다. 그때 한대성이 다시 입을 열었다.

"이번 사건은 충격이 크겠지만, 사실 그대로 발표해서 법의 심판을 받도록 하겠습니다."

서동수는 머리를 끄덕였다. 그것이 한국식 방법이다. 길게 숨을 뱉은 한대성이 서동수를 보았다.

"장관님이 조금만 더 맡아주실 수 없습니까? 북한 측도 그것을 원하는 것 같던데요."

"지금은 제가 없어도 잘됩니다."

서동수가 상체를 바로 세웠다.

"큰 틀은 다 만들어져 있으니까요. 중요한 일은 양국 지도자께서 합의하신 후에 신의주에 통보해주시면 되지요."

이것은 완곡한 거부다. 한대성의 얼굴이 실망으로 굳어졌고 서동수가 말을 이었다.

"남북한에서 각각 부장관이 있으니 그들을 활용하시면 됩니다. 당분간은 부장관 둘의 합의제로 운용하시면 무리가 없을 것입니다."

한대성과 양용식의 시선이 마주쳤다가 떨어졌다. 이윽고 길게 숨을 뱉은 한대성이 서동수를 보았다.

"후계자 선택이 참 어렵습니다. 나는 요즘 그 걱정뿐입니다."

"이해합니다, 대통령님."

"동성으로 돌아가시면 서울에는 자주 오시겠지요?"

"그럼요. 북한도 더 자주 들어가게 될 것입니다."

이제 서동수의 얼굴에 웃음이 떠올랐다.

"알고 계시겠지만 제가 김 위원장의 사업체를 관리하고 있어서요. 신의주에도 사업 관계로 자주 들어갈 것입니다."

"그렇군요."

한대성의 얼굴도 밝아졌다.

"결국 신의주가 남북한을 이어주는 고리 역할을 했습니다. 이번에 대마도 반환 문제를 기회로 동북아 지역의 지도가 변한 것도 그렇습니다."

양용식이 손목시계를 보는 시늉을 했으므로 서동수는 자리에서 일어섰다. 서동수가 인사동의 한정식집 '전주집'에 들어섰을 때는 밤 9시가 되어갈 무렵이다. 기다리고 있던 유병선이 옆에 앉은 여자와 함께 일어섰다. 피부가 눈처럼 흰 금발의 서양 미녀다. 저절로 숨을 들이켜는 서동수에게 유병선이 말했다.

"카타리나 씨입니다."

영어로 소개하자 여자가 한국식으로 머리를 숙여 인사했다.

"카타리나입니다. 뵙게 되어서 영광입니다, 회장님."

영어에 러시아 억양이 있다.

"반갑습니다, 카타리나 씨."

서동수가 손을 내밀어 카타리나와 악수를 했다. 자리에 앉았을 때 서동수가 지그시 카타리나를 보았다. 러시아 미녀다. 서동수가 본 백인 미녀 대부분은 피부가 거칠었다. 솜털이 무성했고 자세히 보면 반점도 많은 데다 모공도 컸다. 그러나 카타리나는 다르다. 피부가 눈 위로 윤기가 흐르는 것 같다.

카타리나는 러시아에서 대학을 나와 하버드에서 경제학 박사 학위를 딴 후에 하바롭스크 지방정부에서 장관 경제고문으로 근무했다. 나이는 36세, 정부관리였던 남편과 4년 전에 이혼하고 자식은 없다. 이번에 서동수는 동성의 기획실 자문역으로 카타리나를 채용했다. 하지만 실물은 오늘 처음 만나는 셈이다.

"박사, 미인이십니다."

서동수가 정색하고 말했더니 카타리나의 눈동자가 더 짙어진 것 같다. 붉은 입술이 꽉 닫혔고 높은 콧날은 마치 조각칼로 깎은 것처럼 미끈했다.

"감사합니다, 회장님."

카타리나가 다시 정중하게 답례하자 서동수는 소주잔을 쥐었다. 공과 사를 분명하게 가리는 것은 처음 인사로 회장님이라고 불렀을 때 느꼈다. 지금 동성 회장으로 카타리나를 만나고 있다.

한 모금 소주를 삼킨 서동수가 카타리나가 빈대떡을 다 삼키기를 기다렸다가 물었다.

"박사, 시베리아의 발전 가능성은?"

그것 때문에 카타리나를 채용한 것이다. 시베리아는 광대한 땅이다. 중국 대륙과 버금갈 만한 대륙에 인구는 1,300만 명이 조금 넘을 뿐이다. 북아시아의 대부분이 시베리아다. 그때 카타리나가 대답했다.

"단기적으로 계획하면 안 됩니다. 장기적으로 접근해야 할 것입니다."

당연한 말이다. 기업은 몇 백 년을 내다보고 경영한다고 하지 않는가? 자주 듣던 말이지만 카타리나의 입에서 나오자 신선하게 들렸다. 젓가락을 내려놓은 카타리나가 말을 이었다.

"동성이 진출한다면 하바롭스크 지방정부는 물론이고 사하공화국 전체도 반길 것입니다."

사하공화국은 하바롭스크 북쪽의 러시아 극동연방 관구다. 서동수가 카타리나의 잔에 소주를 채워주며 물었다.

"한국은 한반도 남쪽 절반이 영토지. 알고 있나?"

"알고 있습니다."

"하바롭스크 지방정부 영토 면적은?"

"약 79만㎢에 인구는 100만 명 정도죠."

한반도 면적이 22만㎢이니 3배 이상 되는 땅에 100만 명이 사는 셈이다. 술잔을 든 카타리나가 반짝이는 눈동자로 서동수를 보았다.

"지방의 전체면적 중 98%가 숲이고, 숲의 78%가 삼림지대지요."

서동수는 한 모금 소주를 삼켰다. 시베리아. 그곳에 한민족의 피도 섞여 있다. 일제강점기에 넘어간 동포들이 그곳에도 있다. 그래서 신의주에 있을 때도 시간 나면 조사를 시켰다. 뻗어 나갈 곳은 한반도 북쪽 아니겠는가? 신의주로 남북한이 연방제로 통일될 테니 다음 단계를 준비해야 기업가다. 기업가는 국가의 첨병 역할까지 해야 한다.

"하바롭스크가 유라시아, 아시아를 잇는 물류거점이 될 가능성은?"

서동수가 묻자 카타리나는 바로 말을 받는다.

"한반도가 통일되면 그 가능성은 더욱 높아질 것입니다. 저는 장관께서 그 구상을 하실 줄 예상하고 있었습니다."

옆에 앉은 유병선의 얼굴에 웃음이 떠올랐다. 둘의 대화가 흥미롭다는 표정이다. 서동수는 시선만 주었고 카타리나가 말을 이었다.

"장관께서 시베리아에 자리 잡으시면 한반도를 신의주에 이어서 더 확장하는 결과가 될 것입니다. 대기업 동성을 발판으로 시베리아를 한국과 연결시키면 거대한 서클이 형성됩니다."

그때 서동수가 소리 내어 웃었다.

자신의 생각과 같았기 때문이다. 유병선도 따라 웃었다. 머리를 끄덕인 서동수가 유병선에게 말했다.

"우리가 사람을 잘 만난 것 같군."

한국어였지만 둘의 분위기를 본 카타리나의 표정도 밝아졌다. 동성이 시베리아에 기반을 굳힌다면 중국에 이어서 북아시아 지역까지 경제 영역을 넓힌 상황이 될 것이다. 술잔을 든 서동수가 웃음 띤 얼굴로 카타리나를 보았다.

"잘 오셨어요. 박사, 당신은 내 꿈을 실현시키는 데 큰 도움이 될 것 같소."

카타리나의 흰 얼굴이 상기되었고 눈이 반짝였다. 술잔을 쥔 손가락도 섬세했고 갸름한 손톱은 분홍색이다. 숨을 들이켠 서동수가 한 입에 소주를 삼켰다. 카타리나는 한국 동성 본사의 적응교육이 끝나면 중국 동성의 기조실로 배치될 것이었다.

그날 밤 카타리나와 헤어진 서동수가 성북동 안가의 응접실에서 전영주와 마주앉아 있다. 전영주는 8시부터 기다리고 있었다. 카타리나와의 약속에 이어서 밤늦게까지 만남이 이어지고 있다. 전영주는 이곳에서 서너 번 묵고 간 적이 있었기 때문에 행동이 자연스럽다. 아래층 방에서 편한 옷으로 갈아입고 왔다. 전영주가 입을 열었다.

"위원장께선 남한이 썩었다고 하셨답니다. 조선자동차 인력 스카우트 비리에서부터 이번 박세중 씨 사건을 보고받으시고 신의주가 오염될 뻔했다고 하셨다는군요."

전영주는 북한에 다녀온 이야기를 한다. 이제 전영주는 북한 지도층과 김동일 주변의 정보를 전달해주는 역할을 하고 있는 것이다. 화장을 지운 전영주의 말끔한 얼굴을 응시하던 서동수가 웃음 띤 얼굴로 물었다.

"전영주 씨는 내가 장관을 그만두어도 비서실에 있겠지?"

"제가요?"

되물은 전영주가 눈을 치켜떴다.

"진심이세요?"

"그럼 농담하는 것 같나?"

그러자 전영주가 시선을 내리더니 입을 꾹 다물었다. 지금까지 전영주는 북한 측 입장을 전달해 주는 역할을 맡아왔다. 어려운 일이었지만 균형 감각이 뛰어난 성품이어서 양측의 신임을 받은 것이다. 서동수가 입을 열었다.

"남북한 부장관 체제가 되면 전영주 씨 역할이 달라질 수도 있겠지."

전영주의 시선을 받은 서동수가 말을 이었다.

"좋아, 그럼 동성 비서실에서 북한관계 업무를 맡아."

"감사합니다."

전영주의 얼굴이 상기되었고 두 눈이 반짝였다. 그러나 곧 눈을 흘기는 시늉을 했는데 교태다.

"방금 일부러 그러신 거죠?"

"뭐가?"

"신의주에 남으라고 하신 것."

"신의주에서도 중요한 역할을 맡고 있었으니까 그런 거야."

"제가 그랬잖아요? 제 꿈이 기업을 하는 것이라고."

기억이 나지 않았으므로 서동수는 시선만 주었다. 벽시계가 밤 11시를 가리키고 있다. 소파에 등을 붙인 서동수가 지그시 전영주를 보았다.

"동성은 시베리아 개척 사업에 집중하게 될 거야."

전영주가 숨을 죽였고 서동수의 말이 이어졌다.

"국가 발전은 기업이 해 나가는 거야. 옛날에는 왕이 군사를 이끌고 영토를 늘렸지만 지금은 기업이 그 역할을 대신 하는 것이라고."

시베리아

시베리아는 오래전부터 러시아의 미래라는 말이 전해져 왔다. 우선 면적부터 그렇다. 시베리아는 러시아 면적의 77퍼센트가 된다. 무려 1,310만㎢인 것이다. 한반도의 59.5배다. 시베리아는 타타르어 '시비르'에서 따온 말로 '잠자는 땅'이라는 뜻이다. 현재 시베리아는 북아시아의 대부분을 차지하고 있으며 북쪽의 북극해로부터 남쪽의 카자흐스탄, 중국, 몽골 국경까지 이어져 있다. 러시아는 시베리아를 우랄연방관구, 시베리아연방관구, 극동연방관구 등으로 나누었는데 하바롭스크 지방은 극동연방관구에 속한다.

"동성이라면 얼마든지 환영한다."

하바롭스크 지방장관 유리 마르첸코가 두 손을 치켜 올리면서 말했다. 말할 때 술 냄새가 가스를 분사하는 것처럼 뿜어졌지만 카타리나는 고스란히 얼굴로 받았다. 마르첸코가 소리치듯 말을 잇는다.

"카타리나, 네가 동성을 끌어온다면 훈장을 받게 해주지. 아니, 필요한 걸 말해. 다 들어줄 테니까."

"곧 투자단이 구성되어 올 거예요."

숨을 참으면서 카타리나가 말했다.

"그때 장관께서 직접 나서 보시죠. 동성은 중국에서도 계속 투자 요청을 받고 있으니까요."

"알았어, 카타리나."

마르첸코가 붉은 얼굴을 부풀리며 웃었다.

"카타리나, 동성으로 옮겨가더니 더 섹시해졌군. 거기서 대우가 좋다면서?"

"동성의 보수가 좋을 뿐이죠."

카타리나는 마르첸코의 경제자문 역으로 3년을 보낸 것이다. 하바롭스크는 중화학공업 중심의 도시다. 항공과 조선, 석유화학이 발달되었고 국민의 평균소득도 높다. 그러나 한반도 3배 이상이 되는 면적에 인구는 100만 명 미만이며 지방의 거의 대부분이 삼림이다. 동토인 것이다. 장관실에는 둘뿐이다. 55세인 마르첸코는 술을 좋아하지만 여자관계는 담백했다. 비대한 체격이어서 일찍 성불능이 되었다는 소문도 있다. 마르첸코가 은근한 시선으로 카타리나를 보았다.

"카타리나, 동성이 너를 스카우트했을 때부터 나는 이날이 오기를 기다리고 있었어."

마르첸코의 두 눈이 번들거렸다. 시선을 준 채로 마르첸코가 서랍을 열더니 보드카 병을 꺼내어 마개를 열었다. 그러고는 커피 잔에 반쯤 따르고 다시 술병을 서랍에 넣었다. 그동안 힐끗 커피 잔을 내려다보았을 뿐이다.

"자, 카타리나. 내가 어떻게 해주면 좋겠나? 말해 봐."

커피 잔을 든 마르첸코가 물었다. 카타리나는 동성 중국본사로 발령을 받은 지 사흘 만에 하바롭스크로 출장을 온 것이다. 다시 마르첸코가 재촉했다.

"국기만 빼놓고 게양대까지 다 거래할 수 있어. 투자를 한다면 말이야."

"북방 삼림지역 임차죠."

"음, 광산을 노리는 건가? 아니면 삼림의 나무를? 그렇지. 나무겠군."

세 모금에 커피 잔의 보드카를 모두 삼킨 마르첸코가 숨을 내뿜었으므로 카타리나가 숨을 멈췄다. 마르첸코가 머리를 끄덕였다.

"요즘은 종이 값이 비싸졌다니 금방 돈을 만들겠지. 그래, 삼림지역 얼마나? 1,000㎢? 동성이면 스케일이 크겠군. 5,000㎢?"

"……."

"투자비가 좀 들 텐데. 투자 예정액은 얼마야? 임차비로 얼마를 예정하고 있나? 1억 불? 3억 불?"

그때 카타리나가 입을 열었다.

"20만㎢."

눈만 껌벅이는 마르첸코를 향해 카타리나가 한마디씩 또박또박 말했다.

"100년 임차, 임차비는 150억 불부터."

"마르첸코는 푸틴이 결정하면 된다고 합니다."

카타리나가 단정하게 앉아 서동수에게 보고했다. 중국 동성의 회장실에는 서동수와 비서실장 유병선, 그리고 이번에 기조실장 겸 사장으로 부임한 안종관까지 넷이 둘러앉았다. 신의주를 장관 대행 부장관 체제로 인계하고 다시 동성 회장으로 돌아온 것이 15일 전이다. 서동수의 시선을 받은 카타리나가 말을 이었다.

“마르첸코는 규모가 큰 것에 놀랐지만 환영한다고 했습니다. 하지만…….”

결정은 연방대통령 푸틴이 하는 것이다. 푸틴의 영향력은 막강하다. 소련 붕괴 후에 침체기를 겪었던 러시아는 지금 빠른 속도로 성장하는 중이다. 푸틴은 러시아를 이끄는 최고 권력자인 것이다. 서동수가 머리를 끄덕였다. 예상하고 있었기 때문이다. 카타리나는 하바롭스크 지방장관 마르첸코에게 보낸 첨병이었다. 비공식으로 보낸 것은 카타리나를 통해 동성의 의도를 전달하려는 것이었다. 마르첸코는 틀림없이 윗선인 사하공화국은 물론이고 모스크바의 푸틴에게 보고를 할 것이기 때문이다. 그때 이 계획을 설계한 기조실장 안종관이 입을 열었다.

“열흘쯤 후에 푸틴 측근을 통해 회장님의 면담 신청을 하겠습니다.”

그때는 마르첸코로부터 보고를 받은 푸틴이 충분히 검토를 한 후일 것이었다. 영어로 말했기 때문에 카타리나가 놀란 표정으로 서동수를 보았다. 머리를 끄덕인 서동수가 웃음 띤 얼굴로 말했다.

“그때는 중국과 미국에서 계산기를 두드리기 시작하겠군.”

중국 정부는 제주도에 7함대사령부가 옮겨오기로 한 것이 꺼림칙했겠지만 크게 반발하지 않았다. 미·일 동맹이 거의 무력화된 것이 더 유리했기 때문일 것이다. 신의주에 기반을 굳힌 중국 자본의 영향도 있을 것이다.

“그럼 준비하겠습니다.”

유병선이 안종관과 함께 방을 나갔으므로 소파에는 둘이 남았다. 서동수가 손을 들어 카타리나에게 남으라고 했기 때문이다.

"카타리나, 내가 시베리아에 진출하는 것을 어떻게 생각하지? 러시아인으로서의 입장을 듣고 싶다."

긴장한 카타리나가 서동수를 보았다. 이런 질문은 예상하지 못한 것 같다. 그러나 곧 단정한 입술을 꾹 닫았다가 열었다.

"처음에는 저도 마르첸코처럼 동성에서 삼림의 목재나 광물을 채취해서 단기적 이윤을 내려는 줄 알았습니다."

서동수는 시선만 주었고 카타리나가 말을 이었다.

"하지만 광대한 지역을 임차하여 도시를 여러 개 건설하고 물류기지와 생활기반 시설을 만든다는 계획을 듣고 과연 그 인력은 어디서 채울 수 있을까 생각이 들더군요."

카타리나의 진청색 눈동자가 반짝이면서 눈이 가늘어졌다. 눈웃음이다.

"그러고 나서 의문이 풀렸습니다. 회장님께선 시베리아에 또 하나의 신의주를 건설하려고 하시는 것입니다."

"……."

"러시아 정부에서도 반대할 이유가 없다는 생각이 들더군요."

"사하공화국이 러시아 연방에서 가장 큰 자치국이지?"

"동성공화국으로 이름 붙이실 건가요?"

"고려공화국이라면 푸틴이 허락할까?"

"상관없겠지요."

카타리나가 상기된 얼굴로 서동수를 보았다.

"그 고려공화국에 고려인, 조선족, 남북한 이주민들이 몰려오겠군요."

유라시아의 시발지, 천 년 후에 재생한 실크로드의 근원지, 동방의 중심. 아직 첫 삽도 떼지 못했고 계약도 하지 않았지만 서동수의 머릿속에 떠오른 시베리아에 대한 명칭이다. 책의 제목을 보면 내용을 짐작할 수 있듯이 서동수가 꿈꾸는 시베리아의 미래가 드러난다. 서동수가 다시 서울에 온 것은 그로부터 이틀 후였다.

대통령 면담을 신청해놓고 온 터라 공항에서 바로 청와대로 향한다. 오후 5시 반, 청와대의 접견실에는 대통령 한대성과 서동수, 비서실장 양용석과 유병선이 원탁에 둘러앉았다. 한대성은 소모임 때는 원탁을 즐겨 사용했는데 의자 규격도 같다. 인사를 마쳤을 때 한대성이 먼저 물었다.

"요즘 바쁘시지요?"

"예. 제가 곧 푸틴 대통령을 만나려고 합니다."

서동수가 바로 본론을 꺼내었다. 한대성은 잠자코 시선만 주었고 서동수가 말을 이었다.

"시베리아 대지 임차를 하려고 합니다."

"그 동토를 말입니까?"

"예. 그 동토에 동성의 모든 자금을 쏟아 부으려고 합니다."

서동수가 똑바로 한대성을 보았다.

"시베리아와 통일된 한반도를 이어 보겠습니다."

"과연"

심호흡을 한 한대성이 천천히 머리를 끄덕였다. 그만하면 한대성은 알아들은 것이다. 이것이 바로 국력의 진출이다. 군사력으로 영토를 확장 시키는 것은 옛날 이야기다.

"그렇군요. 시베리아에 고려인, 조선족, 남북한 주민을 모으시겠다는 말씀이군요."

"시베리아 개발에 남북한 정부의 협조가 필요합니다."

"협조해 드려야지요."

한대성이 정색하고 서동수를 보았다.

"북한도 협조하리라고 생각합니다."

"감사합니다."

서동수가 말을 이었다.

"러시아 정부도 반대할 이유는 없다고 생각합니다."

"당연하지요. 러시아 경제성장에도 큰 도움이 되지 않겠습니까?"

이것이 서동수의 시베리아 구상이다. 광대한 대지를 임차해서 한민족의 새로운 터전을 만드는 것이다. 이것이 동성의 목표다. 그때 한대성이 웃음 띤 얼굴로 서동수를 보았다.

"서 회장께서는 신의주에 이어서 시베리아를 개척하시는군요. 존경합니다."

"과분한 말씀입니다."

정색한 서동수가 머리를 저었다.

"그렇게 되고 있는 것은 우리 한민족에게 기회가 왔다는 계시인 것 같습니다. 저는 흐름을 탔을 뿐입니다."

불과 몇 년 전만 해도 국회 안에서 사사건건 싸움이 일어났고 서울 시내에서는 수천 개 시민단체가 밤낮을 가리지 않은 채 시위를 일삼았으며 매년 한 개씩 대형사건이 터져 정부를 무력화시켰다. 그런데 지금은 어떤가? 국민이 희망에 부풀어 있는 것이다. 갑자기 경제성장이 된 것이 아닌 데도 그렇다. 사회가 밝고 활기를 띠고 있다. 청와대를 나온 서동수가 성북동 안가에 들어섰을 때는 오후 8시 반이 되어갈 무렵이다.

"기다리고 계십니다."

현관으로 들어선 서동수에게 집사 배 선생이 말했다. 잠자코 마루방을 건너 이층 계단을 오른 서동수가 응접실로 들어서자 소파에 앉아 있던 전영주가 일어섰다. 시선이 마주치자 전영주의 얼굴에 웃음이 떠올랐다. 전영주가 방으로 따라 들어서며 말했다.

"위원장 동지께서 내일 뵙자고 하십니다."

"나도 시베리아로 가서 살겠어요."

전영주가 천장을 응시한 채 말했다. 깊은 밤, 반쯤 열어 놓은 창으로 밀려들어온 바람에 흰 커튼이 부드럽게 출렁거렸다.

"그곳은 러시아의 조선족 자치주가 되는 셈인가요?"

"다르지."

서동수가 전영주의 어깨를 당겨 안으면서 대답했다. 조선족 자치주인 옌지에는 요즘 조선족이 줄어들었다고 한다. 대도시로 옮아가고 있기 때문이다. 서동수가 말을 이었다.

"그곳은 동성이 임차한 땅이야. 남북한의 지원을 받고 남북한 투자 이민이 세울 도시지. 아무것도 없는 동토에 거대한 도시가 세워지는 거야."

"러시아가 도로 빼앗아가지 않을까요?"

"그러다가 러시아가 빼앗길 수도 있지."

서동수가 전영주의 볼에 입술을 붙였다가 떼었다. 땀이 밴 전영주의 알몸이 다시 바짝 붙었고 식었던 몸이 금방 뜨거워졌다. 전영주가 서동수의 가슴에 더운 숨을 뱉으면서 말했다.

"위원장님이 그러셨어요. 서 회장은 세상을 개척해 나간다고, 부럽다고 하셨어요."

"위원장도 나하고 같이 뛰면 돼. 할 일도 많고 갈 길도 멀어."

김동일은 이제 남북연방제가 합의되고 연방대통령 선거가 시작되면 물러날 작정이다. 그래서 신의주에 대규모 자동차와 항공기 회사를 설립하여 지금 건설 중이다. 전영주가 몸을 일으키더니 서동수의 배 위에 올라앉았다. 밑에서 올려다본 전영주의 상반신은 풍만했다. 서동수가 손을 뻗어 전영주의 젖가슴을 양손으로 움켜쥐었다. 그때 전영주가 몸을 넣더니 허리를 흔들기 시작했다. 턱을 조금 치켜든 전영주가 초점이 흐려진 눈으로 앞쪽의 벽을 보았다. 반쯤 벌린 입에서 신음이 터져 나왔다. 서동수는 전영주의 젖가슴을 힘껏 움켜쥐었다. 입을 딱 벌린 전영주의 움직임이 거칠어졌다.

"한민족 1,000만 명쯤이면 북아시아에 또 하나의 한국이 생기겠지."

허리를 추켜올리면서 서동수가 말했다.

전영주의 신음이 더 커졌고 이젠 어깨를 움츠리면서 자꾸 몸을 숙이려고 했다. 서동수가 거칠게 허리를 들어 올리면서 말을 이었다.

"한민족의 땅이야. 이름을 생각해 봐."

"아아아."

전영주가 커다랗게 신음을 뱉었으므로 서동수는 몸을 비틀어 위로 올랐다. 이제는 누운 전영주가 두 손을 뻗어 서동수의 어깨를 움켜쥐었다. 빈틈없는 동작이다. 서동수가 다시 움직였다.

"시베리아는 잠자는 땅이라는 뜻이지만 이젠 깨어난 땅이 될 것이다."

"아아아."

"고려, 조선, 이름은 다 썼으니 다른 이름이 없을까?"

"아아, 나 죽어."

"그렇지, 결정했다."

"아아악."

전영주가 다시 절정에 올랐을 때 서동수가 거칠게 움직이며 소리쳤다.

"한랜드, 한랜드다."

전영주는 신음만 뱉었고 서동수가 몸을 숙여 입을 맞췄다.

"그렇지, 한민족의 땅, 한랜드다."

서동수는 몸을 굽혀 전영주를 빈틈없이 껴안았다. 전영주도 사지를 펴더니 서동수를 감싸 안았다. 그제야 방 안의 냄새가 맡아졌고 등에 서늘한 바람이 스치고 지나갔다. 열린 창문을 통해 희미하지만 어수선한 바깥 소음도 들려왔다. 그때 전영주가 거친 숨을 뱉으면서 말했다.

"한랜드요? 이름 좋아요."

크렘린궁의 대통령 집무실에 앉은 푸틴이 입술 끝을 비틀며 웃었다.

"한국인들은 그곳에 또 하나의 한국을 세우겠다고 하겠지만 결국 러시아 안이야. 러시아에는 수많은 민족이 있지."

"그렇습니다, 각하."

하바롭스크 지방장관 마르첸코가 굳어진 얼굴로 맞장구를 쳤다.

"시베리아에도 많은 민족이 있지요."

"가만, 하바롭스크주의 면적이 얼마지?"

푸틴이 묻자 마르첸코가 허리를 폈다. 오후 3시, 이 시간에 마르첸코가 술을 마시지 않은 것은 드문 일이다.

"예, 78만8,000㎢입니다."

"인구는?"

"예, 60만 명이 조금 넘습니다."

"시베리아 인구가 너무 적어."

푸틴이 입맛을 다셨다. 시베리아의 면적은 1,300만㎢인데 인구는 1,500만 명 정도다.

"사하공화국이 어떨까?"

불쑥 푸틴이 묻자 마르첸코가 숨을 들이켰다가 외면하고 뱉었다.

"각하, 사하공화국은 동성에서 원하지 않는 것 같습니다."

"사하가 개발되어야만 해."

눈을 가늘게 뜬 푸틴이 벽에 걸린 대형 러시아 지도를 보았다. 사하공화국은 러시아 연방 중 하나로 1992년에 공화국으로 분리되었다. 러시아 극동연방관구에 속하는 사하공화국, 또는 야쿠티아공화국은 세계에서 가장 넓은 행정구역을 갖고 있는 지방이다. 면적이 310만㎢로 남북한을 합친 한반도의 14배다. 그러나 인구는 95만 명, 하바롭스크 지방은 사하공화국의 남동쪽에 위치하고 있다. 그때 마르첸코가 헛기침을 했다. 갑자기 푸틴의 호출을 받았을 때 마르첸코는 이것이 동성의 '투자 임차' 때문이라는 것을 예상하고 있었다. 카타리나가 동성 측에서 푸틴의 측근에게 접촉하고 있다는 정보를 주었기 때문이다. 그러나 푸틴은 교활한 곰이다. 약점이 보이면 가차 없다. 지금 사하공화국 이야기를 꺼내는 것이 그렇다. 마르첸코가 입을 열었다.

"각하, 하바롭스크에 투자가 절실합니다. 하바롭스크가 발전하면 그 시너지가 자연스럽게 사하공화국 쪽으로 옮아갈 것입니다."

동성의 '투자 임차'가 사하공화국 쪽으로 옮아가면 안 되는 것이다. 그때 푸틴이 쓴웃음을 짓고 말했다.

"동성에서 사하공화국에도 사람을 보냈는데 슈티로프가 환장을 하고 있어. 땅을 거저 주겠다고 했다는 거야."

"야쿠티아는 사람 살 곳이 못 됩니다."

마르첸코가 자르듯 말했다.

"거기로 갔다가 다 얼어 죽으면 시베리아에 아무도 투자하지 않을 것입니다."

"악담을 하는군."

푸틴이 입맛을 다셨지만 사실이다. 사하의 1월 평균기온이 해안지방은 영하 28도, 내륙은 영하 50도가 된다. 7월에 겨우 2도, 19도가 될 뿐이다.

"이봐, 마르첸코. 보드카 하겠나?"

푸틴이 자리에서 일어서며 묻자 마르첸코의 눈이 가늘어졌다. 잔뜩 경계하는 표정이다.

"아닙니다. 사양하겠습니다."

"오늘 술 안 마셨지?"

"예, 각하."

푸틴이 보드카 병을 들더니 잔 두 개에 술을 따랐다. 그러고는 마르첸코 앞에 잔 하나를 내려놓고 지그시 시선을 주었다.

"마르첸코, 동성의 서라는 놈은 위험한 놈이야. 아마 5년쯤 후에는 하바롭스크 장관이나 사하공화국 대통령을 제 하인으로 부릴 놈이야."

푸틴이 한 모금에 보드카를 삼켰다.

"나흘 후에 그놈을 만나기로 했네."

"반대할 이유가 없습니다."

외교부장 양만철이 김동일에게 말했다. 양만철은 소련대사를 역임한 원로다. 푸틴과도 여러 번 만난 인물이어서 러시아통이다. 김동일은 머리만 끄덕였고 양만철이 말을 이었다.

"시베리아 지역은 벌목과 광물, 가스를 채굴하는 것 외에는 서구 투자자들에게 별 관심을 끌지 못했습니다. 동남아나 중국, 인도 등이 투자 조건이 더 좋았지요."

서동수는 잠자코 김동일의 옆에 앉아 듣는다. 오전 11시 반, 김동일을 방문했더니 러시아통 양만철을 대기시켜 놓고 있었던 것이다. 그래서 함께 시베리아 투자 여건에 대한 설명을 듣고 있다. 양만철이 충혈된 눈으로 김동일을 보았다. 잔뜩 긴장한 표정이다.

"하바롭스크 지역의 외국 투자도 몇 억 불에 그쳤고 대부분이 단기 이익을 위한 목재나 광물 채굴이었습니다."

그래서 러시아 정부가 반대할 이유가 없다는 것이다. 맞는 말이다. 그렇다. 한반도에서 시베리아는 유라시아가 펼쳐지는 대륙의 전진기지다. 그리고 가장 중요한 것이 무엇인가? 시베리아를 개발할 인력, 즉 동족이 주변에 흩어져 있는 것이다. 시베리아를 고향으로 삼을 수 있는 고려인, 조선족, 북한인이 바로 그들이다. 시베리아를 통로로 만들어야 한다. 그때 김동일이 머리를 돌려 서동수를 보았다.

"이미 우리 공화국에서는 시베리아 삼림 벌채로 수만 명이 다녀온 경험이 있습니다. 시베리아 개발은 우리가 적임입니다."

이제 북한 지도자의 허락까지 받아놓은 것이다. 심호흡을 한 서동수가 입을 열었다.

"푸틴과 사흘 후에 만나기로 했습니다. 이제 위원장님의 허락을 받았으니 북남 정부의 적극적인 지원까지 얻게 되었다고 말씀 드릴 수가 있게 되었습니다."

"부탁하지 않으셔도 그쪽에서 끌어당길 것입니다."

김동일이 웃음 띤 얼굴로 말을 이었다.

"이런 기회를 놓친다면 러시아도 손해일 테니까요."

남북한의 호흡이 맞으면 한민족의 미래는 이렇게 열리는 것이다. 감동한 서동수는 그날 점심때부터 김동일과 식사를 하면서 술을 마시고 취했다. 김동일이 즐겨 마시는 포도주를 계속 마셨더니 취해버린 것이다. 그래서 숙소인 초대소 방에서 깨어났을 때는 어떻게 들어왔는지 기억도 나지 않았다. 벽시계가 8시 반을 가리키고 있었는데 아침인지 저녁인지 분간도 안 되었다. 방안에 커튼이 쳐진데다 불이 켜져 있었기 때문이다. 갈증이 났으므로 자리에서 일어선 서동수는 자신이 잠옷 차림인 것을 보았다. 냉장고로 다가간 서동수가 생수병을 꺼내 병째로 물을 들이켜고는 창가로 다가가 커튼을 열었다. 그러자 어둠에 덮인 잔디밭이 드러났다. 저녁이다. 베란다의 유리문을 열자 이층 방안으로 시원한 밤공기가 몰려 들어왔다. 베란다로 나온 서동수가 주위를 둘러보았다. 넓은 잔디밭은 잘 다듬어졌고 끝 쪽에 등이 나란히 켜져 있어서 초대소의 전경이 드러났다. 대동강변의 초대소다. 그때 뒤에서 인기척이 들렸으므로 서동수는 몸을 돌렸다. 여자 하나가 방으로 들어와 서동수에게 머리를 숙여 인사를 했다.

"안내원 하성숙입니다."

긴 머리는 뒤로 묶어 올렸고 흰 셔츠에 검은색 스커트를 입었는데 목소리가 밝고 높다. 다가온 여자가 맑은 눈으로 서동수를 보았다. 이목구비가 섬세한 미인이다. 여자가 말을 이었다.

"저녁 식사를 하시라고 모시러 왔습니다, 선생님."

초대소 식당에는 유병선이 먼저 와 앉아 있었는데 서동수를 보더니 조심스럽게 물었다.

"낮에 술 드셨습니까?"

"위원장님하고 많이 마셨어."

드문 일이었기 때문일 것이다. 원탁에는 이미 한정식 요리가 차려져 있었고 하성숙과 여자 하나가 식사 시중을 들었다. 유병선은 서동수가 김동일을 만나는 동안 평양 시내 구경을 했다는 것이다.

"평양도 많이 발전했습니다."

유병선이 여자들의 눈치도 보지 않고 말을 이었다.

"평양으로 이사와 사는 것도 괜찮을 것 같습니다."

"연방이 되면 가능하겠지."

시원한 냉채를 떠먹으면서 서동수가 말을 받았다.

"하지만 난 북한에서도 시베리아에 300만 명은 데려갈 거야."

그때 시중을 들던 하성숙이 힐끗 시선을 주었으므로 서동수가 물었다.

"하 동무는 결혼했소?"

"아닙니다, 선생님."

하성숙의 얼굴이 금방 빨개졌지만 서동수가 다시 물었다.

"난 시베리아를 개발해 우리 동포들을 데려갈 텐데 하 동무도 갈 생각이 있습니까?"

"네, 가지요."

하성숙이 똑바로 서서 대답했다.

"선생님이 지시하시면 따라가겠습니다."

"이런."

숨을 들이켠 서동수가 유병선을 보았다. 유병선은 입을 꾹 다물고 있었지만 콧구멍이 넓어진 것 같다. 길게 숨을 뱉은 서동수가 하성숙에게 다시 물었다.

"하 동무는 여기에서 얼마나 근무했습니까?"

"전 어제 왔습니다."

서동수의 시선을 받은 하성숙은 목까지 빨개져 있다. 머리를 돌린 서동수가 유병선에게 말했다.

"내일 아침 중국에 들렀다가 바로 모스크바로 가지."

"예, 준비되었습니다."

유병선이 시치미를 뗀 표정으로 말했고 서동수가 자리에서 일어섰다. 하성숙이 어제 이곳에 왔다는 것은 서동수의 시중을 들게 하기 위해서다. 방으로 돌아온 서동수가 욕실에서 양치질을 하고 나왔다가 방 안에 서 있는 하성숙을 보았다. 시선이 마주치자 하성숙은 외면했는데 다시 얼굴이 붉어져 있다.

"거기 앉아요."

옆쪽 소파를 눈으로 가리킨 서동수가 앞쪽에 앉았다. 조심스럽게 앞쪽에 모로 앉은 하성숙에게 서동수가 물었다.

"내 잠자리 시중을 들라고 하던가?"

그때 하성숙이 시선을 들었다.

"묻지 마시고 오늘 밤 여기서 자고 나가게 해주세요."

두 눈이 반짝였고 목소리는 또렷했다.

상기된 얼굴을 본 서동수가 숨을 들이켰다. 하성숙의 표정은 절박했다.

"그러지."

머리를 끄덕인 서동수가 소파에 등을 붙였다.

"그럼 그 딱딱한 표정을 좀 풀어. 그리고 옷을 벗는 것이 어때?"

하성숙이 시선을 주었다가 곧 자리에서 일어섰다. 그때 서동수가 말했다.

"내가 보는 앞에서 벗어."

주춤하던 하성숙이 셔츠 단추를 풀기 시작했다. 모로 서서 옆얼굴만 보인다.

"나를 향해 똑바로 서고 다 벗어."

서동수가 다시 말하자 하성숙은 몸을 돌리더니 스커트를 벗었다. 스커트가 아래로 떨어지면서 흰 팬티가 드러났다. 이제는 브래지어와 팬티 차림이다.

뜨거운 몸이다. 부드럽게 휘감기는 하성숙의 사지를 마주 안으면서 서동수가 만족한 숨을 뱉는다. 거친 숨결에서 달콤한 사과 향이 느껴졌다. 이미 한 번 절정에 오른 몸이 두 번째로 달아오르면서 하성숙이 대담해졌다. 몰두했기 때문일 것이다. 거침없이 서동수의 몸 위로 올라 남성을 입에 물었다. 주춤한 서동수가 두 손으로 하성숙의 머리칼을 움켜쥐었다. 열락의 시간, 이제는 서로를 탐하고 서로를 떼어 주는 시간, 위대한 시인 공초 오상순이 그랬던가? 한 생명이 무궁한 생명으로 통하는 소리, 아아아. 문득 서동수의 머릿속에 떠오른 생각이다. 이윽고 입을 뗀 하성숙이 말을 타듯이 상반신을 세우고 앉았다. 붉은 얼굴, 반쯤 벌린 입은 물기가 번질거렸고 눈은 번들거렸다.

"우리 함께 가요."

하성숙이 허덕이며 말한 순간 서동수는 가슴이 미어지는 느낌을 받는다. 함께 가자, 곧 하성숙이 몸을 세우더니 탑승해 함께 출발했다. 뜨겁다. 넘쳐난다. 둘이 함께 떠난다. 상반신을 벌떡 세우고 달려가던 하성숙의 턱이 잔뜩 치켜 올라갔다. 악문 이 사이로 신음이 흩어져 나오고 있다. 서동수가 두 손을 뻗어 젖가슴을 움켜쥐었다. 두 몸이 붙었고 그것을 신호로 함께 터졌다. 동시에 신음이 울리자 방 안의 대기가 출렁였다. 깊은 밤, 불을 환하게 밝힌 초대소의 침실에 뜨거운 열풍이 가라앉고 있다. 엎드린 하성숙의 입에서는 신음과 함께 쉿소리가 섞여 나왔다. 서동수가 하성숙의 엉덩이를 조여 안았다. 단단한 엉덩이다. 하성숙도 위에서 마주 안는다. 말이 필요 없다. 수백 마디 단어보다 이 한 동작이 더 감동을 준다. 이윽고 서동수가 하성숙을 돌려 눕히면서 둘의 몸이 떨어졌다. 방 안의 대기가 땀에 밴 몸을 서늘하게 덮었다.

"하 동무는 소속이 어디야?"

나란히 누운 서동수가 하성숙의 어깨를 당겨 안으면서 물었다.

"평양 악극단에서 무용을 합니다."

"그렇군."

머리를 끄덕인 서동수가 하성숙의 젖가슴을 부드럽게 쓸었다.

"그래서 몸이 이렇게 예쁘구나."

하성숙이 얼굴을 서동수의 가슴에 붙이더니 바짝 몸을 붙였다. 두 손이 아래로 내려가 서동수의 남성을 감싸 쥐었다.

"시베리아에 가고 싶어요."

"가서 뭘 하고 싶은데?"

"새 세상에서 무엇이든 다 할 수 있어요. 저는 베트남에서 식당일도 했고 중국에서는 대사관에서도 일했어요."

"그렇구나."

서동수가 하성숙의 이마에 입술을 붙였다가 떼었다. 불굴의 유전자가 하성숙의 몸에도 흐르고 있는 것 같다. 다음 날 아침, 하성숙의 시중을 받으며 아침 식사를 마친 서동수가 지배인을 불렀다. 놀란 지배인이 서둘러 식탁 앞으로 다가오자 서동수가 옆에 선 하성숙을 눈으로 가리키며 말했다.

"다음에 왔을 때도 내가 하 동무를 만났으면 좋겠어요."

"예, 알겠습니다, 회장님."

하성숙에게 물어보지 않았지만 주변 상황이 어려운 것 같다. 그래서 방에서 자고 나가게 해달라고 했을 것이다. 하성숙의 얼굴이 붉어졌지만 두 눈은 반짝였다. 앞쪽에 앉은 유병선이 손목시계를 보는 시늉을 했으므로 서동수가 자리에서 일어섰다.

"다음에 또 만나."

서동수가 말하자 하성숙도 머리만 숙였는데 눈에 눈물이 가득 고여 있다.

"어서 오시오."

푸틴이 활짝 웃는 얼굴로 서동수를 맞았다. 크렘린궁의 회의실, 푸틴은 사하공화국 대통령 야체슬라프 슈티코프, 하바롭스크 지방장관 유리 마르첸코와 비서실장 바실리 아르코프를 대동하고 있다. 서동수가 푸틴이 내민 손을 잡았다.

"각하, 만나뵙게 되어서 반갑습니다."

서동수는 비서실장 유병선, 기조실 사장 안종관과 자문역 카타리나를 데려왔다. 인사를 마친 그들이 자리를 잡고 앉았을 때 푸틴이 말했다.

"이제 한민족이 유라시아를 바라볼 때가 되었지요. 난 이때를 기다리고 있었습니다."

숨을 들이켠 서동수가 푸틴을 보았다. 테이블 건너편에 앉은 푸틴이 서동수의 시선을 받더니 빙그레 웃었다.

"서 회장, 시베리아 철도가 예전의 실크로드 대역이죠. 그렇지 않습니까?"

"그렇습니다, 각하."

푸틴의 상담술은 통쾌했다. 감추지 않고 다 내민다. 자신감이 있기 때문일 것이다. 재고 흥정하는 것이 아니라 받는 만큼 주겠다는 자세이다. 푸틴의 시선이 슈티코프와 마르첸코를 훑고 지나갔다.

"자, 말씀해 보시지요. 서 회장, 우리한테 뭘 내놓을 것이며 뭐가 필요하신지를."

서동수는 심호흡을 했다. 이것은 상담이 아니다. 국가의 대사(大事)인 것이다.

"시베리아에 한반도에서 유라시아로 뻗어 나갈 기반을 만들고 싶습니다."

서동수가 굳어진 얼굴로 말했고 유병선과 안종관은 긴장했다. 다시 서동수의 목소리가 회의실을 울렸다.

"한국과 북한 정부는 동성의 시베리아 개발에 적극 협조하겠다고 약속했습니다. 자본과 기술, 인력까지 전폭적으로 시베리아에 투입될 것입니다."

이제 푸틴과 슈티코프 등은 시선만 주었고 서동수가 말을 이었다.

"또한 시베리아 개발에는 중국의 조선족, 러시아의 고려인까지 적극 가담하게 될 것이니 개척 열기는 뜨겁게 달아오를 것입니다."

그때 푸틴이 물었다.

"얼마만 한 면적을 원하시오?"

"하바롭스크 북쪽과 사하공화국 남부까지 50만㎢를 임차해 주십시오."

"기간은?"

"100년이 적당하지 않겠습니까?"

"그곳의 이주민은 얼마 정도가 될 것으로 보시오?"

"1,000만 명 정도일 것입니다."

"고려인, 조선족, 남북한 이주민까지 오겠군."

"투자 이민이 될 것입니다."

"자치주를 원하시오?"

"사하공화국처럼 연방국으로 만들어 주십시오."

그러자 푸틴이 쓴웃음을 지었다.

"우크라이나처럼 독립국이 되면 우린 영토만 잃는 셈이 되겠군."

푸틴이 말하더니 마르첸코에게 물었다.

"마르첸코, 그렇지 않나?"

"예, 그렇습니다."

정색한 마르첸코가 말을 이었다.

"우크라이나보다 더 위험합니다. 이쪽 시베리아 한민족은 배후에 남북한이 있지 않습니까?"

"슈티코프, 당신 생각은 어때?"

푸틴이 묻자 슈티코프가 붉은 얼굴을 들었다.

"동성이 한민족을 이끌고 시베리아에 들어오면 시베리아가 동북아의 중심이 됩니다. 이것은 러시아 발전에도 큰 역할을 할 것입니다."

그때 푸틴이 소리 내어 웃었다.

"그렇지, 그것이 정답이야. 나나 당신들이 다 죽고 없어졌을 때 시베리아의 한민족이 독립하건 말건 맘대로 하라고 해."

본래 30여만㎢를 임차하려고 계획했지만 푸틴과의 첫 번째 대담에서 50만㎢를 허락받았고, 1개월 후에 정식 계약이 체결되었을 때는 52만㎢의 엄청난 면적이 임차지로 되었다. 남북한을 포함한 한반도 면적이 22만㎢이다. 한반도 면적의 두 배가 넘는 땅인 것이다. 하바롭스크 지방의 북쪽과 사하공화국 남쪽을 포함한 임차지의 명칭은 '한랜드'다. 한민족의 땅이라는 뜻이다.

"추위가 문제로군."

동토 한복판에 선 서동수가 웃음 띤 얼굴로 사방을 둘러보며 말했다. 오늘도 한랜드를 헬기로 시찰 중이었는데 끝없는 동토가 펼쳐져 있다. 광대한 땅이다. 옆에 선 유병선이 지도를 펼쳐 들고 말했다.

"현재 7곳에 탐사단이 작업 중이고 건설 노동자 2만 명을 위한 주택 공사가 다음 달 5일부터 시작됩니다."

대규모 공사가 시작되는 것이다. 현재 한국의 75개 건설사가 한랜드 건설에 참여해서 제각기 선발대를 보내고 있다. 북한도 한랜드 건설 인력 1차분으로 5만여 명을 대기시켰는데 대부분 군병력을 투입한다고 했다. 동성의 인력이 부족했으므로 한국과 북한 정부는 기술지원 인력으로 3,000명을 파견해 주었다. 우선 동토의 3곳에 임시 비행장이 건설되는 중이며 수도 예정지로 지정된 '한시티'의 도시 설계도 진행 중이다. 그때 뒤쪽에 서 있던 안종관이 말했다.

"한랜드에 지금까지 3만5,000여 명이 입국했습니다. 모두 건설 인력이지요."

"동토가 놀라겠군."

서동수가 파카의 깃을 올리면서 말했다. 신의주 건설 경험이 많은 도움이 되고 있다. 건설회사 대부분도 신의주 건설을 경험한 터라 속도가 빠르다. 구릉에 선 그들 아래쪽으로 수십 대의 차량이 자재를 나르고 있다. 러시아 정부와 1단계 10년 동안 150억 달러를 투자하기로 약속했지만, 그 이상이 될 것이었다. 벌써 한국은 물론 해외의 한국계 주민으로부터 투자·이민 문의가 폭주하는 중이다. 한랜드는 한국인만의 새로운 땅이 될 것이기 때문이다. 물론 러시아계의 원주민이 있고 이주민도 받을 것이지만 시베리아의 인구는 희박하다. 사하공화국만 해도 310만㎢의 광대한 면적에 주민 수는 95만여 명인 것이다. 그때 유병선이 휴대폰을 넘겨주며 말했다.

"회장님, 푸틴 대통령 전화입니다."

놀란 서동수가 휴대폰을 받아들었다. 서동수가 응답하자 곧 푸틴의 목소리가 울렸다.

"서 회장, 한랜드를 임차한 동성의 소유주니까 당신은 한랜드 대통령이 되어야 하는 것 아닙니까?"

대뜸 물었으므로 서동수가 얼굴을 펴고 웃었다.

"한랜드 시민이 생기고 나서 선출을 해야지요. 지금은 한랜드를 개발하는 동성 직원과 각지의 노동자들뿐입니다."

"지금부터 선거운동을 하셔야겠군."

푸틴의 목소리에도 웃음기가 섞였다.

"내가 러시아 대통령 끝나면 한랜드 대통령으로 출마할지도 모르니까 조심하시오."

"환영합니다, 각하."

"내가 선거에는 전문가요."

그러다가 푸틴이 생각났다는 듯이 억양을 바꾸고 물었다.

"서 회장, 카타리나는 잘 있습니까?"

"예, 각하."

서동수의 눈동자 초점이 멀어졌다. 카타리나는 한시티 공사 현장의 숙소에 있다. 그때 푸틴의 목소리가 이어졌다.

"지금 이야기 하지만 카타리나는 내가 서 회장에게 보낸 전달자였소."

"과연 KGB 출신답습니다."

서동수의 말을 들은 유병선이 감탄했다.

"그랬군요. 카타리나가 우리 상황을 전달해줬군요."

"오히려 도움이 되었지요."

웃음 띤 얼굴로 안종관이 말했다.

"푸틴이 우리를 끌어들이려고 카타리나를 보낸 것 아니겠습니까? 카타리나가 많이 도와준 셈입니다."

그때 서동수가 둘을 번갈아 보았다.

"이젠 효용가치가 떨어진 것인가? 카타리나의 신분을 밝혀준 것이 말이야."

"그것보다 회장님을 신뢰하고 있다는 의미로 보시지요."

다시 안종관이 말했으므로 서동수가 머리를 끄덕였다.

"그렇군. 과연 푸틴은 한랜드의 대통령을 꿈꿀 만한 인물이야."

둘의 시선을 받은 서동수가 헬기로 발을 떼었다.

"돌아갑시다."

한시티로 가려는 것이다. 한시티에 서동수의 숙소가 있다. 짧은 여름과 긴 겨울이 이어지는 시베리아에 지금 겨울이 시작되고 있다. 헬기에서 동토를 내려다보던 서동수가 옆에 앉은 유병선과 안종관에게 말했다.

"이곳은 순수한 땅이야. 신의주하고도 다른 땅이지. 아무것도 없는 상태에서 시작하는 거야."

그렇다. 아무도 발을 딛지 못 했던 동토에서 시작한다. 헬기가 한시티의 숙소에 도착했을 때는 두 시간쯤이 지난 후다.

"다녀오셨습니까?"

숙소 겸 사무실로 컨테이너를 이어 만든 건물에서 카타리나가 나와 서동수를 맞았다.

"조금 전에 자재 3차분이 도착했다는 연락을 받았습니다."

사무실로 들어선 서동수가 파카를 벗으면서 카타리나를 보았다.

"카타리나, 하바롭스크와 야쿠티아에 연락해서 러시아 인력을 공급시켜 달라고 부탁해. 우선 러시아 인력부터 고용할 테니까."

"예, 회장님."

카타리나가 정색하고 서동수를 보았다.

"몇 명이나 요청할까요?"

"모이는 대로. 러시아 인력은 제한 없이 고용할 테니까."

몸을 돌린 서동수의 시선이 유병선과 마주쳤다. 유병선이 얼른 외면했다. 카타리나가 서둘러 사무실을 나갔을 때 구석에서 꾸물거리던 안종관이 머리를 들고 서동수를 보았다.

"회장님, 지금부터 치안 문제를 확실하게 해놓으셔야 합니다."

서동수의 얼굴에 웃음이 떠올랐다.

"한국 동성에서 전·현직 군경을 치안요원으로 모집하고 있어. 곧 1차 병력이 선발될 거야."

힐끗 카타리나가 나간 문 쪽에 시선을 준 서동수가 말을 이었다.

"하나씩 주고받는 것이지. 신의주의 경험이 많은 도움이 돼."

안종관이 머리를 끄덕였고 유병선은 얼굴을 펴고 웃었다.

"푸틴은 알겠는데요."

"알겠지."

이제는 정색한 서동수가 말을 이었다.

"한랜드에 한민족만 채울 수는 없어. 또한 대부분을 한민족만 채운다고 해도 고려인, 조선족, 남북한, 해외 동포까지 갖가지 환경에서 자라온 사람들이야."

"그렇습니다."

안종관이 다시 머리를 끄덕였다.

"거기에 신천지에서 한탕을 노리는 온갖 군상까지 몰려들어 올 것입니다."

서동수의 얼굴에 웃음이 떠올랐다.

"신천지에 활기가 일어날 거야."

LA 코리아타운에 서울식당은 3개나 되어서 이정만이 운영하는 서울식당은 '현대빌딩 서울식당'이라고 부른다. 오후 4시, 식당 구석 자리에서 이정만과 고복길, 박수동 셋이 둘러앉아 소주를 마시고 있다. 안주는 갈비, 셋은 50세 전후의 나이로 이정만과 부동산을 운영하는 고복길이 열 살 무렵 이민을 왔고 어학원을 하는 박수동은 10년쯤 되었다.

"난 결심했어."

술잔을 내려놓은 이정만이 둘을 바라보며 말했다.

"곧 이주신청을 하고 내년 초에 갈 거야, 일찍 가서 자리 잡아야지."

"가서 식당 하게?"

고복길이 묻자 이정만이 머리를 저었다.

"여행사. 난 한랜드 주민을 상대하지 않고 외국에서 손님을 끌어올 거야."

"포부가 대단하군."

박수동이 활짝 웃었다.

"가능성이 있겠어. 한랜드를 관광지로 개발시키면 볼거리가 많을 테니까."

"우리 부동산의 미스터 김도 한랜드로 간다던데. 와이프하고도 이야기가 되었다는 거야."

"가서 뭘 한다는데?"

이번에는 이정만이 묻자 고복길이 입맛을 다셨다.

"미스터 김이 미 해병대 출신 아냐? 거기 경찰로 지원한다는군. 서울에 연락해서 지원서를 받았어."

"허, 참."

박수동이 둘의 눈치를 보다가 외면했다. 부도를 내고 미국으로 도망 온 박수동은 천신만고 끝에 시민권을 받았지만 아직 한국에는 못

간다. 그러니 제약이 있다. 그때 술잔을 쥔 이정만이 말을 이었다.

"한랜드가 내년까지 인구 100만 명이 되고 그다음부터는 두 배씩 늘어나게 될 거야. 그러니 초창기에 가서 기반을 굳히는 것이 중요해. 먼저 가면 기회가 많거든. 우리쯤 되면 어지간한 것은 다 보이는 법이지."

"기회의 땅이지."

마침내 고복길이 동의했다.

"동성은 물론이고 한국 자본이 쏟아져 들어갈 테니까, 그럼 세계 투자가들이 가만있을 리가 없지."

"벌써 한국에는 건설경기가 일어나서 올해 성장률을 8%로 잡고 있어. 25년 만의 기록이라는 거야."

"하긴."

어깨를 늘어뜨린 박수동이 식당을 둘러보는 시늉을 했다.

"이 식당 정리하면 부동산까지 300만 달러는 받겠지? 그걸 갖고 갈 테니 한랜드에 투자금이 쌓이겠구먼."

"이 친구가 300만 되나? 500만도 넘어."

고복길이 정정하더니 문득 박수동에게 물었다.

"정기배 알지?"

"알지."

대답은 했기만 박수동의 표정이 어두워졌다. 정기배는 박수동과 비슷한 전철을 밟았다. 한국에서 도망쳐 나와 동가식서가숙하면서 필사적으로 살아가는 것이 닮았다. 미국으로 도망 온 지 6년, 아직 밀입국자 신세를 벗어나지 못하고 있다.

"어떻게 되었는데? 잡혔어?"

박수동이 묻자 고복길은 머리를 저었다.

"아니, 지금 한랜드에 있어. 나도 어제 들었어. 한랜드에 있는 건설회사 전산관리로 취직이 되었다는 거야. 건설회사의 초청장을 보이고 대번에 미국에서 한랜드로 빠져나갔다는군."

"그럼 나도."

마침내 어깨를 편 박수동이 말했다.

"나도 한랜드로 갈 거야, 가서 내 마지막 인생을 시작할 거야."

박수동의 두 눈이 번들거리고 있다.

동토에 인구가 적은 것은 당연히 식량이 부족하기 때문이다. 식량의 대부분을 외부에서 수입해야 하는 것이다. 자족률은 거의 없었기 때문에 한랜드의 가장 선결 문제가 식량 공급이었다. 그래서 한랜드 남쪽 지역은 대단위 농경지로 지정했고 추위에 강한 작물의 개량사업에 집중했다.

"우크라이나에서 350여 명이 1차로 이주 신청을 해왔습니다."

끝없이 펼쳐진 대지를 내려다보는 서동수에게 카타리나가 말했다. 전용기는 하바롭스크를 지나 북상하고 있다. 이곳은 검은 흙이 드러난 대지다. 한랜드의 농경지가 될 땅이다.

"우크라이나 이주민이 저곳으로 입주하게 될 것입니다."

전용기의 창 아래쪽을 가리키면서 카타리나가 말했다.

"주택은 이미 완공되었으니까 바로 입주할 수 있습니다."

우크라이나 이주민 대부분은 가족 단위다. 스탈린에 의해 시베리아에서 우크라이나로 쫓겨났던 고려인 가족들이다. 그들은 우크라이나에서 대단위 농장을 일궈 대부분 성공했지만 유랑민이었다. 이제 한랜드가 자리 잡자 우크라이나는 물론 카자흐스탄, 키르기스스탄 등으로 흩어졌던 고려인들이 모이고 있다. 이주민 관리를 책임지고 있는 카타리나가 그것을 모를 리 없다. 길게 숨을 뱉은 서동수가 눈을 감았다. 20인승 전용기의 앞부분은 서동수의 전용실이다. 옆자리에 앉은 카타리나가 말을 이었다.

"중국인 투자 이민이 늘어나고 있는데 신원을 위장한 사람이 많습니다. 조회해보았더니 부정하게 축재한 자금을 한랜드 은행에 예치하려는 폭력조직, 기업가, 공무원들이었습니다."

서동수가 눈을 감은 채 쓴웃음을 지었다. 한랜드가 그야말로 말뚝부터 꽂고 가장 먼저 시작한 일 중의 하나가 은행 유치다. 그래서 눈만 쌓인 한시티의 동토 위에 세계 각국의 100여 개 은행 지점이 세워졌다. 건설회사가 길도 닦기 전에 은행 임시 건물부터 지은 셈이다. 그다음이 은행원 숙소라고 해도 과언이 아니다. 다시 카타리나가 물었다.

"회장님, 어떻게 할까요?"

"다 받아들여."

서동수가 단호하게 답했다.

"투자금 제한 없고 체크하지도 말 것, 다시 한 번 말하지만 한랜드의 은행은 고객의 비밀을 철저히 보장한다."

"한랜드로 온갖 부정한 자금이 다 쏟아져 들어올 텐데요."

"너무 깨끗한 물에서는 물고기가 살지 못하는 법이야."

"너무 더러운 물에서도 그렇죠."

"적당히 조절하면 물고기가 살이 찌지."

눈을 뜬 서동수가 머리를 돌려 카타리나를 보았다. 카타리나도 서동수를 보는 중이다. 정색한 시선이 마주쳤고 서동수가 말을 이었다.

"카타리나, 모스크바 근교에 40만 달러짜리 별장이 있더군."

카타리나가 숨을 들이켰고 서동수가 말을 이었다.

"모스크바 시내에 28만 달러짜리 아파트에 6만 달러짜리 승용차, 작년 말에는 부모님 집 고치는 데 5만 달러를 드렸지?"

"들켰군요."

쓴웃음을 지은 카타리나가 어깨를 추어올렸다가 내렸다.

"이제 모스크바로 돌아갈까요?"

"저기 탁자 위의 가방에 현금 100만 달러가 들어 있어, 카타리나."

서동수가 눈으로 탁자 쪽을 가리키고는 다시 눈을 감았다.

"앞으로는 나한테 받아, 카타리나."

김광도가 한시티의 선술집 '우라'에 들어섰을 때는 오후 6시 정각이다. 선술집이라고 했지만 식당 겸 바를 혼합한 형식으로 한쪽은 한국식 김치찌개에서부터 스테이크까지 파는 식당이고, 옆쪽은 술을 마시는 카페다. 넓이가 100평쯤 되는 선술집 안은 각국에서 모인 노동자, 영업사원으로 가득 차 있다. 김광도는 한 달 전에 '극동건설'의 취업비자를 받고 한랜드에 입국했으니 노동자 군상에 든다. 입구에 서서 주위를 둘러본 김광도는 안쪽에서 손을 든 로스토프를 보았다. 다가가 앞자리에 앉았을 때 로스토프가 빈 잔에 보드카를 따라주며 물었다.

"알아봤어?"

"3지구 끝에 1,000㎡ 정도는 임차할 수 있어. 도로변이지만 주변은 황량해. 가장 가까운 건물이 1㎞쯤 떨어진 은행가 건물이야."

김광도가 말하자 로스토프가 긴 숨을 뱉었다. 로스토프는 갈색 머리에 눈이 파란 거인이다. 35세. 하바롭스크 출신으로 한랜드에 온 지 한 달째. 역시 건설회사 근로자 비자로 입국했다.

"건설현장이 모여 있는 1지구나 2지구가 좋은데."

로스토프가 혼잣소리처럼 말했을 때 김광도가 머리를 들었다.

"로스토프, 시작하자."

로스토프의 시선을 받은 김광도의 목소리에 열기가 더해졌다.

"여긴 신의주보다 조건이 좋아. 신의주는 여건상 제약이 많았지만 이곳은 아냐. 시내에 호텔과 카지노, 유흥 시설부터 짓는 것을 보면 알 수가 있어."

"……."

"은행들이 떼 지어 몰려온 이유가 뭔지 알아? 불법자금도 다 받아들이는 것. 한랜드는 곧 향락, 관광, 도박의 도시가 될 거라는 소문이 났어."

"나도 들었지만 괜찮을까?"

"시작하겠어."

김광도가 한 모금에 보드카를 삼키고는 로스토프를 보았다.

"임차계약을 할 테니까 넌 하바롭스크로 돌아가 준비해."

김광도가 로스토프를 만난 것은 1년쯤 전 신의주에서였다. 신의주에서 건설회사 자재 담당 직원으로 근무하던 김광도는 1년 만에 식당을 차렸다가 6개월도 안 되어서 망했다. 첫 사업의 실패다. 그때 신의주 유흥업소에 술을 대던 로스토프를 만난 것이다. 로스토프와 함께 주류 수입 판매사업을 하던 김광도는 한랜드가 개발되자 함께 옮겨왔다. 대학을 졸업하고 3년 동안 제대로 된 직장에 다니지 못했다가 건설회사의 신의주 현장에 입사한 후부터 김광도의 파란만장한 인생이 시작된 셈이다. 김광도의 시선을 받은 로스토프가 마침내 머리를 끄덕였다.

"좋아, 하자. 동업자."

동업자라고 했지만 김광도가 이끌어가는 셈이다. 한랜드행도 김광도가 제안했고 한랜드 행정청에 대한 접촉도 모두 김광도의 몫이기 때문이다. 다시 술잔을 든 김광도가 안을 둘러보며 말했다.

"여자가 있어야 돼."

"여자 뒤에 마피아가 따라오는 것이 문제야, 김."

로스토프가 말하자 김광도는 쓴웃음을 지었다.

"나도 그쯤은 알아."

어깨를 부풀린 김광도가 다시 주위를 둘러보며 웃었다.

"난 이곳에서 기반을 굳힐 거다, 로스토프. 이곳은 나에게 희망의 땅이야."

이제 나이 29세. 3년 동안 한국에서 갖은 일을 다 했다. 나이트클럽 주차요원, 퀵서비스도 했다. 이곳은 인간이 스펙이다.

"하바롭스크에서 한랜드를 통과해 시베리아 철도를 잇는 제2 시베리아 철도를 개통시키겠습니다."

서울호텔 1층 로비의 TV 화면에 나온 서동수가 발표했다. 오후 6시, 로비에 있던 모든 시선이 TV에 집중됐고 서동수의 말이 이어졌다.

"제2 시베리아 철도는 3년 후까지 완공시킬 예정입니다."

화면에 제2 시베리아 철도가 나타났다. 선으로 표시됐지만 하바롭스크에서 한랜드까지 북상했다가 다시 시베리아 철도와 합쳐지는 3,500㎞의 철도 노선이다. 화면에서 시선을 뗀 라진이 마르비에게 말했다.

"저 봐라, 이제 고속철이 완공되면 이곳으로 동서양의 관광객이 쏟아져 들어온다. 시베리아 관광시대가 열린단 말이다."

"과연."

마르비가 감탄한 듯 붉은 얼굴을 펴고 웃었다.

"한시티가 시베리아의 중심이 되겠습니다, 보스."

"이곳은 신의주하고는 달라. 남북한 체제의 영향을 받지 않는 새 땅이야."

라진의 눈이 가늘어졌다. 입은 꾹 다물었고 초점이 멀어진 회색 눈동자가 마르비의 얼굴을 지나 뒤쪽을 응시했다. 라진은 60세. 마피아 보스였지만 역사에 해박했고 젊었을 때 사제였다는 소문도 있다. 그러나 잔인한 데다 배신자는 가차 없이 처단해 별명이 처형자다. 다시 라진이 말했다.

"내가 행정장관 서동수의 계획을 읽을 수 있어. 서동수의 머릿속을 말이야."

서동수는 이제 한랜드의 행정장관이다. 신의주에서 경험을 바탕으로 즉시 한랜드에도 행정청이 설립됐는데 비서실장 유병선과 특별보좌관 안종관이 양팔 노릇을 했다. 마르비의 시선을 받은 라진이 말을 이었다.

"한랜드는 지구상 최대의 환락도시가 될 거다. 마약지대와 도박, 부정한 자금을 흡수하는 유흥도시. 그렇게 자금과 인력을 끌어모아 번성시킨 후에 정비를 하겠지."

라진의 얼굴에 웃음이 떠올랐다.

"신의주는 생산 중심 도시일 수밖에 없었어. 유흥은 2차적이었다.

그러나 이곳은 그 반대야. 한랜드는 유흥과 관광, 소비와 동서양을 잇는 물류 이동 중심지가 된다."

마르비가 어깨를 펴고 라진을 봤다.

"곧 검은 자금이 쏟아져 들어오겠군요."

"그렇지. 나만큼 머리 좋은 놈들이 어디 한둘이냐?"

이미 TV에서 서동수의 발표는 끝나고 자막이 깔린 한국 연속극이 방영되고 있다. 라진이 시선을 옆을 지나는 동양인에게 옮겼다가 떼었다.

"중국 자본도 들어올 거다. 그놈들의 검은돈은 막대하니까."

그 소리를 들은 것은 김광도다. 자신을 중국인으로 알고 한 말이었는데 어떤 뜻인지 짐작이 갔다. 그리고 그런 말을 한 러시아인 정체도 알 것 같았다.

김광도가 다가가자 로비 끝 쪽에 앉아 있던 여자가 자리에서 일어섰다. 긴 털코트를 입었어도 큰 키가 드러났다. 미인이다.

"최은영 씨지요?"

다가서서 묻자 여자가 눈웃음을 지었다. 입술 끝이 따라 올라가면서 분위기가 부드러워졌다.

"어제 도착하셨지요?"

자리에 앉으면서 다시 물었더니 여자가 대답했다.

"네, 오늘 취업 신고를 마쳤어요."

최은영, 28세. 앞으로 김광도와 동업할 여자다. 김광도와는 전화 통화만 한 터라 오늘 처음 대면한다. 김광도가 다시 물었다.

"저기, 결혼하셨어요?"

남자가 있느냐고 물은 것이다.

"안 했어요."

바로 대답한 최은영이 다시 웃었다. 이번에는 흰 이가 조금 드러났다.

"그것이 일하는 데 상관이 있어요?"

"저한테는 없는 것이 나아서요."

솔직하게 대답한 김광도가 말을 이었다.

"몇 명 데려올 수 있지요?"

"일곱 명."

김광도가 머리를 끄덕였다.

"러시아 여자를 여섯 명 데려오기로 했으니까 처음에는 그 정도로 시작하죠."

"건물은?"

"컨테이너 6개를 붙여서 만들 테니 시간은 별로 안 걸려요. 컨테이너만 오면 되니까."

최은영은 신의주에서 룸살롱 마담을 했고 서울에서는 룸살롱 아가씨였다. 경력 6년. 최은영도 신의주에 있는 지인을 통해 소개받았다. 이제는 최은영이 물었다.

"팁은 얼마로 돼 있죠?"

"지금 술집이 세 곳 생겼는데 하룻밤 팁이 300달러에서 400달러, 잠자는 데 600달러에서 1,000달러까지."

"곧 내려가겠지요."

머리를 끄덕이며 최은영이 말을 이었다.

"신의주에서도 그랬으니까요. 나중에는 업소끼리 협상해서 기준을 정하게 되지요."

"늦어도 20일 후에는 영업을 시작할 겁니다. 그러니까 준비해 두

세요."

"이런 경험 없으시죠?"

불쑥 최은영이 물었으므로 김광도가 쓴웃음을 지었다.

"다 처음이 있는 겁니다."

"신의주에서 식당을 하셨다면서요?"

"그것도 처음이었죠."

"그전에는요?"

"건설회사 자재 담당, 한국에선 자동차 판매사원, 영어학원 강사, 보육원 버스운전사, 나이트클럽 주차요원……."

손가락을 꼽던 김광도가 정색하고 최은영을 봤다.

"지금은 룸살롱 사장 준비 중."

"그만하면 경력 되세요."

역시 정색한 최은영이 손목시계를 보는 시늉을 했다.

"오늘 저녁 같이 식사하실 거죠?"

"아, 그래야죠."

쓴웃음을 지은 김광도가 자리에서 일어서며 말했다.

"밥 먹고 클럽 한 곳에 가봅시다. 러시아인이 운영하는 고급 클럽이어서 귀빈들 단골이에요."

따라 일어선 최은영이 김광도의 옆에 바짝 붙어 섰다. 주위의 시선이 쏠렸다. 여자가 드물고 미인은 더욱 드문 곳인 것이다. 로비 옆쪽의 한식당으로 들어간 둘은 방으로 들어가 마주 앉았다. 이제 외부의 시선이 차단된 방 안이다. 코트를 벗은 최은영의 몸매는 예상대로 날씬했다. 김치찌개가 35달러나 됐지만 둘은 30달러짜리 소주까지 시켰다.

"자본금은 얼마나 되지요?"

최은영이 묻자 김광도가 입맛을 다셨다.

"신의주 식당에서 까먹었지만 내가 지금까지 모은 전 재산을 투자할 겁니다."

김광도가 말을 이었다.

"러시아 동업자도 내놓을 거니까 모두 합쳐서 1억5,000만 원."

"그걸로 돼요?"

"동업자가 6개월간 술과 식품류는 외상으로 공급해 주겠다고 했어요."

그때 최은영이 말했다.

"룸살롱 경영은 경리가 철저해야 돼요. 그렇지 않으면 앞으로 남고 뒤로는 빚지게 된다고요."

최은영이 김광도를 똑바로 봤다.

"저도 5,000만 원쯤 투자할 테니까 지분 주고 저한테 경리를 맡겨 주세요."

술잔을 든 서동수가 바 안을 둘러보았다. 행정청 청사에서 1㎞쯤 떨어진 '아무르' 바 안이다. 출입구에 두 남녀가 들어섰는데 한국인 같다. 한 모금 술을 삼킨 서동수의 시선을 남자가 받았다. 이쪽을 알아보았는지 주춤하더니 곧 여자와 함께 발을 떼었다.

"카타리나, 하바롭스크에서 한시티까지의 도로 확장은 언제 끝나지?"

서동수가 묻자 카타리나가 머리를 기울였다. 자신의 소관이 아닌 것이다.

"자세히는 모르지만 2개월쯤 더 걸릴 것 같습니다."

철로가 개통되기 전에는 도로와 항공편밖에 없다. 그래서 한랜드의 도로 개설, 확장 공사가 진행되었는데 도로뿐만이 아니다. 도로 주변의 마을도 함께 조성하고 있다. 하바롭스크에서 한랜드까지는 1,000㎞가 넘는 거리다. 머리를 끄덕인 서동수가 바 안을 둘러보았다. '아무르'는 러시아인 마르비가 사장으로 러시아 미녀가 20여 명이나 된다. 종업원 서비스가 좋은 데다 비록 컨테이너 박스 10여 개를 연결시켜 만들어 놓았지만 내부 장식도 훌륭했다. 그러나 서동수는 마르비가 러시아 조직원이라는 것을 안다. 보스 라진이 지금 한시티에 와 있다는 것도 알고 있다.

"저기 마르비가 오는군요."

카타리나가 술잔을 내려놓으면서 말했다. 몇 번 와 보았기 때문에 카타리나도 마르비와 인사를 나눈 사이다. 서동수는 마르비의 뒤를 따르는 중키의 러시아인을 보았다. 보스 라진이다. 사진에서 본 모습보다 젊다. 그때 다가온 마르비가 서동수와 카타리나에게 인사를 하더니 뒤에 선 라진을 소개했다.

"장관각하, 라진 씨를 소개합니다. 모스크바에서 원유와 철강 사업을 하고 계시지요."

"반갑습니다, 라진 씨."

서동수가 웃음 띤 얼굴로 라진의 손을 잡았다. 카타리나하고도 인사를 마친 라진과 마르비가 자리에 앉았다. 이곳은 안쪽의 귀빈용 좌석이어서 홀 안이 한눈에 보인다. 그때 라진이 서동수에게 말했다.

"각하, 저는 각하의 한랜드 구상을 적극적으로 지지하는 사람입니다. 제가 한랜드 성장의 밑거름이 되겠습니다."

"감사합니다. 투자하신 만큼 보장해 드리지요."

서동수가 웃음 띤 얼굴로 화답했다.

"한랜드는 신의주하고도 다르니까요. 어느 시기까지는 자유로운 투자, 개발, 경쟁이 불가피합니다."

"동감입니다, 각하."

라진이 얼굴에 주름을 만들며 웃었다.

"각하께선 과연 훌륭한 사업가십니다. 한랜드 발전에 결코 해가 되지 않도록 노력하겠습니다."

그들의 옆모습을 보던 김광도가 최은영에게 말했다.

"저기, 장관 옆에 앉은 비대한 놈이 여기 사장이오. 그 옆의 러시아인은 모르겠는데."

"장관 왼쪽의 여자는 누구죠? 미인인데."

"장관 자문역이지, 장관 침실에도 들어간다는 소문이 있어요. 이름이 카타리나라고 해요."

"그럴 만한 여자네요."

"이곳 사장이 러시아 마피아요. 그건 공공연한 사실이지. 장관은 그것을 알면서도 마피아를 받아들였다는 거요."

"그렇다면 한국 조폭도 오겠네요?"

카타리나에게 시선을 주면서 최은영이 건성으로 물었지만 김광도는 그 순간 숨을 들이켰다. 당연한 일이다. 마피아를 받아들였는데 중국 삼합회, 일본 야쿠자, 한국 조폭은 왜 안 되겠는가?

"활력이 필요하지."

돌아가는 차 안에서 서동수가 혼잣소리처럼 말했다.

"그 활력을 만드는 거야."

카타리나는 잠자코 앞만 보았다. 밤 10시 반, 이제 한시티도 짙은 어둠에 잠겨 있다. 대로를 달리는 차량은 한두 대 정도였고 주변은 아직 눈에 덮인 동토다. 드문드문 가로등이 켜진 것이 이곳이 도시라는 것을 깨우쳐줄 뿐이다.

"한 잔 더 하시겠어요?"

카타리나가 낮게 물었으므로 서동수가 머리를 들었다. 시선이 마주치자 카타리나의 눈동자가 흔들렸다가 곧 고정되었다. 서동수가 머리만 끄덕였고 카타리나는 다시 앞쪽을 보았다. 서동수의 숙소는 행정청에서 3㎞쯤 떨어진 울창한 숲 속에 세워져 있다. 도심 속의 숲이다.

2층 통나무 저택이지만 넓어서 아래층에 회의실도 만들어 놓았고 2층에는 방이 4개나 된다. 2층 응접실로 들어선 카타리나가 웃음 띤 얼굴로 서동수를 보았다.

"제가 이곳을 출입하는 것으로 소문이 나 있더군요."

"나도 들었어."

카타리나가 다가와 서동수가 벗은 정장 재킷을 받아들었다.

"그럼 이제 자연스럽게 된 건가요?"

"카타리나, 라진이 마피아 보스인 것 알고 있지?"

셔츠를 벗어 건네준 서동수가 카타리나를 보았다.

"네, 압니다, 장관님."

시선을 받은 카타리나의 얼굴에 웃음이 떠올랐다.

"장관님도 알고 계실 줄 알았습니다."

"그쪽과 직접 연락이 되나?"

"오늘 장관님이 아무르 바에 가신다고 제가 연락했습니다."

머리를 끄덕인 서동수가 몸을 돌리며 말했다.

"옷 갈아입고 나올 테니까 응접실에 술병 갖다놔."

"예, 장관님."

카타리나의 대답을 들으면서 서동수가 침실로 들어섰다. 카타리나는 거짓말을 하지 않았지만 묻는 말에만 대답했다. 서동수는 카타리나의 일거수일투족을 안종관을 통해 보고받고 있었던 것이다.

라진과 카타리나가 밀착되어 있다는 것은 곧 러시아 정부와도 연관이 있다는 것을 의미한다. 세상은 단순하지가 않다. 옷을 갈아입고 나왔더니 탁자 위에 술병과 잔을 놓고 기다리던 카타리나가 웃음 띤 얼굴로 물었다.

"장관님, 안주를 시킬까요?"

"마른안주를 가져올 테니까 그동안 카타리나는 안에 들어가 옷을 갈아입지그래?"

서동수가 눈으로 침실을 가리켰다.

"가볍게 입고 와."

"고맙습니다."

몸을 돌린 카타리나의 움직임이 가볍다.

서동수는 냉장고 안에서 마른안주를 꺼내 탁자 위에 놓고는 소파에 앉았다.

카타리나는 이제 서동수의 자문관 겸 러시아 정부와의 창구 역할을 했다. 한랜드에도 필요한 존재인 것이다. 러시아 정부에 연락을 취할 때 절차를 거치지 않고 바로 카타리나를 통하면 된다. 곧 응접실로 카타리나가 나왔는데 서동수의 셔츠 하나만 걸친 것 같다. 셔츠가 길어서 허벅지와 맨다리만 보였기 때문이다. 서동수의 시선을 받은 카타리나가 웃음 띤 얼굴로 다가와 물었다.

"괜찮아요?"

"섹시해."

과연 카타리나의 맨다리는 조각을 한 것처럼 매끄럽다. 티 한 점 보이지 않는다.

깊은 밤, 시베리아의 겨울밤은 한밤중에 무수한 소리로 뒤덮인다. 정적 속의 미세한 소음, 마치 누가 얼음 위를 걷는 것 같기도 하고 유리 알갱이가 부딪치는 소리처럼 들리기도 한다. 그것은 대기 속의 얼음 결정이 얼면서 서로 엉켜 지상으로 내려오는 소리다. 이곳 사람들은 그 소리를 '별이 속삭인다'고 한다. 베란다에 털코트만 걸친 채 나와 서 있던 서동수가 10초도 견디지 못하고 다시 방으로 들어왔다. 영하 40도가 넘는 밖에 나갔다가 들어온 것이다. 베란다의 유리문을 닫고 다시 이중으로 된 나무문을 닫은 서동수가 코트를 벗었다. 방 안은 어둡다. 침대 옆 독서등도 켜지 않았지만 침대에 누워 있는 카타리나의 둥근 형체가 드러났다. 이쪽을 향한 흰 얼굴도 보인다.

"밖에서 뭘 하셨어요?"

은근한 목소리, 방 안은 알맞게 따뜻하다. 아래층 페치카의 열이 벽과 굴뚝을 통해 전달되기 때문이다. 코트를 벗은 서동수는 알몸이다. 침대로 다가가 선 서동수가 말했다.

"가끔 밖에 나가서 얼음이 부딪치는 소리를 들어. 그럼 시베리아에 와 있다는 실감이 나지."

"이리 오세요. 안아드릴게."

카타리나가 두 팔을 뻗었다. 이미 카타리나도 알몸이다. 보드카 한 병을 나눠 마시고 술자리는 끝났다. 시트를 들치고 서동수가 들어서

자 카타리나가 다리를 벌려 안더니 깜짝 놀라 소리쳤다.

"아유, 차가워."

그렇지만 몸은 더 밀착시켰다. 금방 풍만한 카타리나의 알몸에 빈틈없이 감긴 서동수가 만족한 숨을 뱉었다. 카타리나가 몸을 굴려 위로 오르더니 서동수의 귀에 대고 속삭였다.

"달링, 위에서 해줄까요?"

"조금 기다려."

"물론이죠, 서둘지 않을게요."

카타리나가 하반신을 부드럽게 문질렀다. 이미 단단해진 서동수의 남성이 기분 좋게 마찰되었다. 서동수가 카타리나의 엉덩이를 움켜쥐었다. 단단하고 풍만한 살점이 잡혔다.

"라진한테 어려운 일 있으면 언제든지 널 통해서 이야기하라고 전해."

"네, 달링."

서동수가 손을 뻗어 카타리나의 골짜기 쓸었다. 골짜기는 이미 흘러넘치고 있었으므로 서동수의 얼굴에 웃음이 떠올랐다.

"카타리나, 넌 몸이 뜨겁구나."

그때 카타리나가 몸을 일으키더니 서동수의 하체 위에 앉았다. 그러고는 입으로 남성을 물었다. 시베리아의 겨울밤에 갑자기 땅이 울리는 소리를 낼 때가 있다. 멀리서 들릴 때는 커다란 운석이 떨어지면서 내는 소리 같고 가까운 곳에서 들으면 뭔가 커다란 돌이 두 조각으로 쪼개지는 소리 같다. 오늘 서동수는 열기에 덮인 방 안에서 그 소리를 들었다. 그 소리에 놀란 듯 카타리나가 움직임을 멈췄을 때 서동수는 몸을 일으켰다. 카타리나를 밀어 눕힌 서동수가 젖은 입술에 정성

껏 입을 맞췄다. 지금까지의 봉사에 대한 보답이다. 두 팔로 서동수의 목을 감아 안은 카타리나가 혀를 내밀며 답례를 했다. 길고 부드럽고 탄력이 강한 혀가 꿈틀거렸다.

"달링, 사랑해요."

잠깐 혀가 떼어졌을 때 허덕이며 말한 카타리나의 말도 자연스럽다. 서동수가 곧 몸 위에 오르자 카타리나는 받아들일 자세를 했다. 이제 어둠에 익숙해진 둘은 서로의 눈동자를 보았다. 곧 서동수는 뜨겁고 좁으며, 생명수로 가득한 카타리나의 몸 안으로 들어섰다. 시베리아의 굉음이 이제는 방 안에서 크게 터졌다.

"아무것도 몰라. 그러니까 한두 달쯤 지나서 내쫓으면 돼."

최은영이 잔에 소주를 따르더니 한 모금에 삼켰다. 이곳은 한시티 '시장거리'로 부르는 번화가에 위치한 '신라호텔' 안이다.

이 호텔도 터만 잡아놓고는 컨테이너를 30개쯤 2층으로 쌓아놓고 호텔방을 만들었는데 이곳에서는 이런 호텔이 벌써 50개도 넘는다. 사무실도 컨테이너, 주택도 컨테이너, 은행이나 병원도 컨테이너를 쌓아놓고 영업을 개시했다. 머지않아 컨테이너는 제 갈 길로 갈 테니 임시변통으로는 그만이다. 그때 조상규가 웃음 띤 얼굴로 최은영을 보았다.

"그 자식이 너한테 한 번 달라고 안 하더냐?"

"아니?"

머리를 한쪽으로 기울인 최은영이 조상규를 보았다.

"오빠, 한 번 줘도 돼?"

"넌 이런 일 한두 번도 아니잖아?"

"그래도 오빠가 찜찜하지 않아?"

"병만 안 걸리면 돼. 그거야 한강에 배 지나간 자국이라고 하잖냐?"

"걔 연장 크겠던데."

"한 번 먹어, 그러면."

"알았어."

다시 잔에 술을 채운 최은영이 의자에 등을 붙였다. 20피트짜리 컨테이너 방이라 이 방값은 하루 250달러다. 비싸지만 할 수 없다. 한시티 근교의 러시아인 통나무 민박집은 공동화장실을 사용하고 1박에 100달러지만 곧 룸살롱 공동경영자가 될 몸인 것이다. 그때 조상규가 탁자 위 가방에서 꺼낸 1만 달러짜리 뭉치 5개를 내려놓았다.

"자, 네 자본금이다. 일단은 이걸 줘서 그놈 안심을 시켜야지."

조상규의 넓은 얼굴에 웃음이 떠올랐다.

"이곳 세관은 돈 뭉치를 신고하라고도 않더군. 한국에서도 한랜드행 화물이나 짐가방은 검사도 안 해."

"오빠, 내 사촌오빠 행세 확실하게 해야 돼."

"야, 걱정 마. 그러니까 내가 보는 앞에서 그놈하고 한번 떡을 치란 말이야. 그럼 그놈이 확실하게 믿을 테니까."

"알았어. 그렇게 하지 뭐."

그때 조상규가 한 모금에 소주를 삼키더니 자리에서 일어섰다. 팬티차림이어서 앞쪽이 불끈 솟아올라 있다. 그것을 본 최은영이 웃었다.

"어이구, 쟤가 그 이야기 듣더니 성났구나."

"자, 시베리아에서 한탕 뛰어보자."

다가간 조상규가 최은영을 불끈 들어 올리더니 침대 위로 내던졌다. 최은영이 비명을 질렀다가 곧 웃는다. 조상규는 대전 유성파의 중간 간부로 최은영의 애인이다. 유성파는 이번에 시베리아에 진출할 목적으로 최은영과 조상규를 파견한 것이다. 둘은 선발대 역할이다. 최은영이 룸살롱 출신이며 신의주에서 일한 것도 다 맞다. 유성파는 이번에 소규모 자본으로 시베리아에, 그것도 안전하게 진입한 셈이 되었다. 다음날 오후, 행정청에서 마지막 서류 승인까지 마친 김광도가 서울호텔로 돌아왔을 때 로비에서 기다리던 최은영이 맞았다.

"다 끝났어요?"

"원스톱 처리더군, 진짜로."

감탄한 표정으로 김광도가 말을 이었다.

"한 번도 멈추지 않고 35분 만에 끝났어요. 그것도 담당 직원이 직접 들고 다니면서 말이요. 야, 진짜 감탄했어."

"여기 자본금 5만 달러요."

최은영이 탁자에 달러가 든 봉투를 내려놓았다.

"저도 자본금 가져왔으니까 원스톱으로 주주 만들어 주세요."

김광도가 봉투와 최은영을 번갈아 보았다.

개척자

"북한에서 밀입국자들이 하루에도 수백 명씩 들어옵니다."

행정청장실에서 안종관이 보고했다. 안종관은 이제 행정청 내무부장을 맡고 있다. 한랜드를 임차한 ㈜동성의 기조실 사장 겸임이다. 안종관이 앞에 앉은 서동수를 보았다.

"청장님, 북한 당국에서는 아직 한랜드 측에 항의를 해오지는 않았습니다만 김 위원장께서도 알고는 있을 것입니다."

그렇다. 알면서도 가만있는 이유는 몇 가지가 있다. 북한 주민의 한랜드 이주가 밀입국 방식이긴 하지만 강력하게 저지할 필요는 없다고 판단했기 때문일 것이다. 북한 주민의 한랜드 이주는 본래부터 계획되어 있었던 사항이다. 안종관이 말을 이었다.

"북한 밀입국자 중에는 아이를 데려온 부모도 있고 영양실조나 병든 사람들이 꽤 있어서 긴급 구호동과 숙소를 늘려야 될 것 같습니다."

"그렇게 하도록."

서동수가 바로 승인했다.

"밀입국자라도 공사 현장이나 업소에 취업할 때 규제를 하지 말도록."

"그렇게 하고 있습니다."

"임금 차별도 하면 안 돼요."

"감독하고 있습니다."

"얼어 죽는 사람이 없도록 국경에서 순찰을 늘리고."

"예, 청장님."

마침내 쓴웃음을 지은 안종관이 서동수를 보았다.

"그렇게 소문이 나면 결국 북한 정부에서 국경을 막을 것 같은데요."

"그때는 우리가 나서야지, 행정청은 그래서 있는 것 아닌가?"

안종관이 머리를 끄덕였다.

"곧 연방제가 되면 풀리지 않겠습니까? 김 위원장께서도 적극 협력을 해주시니까요."

서류를 넘긴 안종관의 얼굴이 다시 차분해졌다.

"현재 러시아 마피아가 3개 조직, 중국계 조직이 3개, 야쿠자는 2개, 한국 측은……"

머리를 든 안종관이 서동수를 보았다.

"한국은 대부업을 간판으로 내세운 3개 조직이 진출했는데 그 외에 일반 투자자에 끼어든 군소 조직도 있습니다."

서동수의 시선을 받은 안종관이 서류 한 장을 넘기고 말을 잇는다.

"예를 들어서 대전 유성파 같은 경우는 중간보스의 애인을 투자자에 접근시켜 공동 투자자가 되었는데 곧 명의를 가로채게 되겠지요. 한국에서 자주 써먹던 방법이니까요."

"……."

"약육강식의 살벌한 전장이 되겠지만 그에 비례해서 활기는 일어날 것입니다."

머리를 끄덕인 서동수가 안종관으로부터 서류를 받아 펼쳤다.

"조폭이라면 통 크게 투자를 해야지, 러시아 마피아처럼."

서동수가 혼잣말처럼 말한 것은 제 말의 모순을 알기 때문이다. 러시아 마피아 라진은 정부의 비호를 받고 있다. 서동수가 방금 안종관이 보고한 서류를 들쳐보고는 머리를 기울였다.

"이 친구 어디서 본 얼굴인데?"

"네? 아시는 분입니까?"

놀란 안종관이 상체를 숙여 서동수가 가리킨 사진을 보았다. 젊은 사내의 사진이다.

"예, 그 친구가 대전 유성파에게 명의를 빼앗기게 될 가능성이…."

"아, 며칠 전에 '아무르'에서 본 청년이군. 꽤 멋있는 여자하고 같이 있었는데…."

바로 김광도다. 옆에 있던 최은영이 미인이어서 서동수가 기억한 것 같다.

다가선 노동자의 모습은 싸구려 방한복을 입고, 해진 방한화 차림이었지만 키가 컸고 눈빛이 강했다.

검게 탄 얼굴, 덥수룩한 수염의 이 사내는 북한 밀입국자다. 조선족이나 고려인 출신은 이보다 입성이 낫고 얼굴도 윤기가 흐른다.

"사장님이십니까?"

사내가 물었으므로 김광도가 머리를 끄덕였다. 오후 8시였지만 아직 밝다. 그러나 추위가 심해져서 벌써 영하 28도, 공사를 끝내고 노동자들을 귀가시키는 중이다. 김광도가 곰 털 코트의 깃을 올리면서 사내에게 물었다.

"그런데요?"

"말씀드릴 것이 있습니다."

룸살롱 공사 현장이다. 40피트짜리 컨테이너 6개가 다 들어왔고 붙이는 외관 공사가 어제부터 시작되었다. 공사장 인부는 모두 14명, 그중 11명이 북한 밀입국자다. 차를 대기시켜 놓았으므로 김광도가 힐끗 차 쪽에 시선을 주고 나서 사내에게 물었다.

"무슨 일입니까?"

"저, 5번 컨테이너 바닥과 천장까지 4곳이 찢어졌습니다. 그곳을 테이프로 붙이고 칠을 했는데 감독이 알면서도 컨테이너 업자한테서 받았습니다."

놀란 김광도가 지그시 사내를 보았다. 자세히 보니 또래 같다. 김광도가 물었다.

"어디서 왔어요?"

"전 북조선에서 왔습니다. 밀입국자입니다."

"지금 숙소는 어디인데?"

"임시 수용소에서 일 나갑니다."

"북조선에선 뭘 했는데요?"

"군 복무를 했습니다. 상사였습니다."

그러더니 어깨를 펴고 덧붙였다.

"예, 탈영했습니다."

"나한테 그걸 말해준 이유를 들읍시다."

"감독이 컨테이너 업자에게 돈을 받는 현장을 보고 분했기 때문입니다."

"왜?"

"북조선에서도 제가 그런 일을 겪었기 때문입니다."

그때 마음을 굳힌 김광도가 발을 떼면서 말했다.

"나하고 같이 저녁이나 먹읍시다."

차에 탔을 때 김광도는 사내의 이름을 들었다. 백진철, 28세. 국경지역인 9군단 소속 국경경비대 상사였다가 탈북한 지 4개월, 그동안 블라디보스토크에서 막노동하다가 한랜드로 들어온 지 2개월째라고 했다. 호텔 식당에서 김치찌개에 밥을 세 그릇이나 먹고 난 백진철에게 김광도가 물었다.

"내일 공사감독을 쫓아내도 일이 될까?"

"제가 북조선 출신 공사감독들을 압니다. 기술도 좋고 수당도 남조선 출신의 절반밖에 안 됩니다."

"그럼 네가 내 동생 할래?"

"목숨을 바쳐 모시겠습니다."

목숨이란 말에 김광도가 풀썩 웃었다가 백진철의 표정을 보고는 숨을 들이켜면서 웃음을 지웠다.

"좋아, 지금부터 형님이라고 불러."

"예, 형님."

"내일 새 감독 골라 오고 네가 부감독을 맡아라."

"저는 그대로 일하겠습니다, 형님."

"그리고."

백진철의 위아래를 훑어본 김광도가 자리에서 일어섰다.

"내 방으로 가자. 너, 나하고 사이즈도 비슷한데 옷부터 갈아입어야겠다."

"아닙니다, 형님."

"시끄러워. 시발 놈아."

김광도가 앞장서서 식당을 나가면서 말을 이었다.

"잘되었어. 나도 믿을 만한 조수가 필요했단 말이다."

"전 감독, 이것 좀 봐요."

김광도가 부르자 전용수가 마지못한 표정을 짓고 컨테이너 안으로 들어섰다. 오전 10시 반, 작업을 시작한 지 한 시간 반쯤 지난 후다. 지금 김광도는 5번 컨테이너 안에 들어와 있다. 전용수가 다가오자 김광도가 쥐고 있던 쇠파이프 끝으로 천장을 부쉈다. 그러자 멀쩡한 천장이 찢어지더니 테이프가 벗겨졌고 길게 쪼개진 틈이 드러났다.

"이게 뭡니까? 왜 이런 걸 납품 받았죠?"

"아니, 누가."

눈을 치켜뜬 전용수가 어깨를 부풀리더니 김광도와 천장을 번갈아 보았다.

"누가 이걸……."

"지금 무슨 말을 하시는 거요? 누가 이걸 알려 주었느냐고 하는 거요?"

"아니, 도대체……."

아무리 간이 배 밖으로 나왔다고 해도 그런 말은 대놓고 못한다. 얼굴을 부풀린 전용수가 김광도에게서 시선을 뗐다.

"아이, 씨……."

"당장 이거 바꾸세요. 이런 건 검사를 하고 나서 받았어야지."

전용수가 어깨만 부풀리고 대답하지 않았으므로 김광도가 말했다.

"바꾸지 못하겠다면 감독 그만두시든지. 이젠 내가 바꿀 테니까요."

"그럽시다."

전용수가 머리에 쓴 안전모를 바닥에 내동댕이치자 김광도가 말을 이었다.

"참, 잊었는데, 난 지금 당장 행정청에 부정행위로 고발할 겁니다. 이 컨테이너가 증거니까. 당신하고 컨테이너 납품업자 둘이 책임져야 할 거요."

"어디 해보시지."

하지만 말을 뱉고 난 후 전용수의 기세는 절반쯤 시들었다. 한랜드 행정청은 공사 부정과 제품규격 미달은 엄격히 체크했기 때문이다. 준공검사를 맡기 전에 신고해서 감독이 벌금을 내고 추방된 경우도 있었다. 그래서 30분쯤 지났을 때 컨테이너 업자가 새 컨테이너를 교환해 주는 것으로 합의했다. 그리고 전용수는 그날 오전 일당까지만 받고 해임되었다. 10일 공사였으니 감독도 일당제로 고용한 것이다. 그날 오후 2시 반이 되었을 때 백진철이 새 감독을 데려왔는데 40대의 북조선 출신 밀입국자다. 그러나 공사를 지휘하는 모습을 본 김광도는 만족했다. 전용수보다 두 배는 나은 것이다.

"어휴, 며칠이면 공사 끝나겠네요."

오후 5시쯤 되었을 때 최은영이 현장으로 찾아와 활짝 웃으며 말했다. 검정 털코트를 입은 최은영의 미모가 현장 분위기를 바꾸었다. 노동자들이 힐끗거렸고 길을 돌아 옆으로 지나갔다.

"오늘 저녁에 술 한잔해요."

김광도 옆에 바짝 붙어 선 최은영이 코 먹은 목소리로 말을 이었다.

"사촌 오빠가 이곳에 투자할 데가 있는가 보려고 왔는데 부동산 부자예요. 같이 한 잔 마셔요."

"사촌 오빠?"

"응, 이모 아들. 어제 왔어요."

그때 백진철이 뒤에서 김광도에게 물었다.

"사장님, 내부 테이프 봐 주십시오."

김광도가 백진철이 들고 있는 노란색 테이프 두 개 중 하나를 골라 주었다. 다시 김광도가 몸을 돌렸을 때 최은영이 말했다.

"참, 오빠가 호텔 방을 오늘 비워 줘야 한다는데, 내 방을 주고 난 거기 방에서 자면 안 돼요? 오늘 하루만."

최은영이 눈웃음을 지었다. 뒤쪽에서 테이프를 고르던 백진철이 서둘러 컨테이너를 나갔고 최은영이 말을 이었다.

"상관없어요. 오빠는 이미 우리 둘 사이가 그렇고 그런 줄 알아요. 그게 자연스러운 거지 뭐."

최은영의 밝은 얼굴을 본 김광도가 숨을 들이켰다.

조상규가 웃음 띤 얼굴로 김광도를 보았다. 넓은 얼굴이 술기운으로 붉게 달아올랐다.

"그럼 지금부터 김 사장은 내 매제야. 사촌 동생 애인이니까 말이야."

"아니, 그건……."

김광도가 쓴웃음을 지었지만 불쾌한 기색은 아니다. 한 모금에 소주를 삼킨 조상규가 말을 이었다.

"누가 결혼하라는 것도 아니니까 부담 갖지 말라고. 싫증나면 헤어지는 거야."

"아유, 오빠는 참."

최은영이 조상규의 빈 잔에 술을 따르면서 말했다.

"나중에 우리 사업에 투자나 좀 해."

"그건 두고 봐야지."

정색한 조상규가 머리를 저었다.

"난 친척이라고 무조건 돈 대는 놈이 아니다. 그랬다간 벌써 거덜 났다."

"누가 무조건 돈 대라고 했어? 싫으면 관둬."

그때 조상규가 손목시계를 보는 시늉을 했으므로 최은영이 생각난 듯 말했다.

"참 오빠, 방 비워줬지?"

"응, 오늘 하루만 예약을 못 했다니. 기가 막혀서, 한랜드는 호텔 방이 문제다."

그때 최은영이 키를 내밀었다.

"그럼 짐은 호텔에 맡겨 놓았겠네? 내 방을 써."

"오늘 밤만 자면 내일은 다시 그 방을 준단다."

키를 받은 조상규가 김광도를 향해 웃어 보였다.

"다음에는 컨테이너 하우스라도 만들어놓고 와야겠어."

"저한테 말씀하시면 예약해 놓지요."

김광도가 말했을 때 조상규가 자리에서 일어났다. 오후 9시 반이 되어가고 있다.

"나 더 추워지기 전에 호텔로 돌아갈게."

최은영의 호텔방으로 간다는 말이다. 호텔 현관까지 조상규를 배웅하고 다시 바로 돌아오면서 최은영이 김광도의 팔짱을 꼈다. 오늘 밤은 최은영이 이곳 서울호텔의 김광도 방에서 자게 된 것이다. 바로 들어서던 김광도가 문득 옆쪽을 보더니 걸음을 멈췄다. 그러고는 최은영에게 말했다.

"은영 씨, 바에 들어가 있어요."

최은영이 바 안으로 들어서자 김광도가 뒤쪽에 서 있는 사내에게로 다가갔다.

"너, 웬일이냐?"

백진철이었던 것이다. 김광도가 다가서자 백진철이 서두르듯 말했다.

"조금 전 형님이 배웅한 남자, 그 남자하고 저 여자는 애인 사이였습니다."

"무슨 말이야?"

"며칠 전에 저 여자하고 그 남자가 둘이서 공사현장에 왔었지요. 둘이 이야기하는 걸 들었는데 애인이더라고요."

"……."

"오늘 저 여자가 형님한테 하는 말을 듣고 뭔가 수상해서 와 봤던 것입니다."

"……."

"둘이 애인 사이인데 어떻게 형님하고 같은 방에서 자려고 하지요? 수상합니다."

"알았다."

쓴웃음을 지은 김광도가 머리를 끄덕였다.

"나도 좀 찜찜했다."

김광도가 주머니에서 키를 꺼내 백진철에게 내밀었다.

"너도 내 방에서 자자."

"예?"

"너도 방을 비워줄 일이 있어서 오늘 밤 내 방에서 재워야겠다고 할 테니까 셋이 자자."

백진철의 시선을 받은 김광도가 얼굴을 펴고 웃었다.

"내막이야 나중에 알게 되겠지만 날 생각해줘서 고맙다. 방에 소주 있으니까 마시고 있어."

"눈치 챘나?"

조상규가 미간을 모으고 물었다. 눈이 가늘어지면서 저절로 어금니가 물려졌다. 오전 10시, 최은영이 호텔로 돌아와 자초지종을 말한 것이다.

"방에 와 있던 놈은 공사 현장에서 일하던 노동자였어. 내가 얼굴을 알아."

"그놈이 방이 없어서 찾아왔다고?"

"숙소가 꽉 찼다고……."

"참 내. 그 자식 운이 없는 건지, 뭔지……."

다시 눈을 가늘게 떴던 조상규가 어깨를 부풀렸다.

"어쨌든 우린 이곳에 진출하기로 결정을 했어. 며칠 후면 형님들이 오실 것이고 대규모 투자가 될 거다. 그 자식 김광도의 사업장은 시범 케이스야."

그러고는 조상규가 최은영의 위아래를 훑어보았다. 어느덧 눈이 번들거리고 있다.

"너, 정말로 어젯밤 온전했어? 그럼 거기 부어 있겠다?"

그 시간에 김광도는 하바롭스크에서 돌아온 로스토프를 만나고 있다. 서울호텔의 로비 안이다.

"벌써부터 하바롭스크에는 구매 전쟁이야. 한랜드를 겨냥하고 가게들이 선금을 내지 않으면 물품을 내주지 않아."

어깨를 늘어뜨린 로스토프가 말을 이었다.

"난 겨우 보드카 1,000병밖에 구하지 못했어. 주류 도매상은 모두 마피아가 장악한 상태라고."

"야단났는데."

믿고 있던 로스토프의 상황을 듣자 김광도는 쓴웃음을 지었다.

"최은영이 자기도 투자하겠다면서 5만 달러를 내놓았어."

"잘되었군."

로스토프가 반색을 했으므로 김광도가 서둘러 말을 이었다.

"그동안 골치 아픈 일들이 많았다고."

김광도가 백진철을 만난 일부터 작업감독을 바꾸고 어젯밤 조상규와 최은영과 만난 일, 그리고 방에서 셋이 자고 헤어졌다는 이야기를 마쳤을 때 로스토프가 긴 숨을 뱉었다. 곰이 한숨을 쉬는 것 같다.

"전쟁이군."

"최은영이 꺼림칙해."

"그럼 돈을 돌려주고 계약을 파기해."

"그렇게 되면 여자는 어떻게 구하지?"

말문이 막힌 로스토프가 숨만 쉬었을 때 백진철이 다가왔다.

"로스토프 씨다. 인사해라."

김광도가 말하자 백진철이 머리를 숙이며 러시아어로 인사를 했다.

"잘 부탁합니다."

"어, 잘 만났어. 이제 남북한과 러시아가 한랜드에서 제대로 합작을 하는구먼."

로스토프가 웃음 띤 얼굴로 말을 잇는다.

"제대로 된 놈들이 합작을 해야 할 텐데 말이야. 벌써부터 온갖 놈들이 꼬이는군."

"너 무슨 방법이 없겠냐?"

불쑥 김광도가 물었으므로 백진철이 머리를 들었다.

"무슨 일입니까?"

"우리가 최은영하고 계약을 파기하면 여자를 관리할 사람이 없어. 최은영은 한국에서 여자를 데려오기로 했거든."

그러고는 김광도가 로스토프 들으라고 영어로 말했다.

"로스토프가 러시아 여자는 7~8명 구해오기로 했지만 말이다."

"숙소에 여자들이 많습니다."

대번에 백진철이 말했으므로 김광도가 숨을 들이켰다. 한국말이어서 로스토프는 눈만 껌벅이고 있다. 백진철이 말을 이었다.

"탈북한 여자들 중 군 출신도 있고 몸매 좋고 예쁜 여자들도 많단 말입니다. 제가 여자 숙소에 가서 구해 보겠습니다."

김광도가 숨을 들이켰다. 로스토프에게 설명을 해주려고 했지만 가슴이 벅차서 심호흡부터 했다.

서동수가 들어서자 한수정이 자리에서 일어섰다. 얼굴에 환한 웃음을 띠고 있다. 물결치듯 흘러내린 머리칼은 풍성했고, 목에는 진주 목걸이가 반짝였다.

"야, 눈이 부시구나."

눈을 가늘게 뜬 서동수가 다가가 한수정의 허리를 덥석 껴안았다. 한수정이 놀란 듯 잠깐 몸을 굳혔다가 곧 짧게 웃었다.

"오빠, 달라졌어."

"그래, 신의주 때와는 달라졌지."

한수정의 허리를 당겨 안은 서동수가 입을 맞췄다. 한수정이 두 팔로 서동수의 목을 감아 안더니 혀를 내밀어 준다. 짙게 루주를 칠한 입술에서 박하 맛이 났다. 시베리아, 한랜드의 한시티, 둘은 지금 부산호텔 양식당 방 안에 들어와 있다. 오후 6시 반, 창밖으로 눈 덮인 한랜드가 보인다. 이윽고 몸을 뗀 둘이 자리에 앉았을 때 한수정이 상기된 얼굴로 웃었다.

"아유, 오빠. 못 말린다니까."

"널 보면 성욕이 불끈 일어나."

"정말 달라졌어. 오빠는."

한수정은 이제 경성건설을 매출액 기준으로 국내 20위권 건설회사로 성장시켰다. 신의주에서 적극적으로 오더를 받았기 때문이다. 그리고 한랜드에서도 선발 주자로 진출해서 맹렬하게 활동 중이다. 종업원이 들어와 주문을 받고 나갔을 때 한수정이 지그시 서동수를 보았다.

"오빠한테 부담 주지 않으려고 연락도 안 했는데 오늘은 웬일이야?"

"네가 고마워서."

"뭐가?"

"한시티에 경성호텔을 세우기로 한 것."

그때 한수정이 이를 드러내고 웃었다. 경성건설은 한시티에 15억 달러를 투자해 경성호텔과 카지노, 레저타운을 건설한다는 계획을 발표한 것이다. 그것이 지난달이다. 한수정이 웃음 띤 얼굴로 말했다.

"나도 사업가야. 가능성이 없으면 안 해."

"그렇겠지."

"한랜드는 한민족의 미래일 뿐만 아니라 러시아, 세계 인류의 미래라고."

"옳지."

"새로운 땅에서 새 역사가 기록되는 거지. 이곳에 모여드는 모든 군상은 제각기 꿈이 있다고. 도둑놈들도 말이야."

"도둑놈……."

"여긴 전 세계에서 온갖 범죄자들이 다 몰려 와. 오빠도 알지?"

"그럼."

"그것이 기회의 땅이라는 증거라고. 깨끗한 도시는 발전이 없고 시들어. 거긴 노인들의 도시야."

"너 섹시하다."

"오빠는 그것을 알고 판을 벌여 놓은 것이고, 난 기꺼이 동참한 거지."

"너 몸에 기름 뿌리고 해봤어?"

"그래서……."

말을 이으려던 한수정이 서동수의 물음에 다음 말을 잊어버린 것 같다. 눈동자가 흔들리더니 어깨를 늘어뜨렸다.

"기름이라니?"

"식용유 같은 건데 몸에 바르는 거야. 거기에도 넣을 수 있어."

"……."

"넣어 봤는데 달콤해. 끈적거리지도 않고. 그걸 바르고 빨아 먹는 거야."

그때 긴 숨을 뱉은 한수정이 서동수를 보았다.

"오빠 요즘 외롭지?"

"뭐가?"

"기름만 먹고 살기가."

그때 종업원이 요리를 들고 왔으므로 둘은 자리를 고쳐 앉았다. 바이칼호에서 잡힌 생선 절임과 송어, 캐비아도 놓였다. 종업원이 나가자 서동수가 나이프를 들면서 말했다.

"배부르면 게을러져. 그게 내 대답이다."

풍만한 몸이다. 서동수가 상반신을 세운 채 누워 있는 한수정의 알몸을 보았다. 한수정은 상기된 얼굴로 눈을 감고 있었지만 환한 불빛에 눈이 부신지 이맛살이 조금 찌푸려졌다.

"오빠, 뭐해?"

마침내 한수정이 몸을 비틀더니 두 손으로 서동수의 어깨를 잡았다.

"기름 바르려고?"

불쑥 묻고 보니까 우스운지 얼굴에 웃음이 떠올랐다. 이곳은 서동수의 관저 이층 침실이다. 서동수가 머리를 숙여 한수정의 입술에 입을 붙였다. 한수정이 엉덩이를 들썩여 자세를 잡더니 두 손으로 서동수의 남성을 감싸 쥐었다. 익숙한 자세, 자연스러운 몸놀림, 한 치도 어긋나지 않는다. 남성이 한수정의 골짜기에 딱 닿았지만 더 이상 건드리지 않는다. 이제 서동수에게 맡기는 것이다. 서동수는 한수정의 혀를 빨면서 다 느끼고 감동한다. 한수정 또한 마찬가지다. 무르익어서 만지기만 해도 과즙이 줄줄 흐르는 복숭아. 바로 한수정이다.

"으응, 오빠."

한수정이 보채듯이 엉덩이를 흔들었으므로 남성이 골짜기를 건드렸다. 이제 한수정은 반쯤 눈을 떴지만 흐리다. 가쁜 숨결이 뱉어졌고 부딪친 복부는 뜨겁다. 이미 한바탕 애무를 한 터라 한수정은 애타게 기다리고 있다. 그때 서동수가 천천히 진입했다. 순간 입을 딱 벌린 한수정이 두 손으로 서동수의 양쪽 팔을 움켜쥐었다. 그러나 하반신은 활짝 편 채 그대로 받아들이고 있다. 서동수는 뜨거운 동굴 속으로 온몸이 빨려 들어가는 느낌을 받는다. 동굴 안은 온수가 흘러넘치고 있다. 벽에 붙은 수만 마리의 지렁이가 꿈틀대면서 남성에 달라붙는다. 이윽고 한수정의 신음이 터졌다. 서동수의 미세한 동작 하나도 그냥 넘기지 않고 한수정은 환호하고 소리쳤으며 탄성을 뱉는다. 뜨거운 열기가 솟아오르고 있다. 풍만한 몸에 탄력이 붙으면서 한수정의 몸이 요동을 쳤다. 어느덧 체위를 바꾼 한수정이 위에서 힘차게 움직이기 시작했다. 상체를 반듯이 세운 한수정이 허리를 흔들더니 곧 두 팔로 침대를 짚고는 엎드린 자세가 되었다. 한수정의 입에서 거친 탄성이 끊임없이 쏟아지고 있다. 다시 서동수가 뒤로 돌았을 때 한수정이 절정으로 솟아오르고 있다. 방 안은 열풍으로 뒤덮였고 이윽고 한수정과 서동수는 함께 터졌다. 한 덩어리가 된 둘은 그 자세 그대로 합쳐진 채 한동안 움직이지 않았다.

"오빠, 괜찮아요?"

서동수의 가슴에 얼굴을 붙이고 있던 한수정이 그렇게 물은 것은 알몸에 서늘한 기운이 덮였을 때다. 서동수는 가만있었고 한수정이 말을 이었다.

“이곳이 세계의 중심이 되거나 반대로 세계의 시궁창이 되거나 둘 중 하나가 될 것이라는 말 들어보셨지요?”

“물론.”

천장을 향하고 누운 서동수의 얼굴에 웃음이 떠올랐다. 험담가는 언제나 있다. 한국에서도 그렇게 말하는 인간들이 있는 것이다. 서동수를 세계적인 사기꾼으로 매도하는 인간도 많다.

“이곳에 올 자신이 없는 인간들이야.”

서동수가 혼잣소리처럼 말을 이었다.

“이곳에 발을 디딘 사람들치고 이곳이 시궁창이 될 것이라고 생각하는 사람은 한 명도 없어. 도둑놈, 강도, 사기꾼까지라도 말이야.”

서동수의 얼굴에 웃음이 떠올랐다.

“모두 희망에 부풀어 있지. 난 그 희망의 불씨를 살려주는 역할만 하면 돼.”

“그래요. 지도자는 그런 자신이 있어야죠.”

한수정이 다시 서동수의 가슴에 얼굴을 묻으면서 웃었다.

“그래서 내가 오빠하고 호흡이 맞는다니까요. 나도 자신이 있었다고요.”

“여기, 5만 달러.”

김광도가 탁자 위에 돈이 든 봉투를 내려놓고 최은영을 보았다.

“내 동업자 로스토프가 투자금은 받지 않겠다는 거요. 그냥 처음에 이야기되었던 대로 합시다.”

“잠깐만.”

조상규가 나섰다. 최은영과 함께 온 것이다. 투자금을 돌려준다고 말한 터라 최은영이 조상규에게 이야기한 것 같다.

"뭐 이런 경우가 다 있어? 애들 장난도 아니고? 투자한다고 약정서까지 썼다던데 돈만 돌려주면 다요?"

서울호텔의 라운지 안이다. 구석 쪽 자리에 다섯이 둘러앉았는데 김광도와 로스토프, 그리고 백진철이 끼었다. 그리고 저쪽은 최은영과 조상규. 그때 김광도가 말했다.

"미안합니다. 그렇다고 아직 개업도 안 한 업소에 약정서가 무슨 효력이 있는 것도 아니어서요. 이것도 행정청에 문의해보고 말씀드리는 것입니다. 그러니까 이해하시고……."

"안 되겠어."

머리를 저은 조상규가 눈을 가늘게 뜨고 웃었다.

"우린 당신 업소 지분의 25%를 갖는 것으로 하겠어. 그 돈은 도로 넣어두시고."

"조 사장님, 왜 이러십니까?"

"우리를 물로 보지 말란 말이야."

"제가 언제 그랬습니까?"

그때 최은영이 자리에서 일어섰다.

"오빠, 가요."

"오빠는 무슨 오빠."

그렇게 말한 것은 백진철이다. 그 순간 최은영이 몸을 굳혔고 조상규는 숨을 들이켰다.

"뭐야?"

조상규가 백진철에게 물었다.

"지금 뭐라고 했어?"

"당신들 둘은 같이 자는 사이 아냐?"

백진철이 조상규의 시선을 맞받았다.

"어제도 같은 방에서 잤지 않아? 신라호텔 214호실."

"아니, 이 새끼가."

곧 조상규의 본색이 드러났다. 어깨를 부풀린 조상규가 손가락으로 백진철의 콧등을 가리켰다.

"너 뒈지고 싶어?"

"아니, 살고 싶어."

백진철이 머리를 저었을 때 김광도가 조상규에게 말했다.

"조 사장님, 나는 그런 거 상관없습니다. 그러니까 이 자리에서 돈 가져가시고 없던 일로 하십시다."

"못 해."

조상규가 일어서더니 아직도 서 있는 최은영의 팔을 쥐고는 백진철과 김광도를 차례로 보았다.

"투자금 그대로 약정서 유효다. 알아?"

그때 백진철이 따라 일어서면서 말했다.

"동무, 이곳에서 하루에 몇 명이나 죽어 묻히는지 아오?"

조상규가 눈만 치켜떴고 백진철의 목소리가 낮아졌다.

"요즘은 하루에 열서너 명이야. 겨울이 되면서 들판에 놔두면 눈이 덮여서 얼음덩이가 되지. 계속 눈이 쌓여서 동토가 되는 거야."

백진철이 이를 드러내고 웃었다.

"너, 내가 장담하는데 앞으로 이틀 안에 동토에 묻을 거다."

"아니. 이 새끼가."

"내가 북한군 탈주자다. 이 개새끼야."

백진철이 다시 웃었다.

"너 신라호텔에서 나와 은행 한 바퀴 돌고 바시리 사우나에서 오후 3시까지 놀고 나서 아리랑 식당에서 저녁 먹지? 그 사이에 내가 어디서 잡을까?"

조상규의 얼굴이 굳어졌고 백진철의 말이 이어졌다.

"내 동료가 수백 명이다, 이 개새끼야."

이맛살을 찌푸린 김광도가 백진철을 보았다. 로스토프는 한국말을 몰랐지만 분위기는 파악한 것 같다. 그때 김광도가 물었다.

"너 정말이냐?"

"뭐가 말입니까?"

"네 동료가 수백 명이라는 말."

"한랜드에 북한군 탈영병이 그 정도 됩니다."

"다 네 동료야?"

"아닙니다."

"동토에 하룻밤에 열서너 명이 묻혀?"

"소문이 그렇습니다."

"그놈이 은행하고 사우나, 식당에 가는 건 어떻게 알았어?"

"제 동료를 시켜 미행했지요."

김광도가 어깨를 늘어뜨리면서 긴 숨을 뱉었다. 조금 전에 조상규와 최은영은 약정서를 찢어버리고 5만 달러를 가져간 것이다. 그때 백진철이 말했다.

"형님이 말씀하신 여자들을 준비했는데 언제 보시겠습니까?"

"여자들을?"

"예, 숙소에 아는 여자가 있어서 부탁했지요."

"아니, 그게……."

치마만 두르면 되느냐고 하려다가 입을 다문 김광도가 그때야 백진철에게 인사를 했다.

"네 덕분에 내가 살았다."

"형님 덕분에 제가 살고 있습니다."

백진철이 바로 말을 받는다. 그날 저녁 공사를 마치고 김광도와 백진철은 근로자 숙소 근처의 식당으로 들어섰다. 이곳도 컨테이너 2개를 붙인 식당이었는데 손님 대부분이 북한 출신이었다. 앞장선 백진철이 칸막이가 되어 있는 구석 쪽 문을 젖히고 들어섰으므로 김광도도 뒤를 따랐다. 한 평도 안 되는 방에는 식탁 하나만 놓여 있는데 여자 하나가 앉아 있다가 자리에서 일어섰다. 낡은 방한 코트를 입었지만 갸름한 얼굴형의 미인이다.

"장 동무, 인사하시오. 김 사장님이시오."

백진철이 소개하자 여자가 머리를 숙였다.

"장현주라고 합니다."

목소리가 맑고 울림이 있다. 인사를 마친 셋이 자리에 앉자 종업원이 들어와 주문을 받아갔다. 하나밖에 없는 방 손님은 100달러 이상 주문을 해야 한다고 해서 술과 안주까지 200달러어치를 시켰다. 종업원이 나갔을 때 백진철이 말했다.

"장 동무도 탈북자지요. 평양에서 이곳으로 온 것입니다. 중국 땅도 잡힐 가능성이 많으니까요."

"무슨 큰일을 저지르셨군."

김광도가 웃으며 말을 받았지만 둘의 반응이 서먹했으므로 분위기가 어색해졌다. 탈북자에게 중국보다는 러시아가, 러시아에서는 한랜드가 더 안전한 땅이 될 것이다. 한랜드에서는 아직 밀입국자 제재를 하지 않는 것이다. 오히려 밀입국자를 위해 숙소를 지어주고 취업 제한도 없다. 그때 장현주가 김광도를 보았다.

"전 평양백화점에서 근무했는데 공금을 횡령하고 도망쳐 나왔습니다."

김광도의 시선을 받은 장현주의 얼굴에 웃음기가 떠올랐다.

"거금 4,300달러였죠. 그 돈으로 동생하고 어머니는 남조선으로 들어갈 수 있었는데 저는 기회를 놓쳐서 다급한 김에 이곳으로 도망쳐 온 것입니다."

"잘하셨어요."

김광도가 커다랗게 머리를 끄덕였다.

"내 말은 한랜드로 잘 오신 거란 말씀이오. 그럼 장현주 씨가 내 가게 여자들을 모아 주시겠습니까?"

"네, 하겠습니다."

장현주가 똑바로 김광도를 보았다.

"여기서 다시 남조선으로 갈 생각은 없으니까요. 이곳에서 기반을 굳히겠습니다."

결연한 표정이다.

"너 약 먹었어?"

백진철이 묻자 곽태일이 머리만 저었다. 그러나 눈동자는 흐렸고 어깨가 늘어져 있다. 둘은 룸살롱 공사 현장 구석에 마주보고 서 있다. 오후 5시쯤, 공사는 인테리어 작업이 내일 끝날 테니 사흘 후에 개업할 예정이다. 주위를 둘러본 백진철이 바짝 다가섰다. 방금 마약을 먹었느냐고 물은 것이다.

"그런데 왜 이래? 이 자식, 바른대로 말 안 해?"

"나 200달러만 빌려 줘. 아니, 150달러."

곽태일이 갑자기 백진철의 소매를 움켜쥐었다. 그러더니 온몸을 떨기 시작했다.

"100달러도 좋아. 제발, 형님……."

"이 새끼, 약 중독이구먼."

소매를 뿌리친 백진철이 곽태일의 목을 움켜쥐었다. 눈을 부릅뜨고 목을 쥔 손에 힘이 들어가자 곽태일의 얼굴이 순식간에 붉어졌다.

"이 개새끼, 차라리 죽어라."

곽태일은 백진철이 한시티에서 만난 유일한 9군단 국경경비대 출신이다. 나이도 두 살 어리고 계급도 아래여서 동생처럼 대했고 이곳 공사장에도 데려와 일을 시킨 것이다. 이윽고 백진철이 손을 풀자 곽태일이 컨테이너 벽에 등을 붙이고는 땅바닥에 주저앉았다. 가쁜 숨을 몰아쉬는 곽태일의 눈에서 눈물이 흘러내렸다. 백진철이 쪼그리고 앉아 곽태일의 어깨를 두 손으로 밀었다.

"너, 언제부터 약 먹었어?"

"한 달 전쯤……."

"그럼 돈을 모은다는 것, 거짓말이지?"

"못 끊었어."

"누구한테 샀어?"

"숙소에서……."

"숙소 누구?"

"고려산업 직원들."

"조형채, 정기필 부하들 말이냐?"

백진철이 곽태일의 어깨를 거칠게 밀면서 자리에서 일어섰다. 곽태일이 머리를 컨테이너에 부딪쳤지만 멍한 표정으로 백진철을 올려다보았다. 조형채와 정기필은 북한 밀입국자 사이에서 터줏대감으로 알려진 사내들이다. 그중 조형채가 사장으로 불리면서 휘하에 수십 명을 거느리고 인력공급 업체를 운영하고 있다. 인력공급 업체가 수십 개 난립하고 있지만 조형채의 고려산업이 가장 인원을 많이 확보하고 있다. 잠시 후에 끝 쪽 컨테이너 방 안에서 백진철은 김광도와 마주보고 서 있다. 백진철의 말을 들은 김광도가 입맛을 다셨다.

"야단났다. 임금 받아서 마약으로 써버리면 어떻게 산단 말이냐?"

말은 그랬지만 김광도는 시큰둥한 표정이다. 상황이 피부에 아직 닿지 않았기 때문이다. 그때 백진철이 김광도를 보았다.

"형님, 곽태일이 이번 룸살롱에 취업하면 약 판매를 맡기겠다고 했답니다."

김광도가 긴장했고 백진철의 말이 이어졌다.

"곽태일을 일 못 하게 하면 그놈들이 가게를 가만 놔두겠습니까? 다른 놈을 시키겠지요."

"……."

"조형채는 마약을 북한에서 공급받는다고 합니다. 안에 들어가 군인 호위를 받으면서 나온다고 했습니다."

"……."

"이미 숙소의 북한 노동자 2할이 중독자가 되었고 곧 러시아, 중국에서도 마약이 들어와 시장 쟁탈전이 벌어질 것이라고 합니다."

"그거 야단났군."

이맛살을 찌푸린 김광도가 긴 숨을 뱉었다.

"하나를 피하면 더 큰 파도가 덮쳐 오는 꼴이구나."

백진철의 시선을 받은 김광도가 어깨를 추켜올렸다가 내렸다.

그날 저녁, 아직 개업을 하지 않은 룸살롱 '실크로드'의 컨테이너 방 안에서 김광도와 로스토프가 나란히 앉아 장현주가 데려온 북한 아가씨 면접을 보았다. 6시 반부터 시작된 면접은 8시 반이 되어서야 끝났는데 무려 30여 명이나 지원했기 때문이다. 모두 돌아간 후에 서류를 정리하면서 로스토프가 웃었다.

"미스 한랜드 심사를 한 것 같군."

방 안에는 백진철과 장현주까지 넷이 남아 있었지만 아무도 따라 웃지 않았다. 로스토프가 데려온다던 러시아 미녀는 없던 일이 되었는데 소개업자가 다른 러시아 가게와 계약했기 때문이다. 최은영과도 그렇게 헤어진 터라 오늘 면접을 본 북한 아가씨 중에서 15명을 뽑아야 한다. 그때 장현주가 김광도에게 물었다.

"좀 수준이 낮지요?"

머리를 든 김광도가 장현주를 보았다.

"좀 그렇구먼요."

"한국 아가씨하고는 비교가 안 되겠지요."

넷은 테이블에 둘러앉아 있다. 로스토프는 한국어가 서툴러서 눈만 껌벅였고 백진철은 서류만 고르고 있다. 과연 그렇다. 아가씨들은 평범했다. 아니, 아가씨라고 부르기 민망한 30대, 40대 여자도 있었다. 장현주가 말을 이었다.

"하지만 갖가지 사연을 갖고 있는 여자들이죠."

백진철은 시선을 더 내렸고 김광도는 눈도 깜박이지 않았다.

"무슨 일이든 할 거예요. 그리고 가격은 절반으로 깎으셔도 돼요."

김광도의 눈이 깜박였고 백진철은 머리를 들었다.

"합의했습니까?"

김광도가 묻자 장현주는 머리를 끄덕였다.

"네, 계약서에 그렇게 쓰셔도 됩니다. 러시아 가게 기준으로 50퍼센트 받겠습니다."

"해볼 만하네요."

마침내 김광도가 말했다. 로스토프의 외상 거래도 막혀 있는 상황이라 자금이 부족했던 것이다.

"자, 그럼 15명, 아니, 20명만 골라봅시다."

서류를 펴면서 김광도가 말했고 백진철은 로스토프에게 설명을 해주었다. 백진철의 러시아어는 김광도의 영어만큼은 된다.

"브라보!"

설명을 들은 로스토프가 김광도를 위해 그렇게 소리쳤다. 36명 중 20명을 고르게 되었으니 절반 이상이 합격이다. 그날 밤, 선별 작업을 마친 넷이 컨테이너 안에서 보드카와 소시지를 놓고 파티를 했다. 술잔이 서너 번씩 비었을 때 로스토프가 영어로 장현주에게 말했다.

"마담, 밀입국자 신분으로는 마담 노릇 하기가 불안한데, 관리들도 상대해야 하니까 말이야."

김광도와 백진철의 시선이 옮아왔고 장현주는 웃음만 띠었다.

"내 생각인데 사장하고 결혼 신고를 하는 것이 어때? 그럼 신고와 동시에 한랜드 시민이 될 테니까 말이야."

"그렇게까지는……."

당황한 장현주의 얼굴이 붉어졌다. 술잔을 내려놓은 장현주가 로스토프를 보았다.

"신경 써줘서 고맙지만, 내 일은 내가 알아서 합니다."

"글쎄, '실크로드'를 위해서 그런다니까."

이맛살을 찌푸린 로스토프가 장현주와 김광도를 번갈아 보았다.

"누가 같이 잠자래? 서류만 그렇게 만들라는 것이지. 사장도 생각해봐. 그 여자한테 당한 것도 옆에 여자가 없었기 때문이 아닌가?"

"그만."

손을 펴서 말을 막은 김광도가 웃었다.

"말도 안 돼. 내가 여자가 없어서 그랬다니."

그때 장현주가 헛기침을 했다.

"그렇게 하지요. 내일이라도 행정청에 신고하겠습니다."

모두의 시선을 받은 장현주가 얼굴을 펴고 웃었다.

"그럼 오늘 밤이 처녀로서 마지막 밤이 되겠군요."

"훌륭해."

로스토프가 술잔을 들면서 칭찬했다.

"'실크로드'가 환하게 뚫린 것 같군. 당신은 우리한테 축복이야."

김광도가 따라 웃으면서 한 모금에 보드카를 삼켰고 백진철은 다시 건배를 제의했다.

"제가 장현주 씨를 데려왔으니 중개인인 셈입니다. 중개인한테는 대가를 주는 것 아닙니까?"

한랜드의 밤이 깊어가고 있다. 갖가지 사연을 품고 들어온 군상들을 안은 채 별이 속삭이기 시작했다. 술자리가 끝나고 숙소로 돌아가려는 장현주를 김광도가 불렀다. 장현주가 다시 컨테이너로 들어서자 안에 있던 백진철이 자리를 피해주었다. 장현주가 눈으로 묻는 시늉을 했더니 김광도가 고무줄로 둥그렇게 묶은 지폐 뭉치를 내밀었다.

"2,000달러인데 이 돈으로 옷하고 생필품을 사도록 해요. 선금으로 주는 것이니까 부담 느끼지 말고."

"그렇다면 받지요."

돈을 받은 장현주가 입술 끝을 올리고 웃었다. 장현주는 밀입국자 숙소에서 나와 내일부터 실크로드 근처의 새 숙소로 옮기게 된 것이다. 몸을 돌렸던 장현주가 머리만 비틀고 김광도를 보았다.

"내일 몇 시에 만나지요?"

"오후 1시에 내가 숙소로 찾아갈 테니까 짐을 싸놓고 기다려요."

김광도가 말을 이었다.

"차에 짐을 싣고 행정청에 가서 신고한 다음에 새 숙소로 갑시다."

장현주가 방을 나갔을 때 엇갈려서 백진철이 들어왔다.

"넌 방에 있지 왜 자리를 피하는 거냐?"

김광도가 묻자 백진철이 눈을 가늘게 뜨고 웃었다.

"형님이 같이 자자고 하실 것 같아서요."

"미친 놈."

"말씀 안 하셨어요?"

"시끄럽다, 이 자식아."

"남자 숙소에서 노리는 놈들이 많았지요. 저는 감히 쳐다보지도 못했다가 이번에 가게 일로 처음 말을 걸었습니다."

보드카에 얼굴이 붉어진 백진철이 앞자리에 앉았다. 밤 10시가 되어가고 있다. 장현주는 버스를 타러 떠났는지 밖에서 기척이 끊겼다.

로스토프는 옆쪽 컨테이너에 들어가 나오지 않는다.

“아마 조금만 더 시간이 지났다면 조형채 일당이나 다른 조직에서 손을 뻗쳤을 것입니다. 장현주 씨가 여자들 모임의 회장을 맡고 있어서 함부로 손을 못 댔지만 말입니다.”

“그랬군. 생존력이 강한 여자구나.”

“재빠르지요. 혼자 있었다면 벌써 놈들이 채갔을 것입니다.”

“…….”

“가게에 나와도 모임 회장은 그대로 유지할 것 같습니다.”

“그건 상관없어.”

“당원이어서 조직력이 강합니다.”

“당원이라니?”

“장현주 씨는 공산당원이었지요.”

“…….”

“여기선 북한과는 다른 공산당이지요. 제각기 조직을 만들고 끼어 있는 것이 사는 데 유리하다고 생각하고 있거든요.”

“너도 그러냐?”

“예, 저도 탈영자들 모임의 회장입니다.”

백진철이 이를 드러내고 웃었다.

“언제 써먹을 수 있을 것입니다, 형님.”

아무르 바 안쪽으로 통로를 따라 20m쯤 들어가면 끝에 사무실이 있다. 붉은색 양탄자가 깔린 통로여서 위압감이 느껴지고 실제로 그곳을 통행하는 인물은 극소수다. 바로 라진의 사무실이기 때문이다. 오늘 밤, 라진의 사무실에는 바의 사장 마르비와 은발에 검은 눈동자의 백인이 둘러앉아 있다.

"북한놈들이 서두르는군."

라진이 쓴웃음을 짓고 말하더니 은발의 사내에게 물었다.

"판매책이 고려산업의 조형채란 말이지?"

"예, 보스."

사내는 라진의 심복 노브스키다. 노브스키는 지금 한랜드의 마약 공급 실태를 보고하는 중이다. 노브스키가 말을 이었다.

"마약은 필로폰으로 북한 내부에서 제조된 것입니다. 조형채는 직접 북한에 들어가 필로폰을 받아오는데 평양에서는 모르고 있는 것 같습니다."

"당연히 그렇겠지."

라진이 보드카 잔을 쥐면서 웃었다.

"김동일이 서동수가 있는 한랜드에 마약을 넣을 리가 있나?"

노브스키가 머리를 끄덕였다.

"예, 보스. 그런데 그 필로폰이 러시아 지역으로 넘어오고 있습니다."

술잔에 입을 붙였던 라진이 내려놓았다.

"우리 지역에?"

"북한 측에서 필로폰을 받아 소매로 팔려던 두 놈을 어제 잡았습니다."

"러시아인이냐?"

"예, 보스."

"이런 개새끼들."

쓴웃음을 지은 라진이 노브스키를 보았다.

"추궁했어?"

"예, 시작한 지는 얼마 안 됩니다. 둘 다 열흘 남짓인데 필로폰이 너무 싸서 꽤 많이 팔았다고 합니다. 5만 달러 정도……."

"……."

"몇 놈이 소매업을 하는지는 모릅니다. 점조직으로 관리해서요."

"……."

"두 놈은 다 털어놓게 하고 오늘 새벽에 눈구덩이에다 묻었습니다."

그때 마르비가 나섰다.

"보스, 고려산업 놈들을 잡지요. 조형채부터 잡아서 족치는 것입니다."

라진이 시선을 주자 마르비의 목소리가 열기를 더했다.

"그리고 남아 있는 필로폰을 모두 압수하는 것이지요. 그놈들은 항의도 하지 못할 것입니다."

그때 라진이 머리를 돌려 노브스키를 보았다.

"카타리나한테 조형채와 북한 고위층과의 필로폰 거래를 서동수에게 전하라고 해. 내가 전하라는 말까지 말이야."

"예, 보스."

"네가 그놈들한테 들은 이야기도 다 말해 주도록."

"알았습니다, 보스."

라진이 이제는 마르비를 보았다. 정색한 얼굴이다.

"마르비, 넌 나에게 꼭 필요한 놈이다."

"예, 보스."

"네 말을 들으면 영감이 떠올라."

"감사합니다, 보스."

"네 의견과 반대 방향이 문제 해결의 답이 될 때가 많아."

마르비가 숨을 들이켰을 때 라진이 말을 이었다.

"앞으로 마약은 계속 들어온다. 이번에 북한놈들이 시범 케이스로 당하겠지만 중국놈, 그리고 우리까지 계속 들여올 테니까."

그때 노브스키가 자리에서 일어섰고 마르비도 엉거주춤 엉덩이를 들었다. 의자에 등을 붙인 라진이 다시 술잔을 들었다.

"이곳은 엄청난 시장이라 먼저 신용을 얻어야 돼."

"알고 있었습니다만, 아직 증거를 확보하지 못하고 있습니다."

서동수의 말을 들은 행정청 내무부장 안종관이 말했다. 동성 기조실 사장을 겸하고 있는 안종관은 이제 한랜드의 치안과 행정을 맡고 있다.

"라진이 그 정보를 주다니 좀 놀랐습니다, 사장님."

안종관은 서동수를 사장으로, 때로는 장관이나 청장으로도 부르는데 아직 한랜드의 체제에 익숙해지지 않았기 때문이다. ㈜동성이 임차한 한랜드는 이제 러시아연방의 일부로 한랜드 행정청에 의해 관리되고 있다. 그리고 행정청의 수반은 한랜드 행정장관 서동수다. 머리를 끄덕인 서동수의 얼굴에 웃음이 떠올랐다.

"라진이 신뢰를 쌓으려는 거야. 희생양으로 조형채를 내놓는 것이지요."

"그렇습니다."

안종관이 여전히 정색하고 서동수를 보았다.

"하지만 가만둘 수는 없습니다. 내일 고려산업을 수색하겠습니다."

"난 따로 이 내용을 김동일 위원장에게 연락할 테니까, 북한 내부에서도 조사할 거요."

조사가 아니라 관련자에 대한 철저한 숙청 작업이 시작될 것이었다. 그때 안종관이 말을 이었다.

"북한 밀입국자 숙소에 핵심 당원이 심어져 있는 것이 발견되었습니다."

"핵심 당원이라니?"

서동수의 시선을 받은 안종관이 쓴웃음을 지었다.

"북한 당국에서 밀입국자로 위장시켜 파견한 공산당원입니다."

"아니, 왜?"

"이곳에서 공산당의 정통성을 수립해 보려는 의도겠지요."

"……."

"북한은 이제 신의주의 자유지대 개방과 남북한연방제 합의로 어쩔 수 없이 자유민주주의 시장경제 체제를 받아들이게 되었지 않습니까?"

"그러니까 이제, 한랜드에……."

"그렇습니다, 장관님."

안종관의 얼굴에서 웃음기가 지워졌다.

"북한에는 아직도 순수한 공산주의 신봉자가 존재합니다. 그들의 새로운 땅 한랜드에 새로운 공산주의 국가를 세우려고 하는 것도 당연하지 않겠습니까?"

"그렇군, 그러면 김 위원장도……."

"모르고 계시겠지요. 하지만 그것을 크게 나무라실 것 같지 않습니다."

서동수가 심호흡을 했다. 공산주의는 북한을 건립한 기본 이념이다. 그들이 한랜드를 현재 북한식 통치 체제가 아닌 새로운 공산주의 국가로 만들려는 열망을 이해할 수 있었기 때문이다.

"그게 누구요?"

서동수가 묻자 안종관이 들고 있던 서류철에서 서류를 꺼내 서동수 앞에 놓았다.

"장현주라는 여자입니다. 김일성대를 졸업하고 선전선동부에 근무하다가 석 달 전에 밀입국자로 위장해서 잠입했습니다."

서동수가 서류에 붙은 사진을 보았다. 미인이다. 낡은 방한복을 입었지만 눈이 맑고 야무진 입술에 키도 크다. 안종관이 말을 이었다.

"북한 밀입국자 숙소에서 여자들을 모아 '희망회'라는 조직을 결성, 회원이 200명이 되었습니다. 매일 모여서 어려운 일도 상의하고 도와주면서 신뢰를 쌓았습니다.

"……."

"그런데 장현주가 어제 행정청에 결혼 신고를 했습니다. 상대는 한국인으로 김광도, 곧 '실크로드'라는 룸살롱을 개업할 청년입니다."

다시 서류 속 사진을 본 서동수가 머리를 기울였다.

"아니, 이 친구 얼굴이 낯이 익은데? 어디서 보았더라?"

'실크로드' 개업식은 오후 4시에 했다. 한국에서야 개업식에 '돈 세다가 주무시기를' 등의 덕담인지, 악담인지 모를 글까지 적힌 화환이 즐비했겠지만 한랜드는 다르다. 사장 김광도가 입구에 걸린 테이프를 끊는 것으로 끝났다. 둘러선 여종업원들이 박수를 쳤고 기다리던 손님들이 들어갔다. 40피트 컨테이너 6개를 3개씩 두 줄로 붙이고 안을 터서 만들었지만 작은 방이 6개에 홀과 바까지 갖춰진 룸살롱이다. 종업원 20명이 모두 한복 차림에 짙게 화장을 해서 독특한 분위기를 풍기는 바람에 개업 손님 대부분이 러시아인이었다. 밖에서 개업식을 구경하다가 들어온 것이다. 박색은 면한 여종업원들이 한복으로 둔한 몸을 감추었지만 마담 장현주의 자태는 눈부셨다. 몸매가 날씬하면 한복도 더 멋있게 보이는 것 같다. 홀과 방에서 손님들이 부르는 바람에 장현주는 정신없이 돌아다녀야 했다.

"어서 오세요."

문 쪽에서 종업원 아가씨들이 합창하듯 외치는 소리가 계속 울렸고 '실크로드' 안은 손님으로 바글거렸다.

"오늘 매상 좀 오르겠다. 벌써 보드카가 27병이나 나갔어."

바에서 일하던 로스토프가 김광도에게 신바람이 난 얼굴로 말했을 때다.

"어서 오세요."

보통보다 좀 큰 인사 소리가 들렸으므로 김광도가 머리를 돌려 입구 쪽을 보았다. 그 순간 김광도가 숨을 들이켰다. 한랜드 장관 서동수가 들어서고 있었기 때문이다. 서동수는 내무부장 안종관과 비서실장 유병선까지 대동했는데 뒤를 따르는 사내들은 경호원 같다.

"아이고."

장관을 발견한 백진철이 놀라 뒤쪽으로 도망가는 바람에 김광도가 심호흡을 했다. 놀랐지만 죄지은 것이 없다는 생각이 들었고 다음 순간 기쁨으로 심장박동이 빨라졌던 것이다. 서둘러 다가간 김광도가 허리를 90도로 꺾어 절을 했다.

"제가 이곳 사장 김광도입니다, 장관님."

"어, 그래요?"

서동수가 웃음 띤 얼굴로 손을 내밀었다.

"지나다가 개업 간판을 보고 들른 거요."

"잘 오셨습니다, 장관님."

"방 남았소?"

서동수가 한쪽 눈을 조금 감으며 물었다.

"퇴근 시간도 되었으니까 방에 들어가서 마시고 싶은데."

"예, 장관님."

펄쩍 뛰듯이 반긴 김광도가 앞장서서 빈방으로 안내했다. 방으로 들어가면 아가씨들을 앉혀야 하고 기본이 보드카 세 병에 안주 세 접시가 필수다. 방에 들어간 손님은 장관을 포함한 셋. 그때 상황을 알아차린 마담 장현주가 달려왔다. 방에 앉은 서동수가 들어선 장현주를 보더니 빙그레 웃었다.

"마담이 미인이시군. '실크로드'가 잘될 것 같은 예감이 드는데."

"영광입니다. 마담 장현주라고 합니다."

장현주가 머리가 땅에 닿을 것처럼 인사를 했다.

"마담, 여기 술 좋은 것으로. 안주도 알아서 가져오시고."

주문도 서동수가 했다.

"그리고 아가씨들도 셋 데려오고, 팁을 받아야 될 테니까."

"예, 영광입니다, 장관님."

머리를 끄덕인 서동수가 앞에 나란히 선 김광도와 장현주를 번갈아 보았다.

"자, 술 가져오면 두 분이 들어오세요. 내가 축하주를 한 잔씩 드릴 테니까."

"예, 장관님."

감동한 김광도의 목소리가 먹먹해졌다. 둘이 방을 나갔을 때 서동수가 긴 숨을 뱉었다.

"아무래도 남자가 벅차겠군."

"제 처입니다."

술을 한 잔씩 마셨을 때 김광도가 옆에 앉은 장현주를 눈으로 가리키며 말했다.

"엊그제 행정청에 신고를 했습니다."

"어, 그래요?"

서동수가 웃음 띤 얼굴로 둘을 번갈아 보았다.

"남자가 좀 처지는 것 같은데, 마담이 큰 결심을 하신 것 같군."

"아닙니다, 저는……."

얼굴이 빨개진 장현주가 한쪽 손으로 볼을 덮었을 때 유병선이 덕담을 했다.

"남자가 조금 떨어져야 부부간에 금실이 좋다고 합니다."

"그건 처음 듣는 소린데, 여자가 똑똑하면 집안이 어떻게 된다는 말도 있어요."

서동수가 말했고 안종관이 중재했다.

"양보하고 덮어준다는 말씀이지요."

다 어폐가 있는 말이지만 당사자인 둘은 모른다. 술잔을 든 서동수가 장현주를 보았다. 각각 옆에 앉은 아줌마급 아가씨들은 몸만 굳히고 있다.

"내가 김 위원장님하고 각별한 사이인지는 알고 있지요?"

"네, 장관님."

여전히 몸을 굳히고 있지만 장현주는 똑바로 서동수를 보았다.

"김 위원장님은 나를 사석에서 형님이라고 부릅니다. 그건 모르시지요?"

"네."

특급 정보다. 아마 내일 아침이면 세 아줌마를 통해 한랜드 전역으로 이 말이 퍼져나갈 것이다. 서동수가 말을 이었다.

"하지만 내가 가장 존경하는 분이 있다면 김동일 위원장이시지. 난 국민을 위해 모든 것을 내려놓은 그분의 희생정신과 용기를 따라갈 수가 없어요."

술잔을 든 서동수가 긴 숨을 뱉었다.

"이렇게 북한에서 여러분들이 밀입국해 오셔도 김 위원장께서는 나한테 아무 말도 하시지 않습니다. 그것은 무슨 의미겠소?"

서동수의 시선이 아줌마들을 훑고 지나갔다.

"오죽하면 탈북 했을까 하고 생각하고 계시는 거요. 이유는 그것뿐이오."

셋 중 왼쪽의 가장 나이 든 아줌마가 숨을 들이켜더니 머리를 숙여 버렸다. 눈물이 쏟아진 것 같다. 장현주는 숙연해졌고 김광도는 조금 어리둥절해했다. 그때 안종관이 말했다.

"자, 이제 술 드시지요, 장관님."

"어, 그래야지요."

술잔을 든 서동수가 김광도를 보았다.

"어려운 일 있으면 여기 내무부장이나 나한테 연락을 해도 돼요."

"그, 그렇게까지……."

당황한 김광도가 상체를 세웠을 때 이번 중재는 유병선이 했다.

"장관께서는 실무를 다 맡겨 놓으셔서 실제로는 할 일이 별로 없으시거든요."

"그래서 내가 이렇게 마시고 다니는 것이지."

서동수가 옆에 앉은 아줌마의 허리를 당겨 안으면서 장현주에게 말했다.

"자, 이제 아가씨들하고 놀게 두 분 나가 보시지요."

장현주와 김광도가 서둘러 방을 나갔을 때 서동수가 파트너에게 물었다.

"숙소가 어디야?"

"아직 합숙소에 있는데 사장님이 곧 숙소를 만들어 주신다고 했습니다."

파트너가 고분고분 대답했다.

"그렇군, 그럼 이차는 어떻게 나가나?"

"마담한테 허락을 받으면 됩니다."

넓은 얼굴에 코와 입이 작고 피부에 크림을 너무 발라서 번들거렸지만 여자가 성실하게 대답했다. 나이가 40이 넘은 것 같았지만 그래도 셋 중에서 가장 나았다. 머리를 끄덕인 서동수가 물었다.

"이차 값은?"

"다른 곳은 500달러라고 들었는데 여기는 250달러입니다, 장관님."

다시 머리를 끄덕인 서동수가 지갑을 꺼내었다.

컨테이너 2개를 붙여놓고 인력공급업체를 운영했던 조형채가 체포된 것은 그 다음 날 오전 10시경이다. 내무부 소속의 치안대가 조형채와 정기필 등 5명을 마약법, 밀입국법 등의 혐의로 체포했고 여러 곳에 분산시켜 숨겨둔 마약 100kg을 압류했다. 체포 전에 미리 파악하고 있었던 것이다.

"지금 치안대 본부에 구속되어 있습니다."

노브스키의 보고를 받은 라진이 빙그레 웃었다. 아무르 바의 사무실 안이다. 오후 2시 반, 라진은 실시간으로 상황을 보고받는 중이다.

"물류창고에 감춰둔 마약도 찾아냈습니다. 30kg이나 되었습니다."

"그놈들 이제 망했군."

"일당 네 명을 수배 중인데 곧 잡힐 것 같습니다."

"여기선 도망치지 못해. 나갈 방법이 몇 개뿐이거든."

말을 뱉고 나서 라진의 얼굴에 쓴웃음이 떠올랐다. 자신이 수배자가 될 수도 있는 것이다. 그때 노브스키가 테이블 앞으로 바짝 다가와 섰다.

"보스, 한국에서 사업가들이 왔습니다."

"무슨 사업가 말이냐?"

"유통업, 금융업, 부동산업이라고 숙박 명부에 적혀 있더군요. 모두 30명쯤 됩니다."

"잘 왔군. 많이 와야 돼. 물론 돈을 갖고."

"그런데요, 보스."

머리를 든 라진의 눈을 노브스키가 똑바로 보았다.

"그놈들 모두 조폭입니다."

"……."

"본격적으로 사업을 시작할 것 같습니다."

"놔둬."

라진의 회색 눈동자가 번들거렸다.

"투자를 하도록 만들어야 돼."

"선발대가 와 있습니다."

"한국에서는 규제가 심하니까 이곳에서 다시 시작하려는 거다."

의자에 등을 붙인 라진이 말을 이었다.

"그런 놈들이 꼬인다는 건 결국 이곳 시장이 매력적이라는 증거지. 그것을 안 투자자들이 피할 것 같으냐? 천만에, 노련한 투자자들은 조폭의 돈을 먹는다."

그 시간에 부산호텔의 스위트룸에서 10여 명의 사내가 둘러앉아 회의를 하고 있다. 상석에 앉은 사내는 대전 유성파 회장 박기호, 좌우에는 고문 유충섭과 전무 고복진이 앉았다. 그 아래쪽 간부들의 말석을 차지한 사내가 바로 조상규다.

"가는 날이 장날이라고, 오늘 북한 약장사들이 소탕되었구먼."

박기호가 웃음 띤 얼굴로 말했다.

"아새끼들이 하는 짓거리가 꼭 우리들 70년대에 놀았던 꼴하고 같다니까."

50대 초반의 박기호는 이제 운수업과 유통회사, 신용금고를 운영하는 경영인이다. 중소기업회 간부도 지냈고 자선사업도 계속하는 지방 유력자가 되어 있다. 그때 조상규가 헛기침을 했다.

"하지만 아직 바닥 세력은 남아 있습니다. 원체 밀입국자가 많아서요."

"너는 시발놈아, 입 닥쳐."

박기호가 웃음 띤 얼굴로 말했지만 분위기가 싸늘해졌다. 숨을 들이켠 조상규가 입을 딱 다물었을 때 박기호의 목소리가 방을 울렸다.

"시발놈이 그것 하나 마무리를 못 하고 쫓겨나? 야, 이 새꺄, 넌 여기서 한 일이 뭐냐? 떡이나 치고 술집에서 이야기나 들으면서 경비셨어?"

머리를 돌린 박기호가 유충섭에게 말했다.

"내가 있는 동안 사업체 만들어 놓도록 해. 금융회사하고 인력회사, 룸살롱 개업식은 보고 갈 테니까."

이미 준비를 다 해놓고 온 것이다. 조상규는 정보원 역할이었을 뿐이다.

혼인신고는 했지만 잠을 자지는 않았다. 장현주를 말하는 것이다. 실크로드를 개업한 지 열흘이 지났을 때 김광도는 가게가 정상적으로 운영되고 있다는 것을 실감했다. 식음료는 제대로 공급되었고 종업원도 제 몫을 했으며 이익이 나는 것을 확인했다. 장사를 하다 보면 겉으로는 이익이 났지만 안으로 골병이 드는 경우가 많다. 뜯기는 돈이 많았을 때 가장 그렇다. 그런데 한랜드는 아직 그런 면에서 김광도와 장현주 사이처럼 깨끗했다. 오늘도 4시에 가게 문을 닫은 김광도가 먼저 장현주를 숙소로 보내고는 내부 정리를 했다.

"형님, 먼저 들어가시지요."

바닥을 닦는 김광도에게 백진철이 다가와 말했다. 로스토프는 바를 정리하는 중이고 남 종업원 셋이 일을 거들고 있다. 대걸레를 쥔 채 허리를 편 김광도가 웃음 띤 얼굴로 물었다.

"왜? 네 형수 혼자 두지 말라고?"

"그것도 그렇지만 이 바닥에서는 소문이 빠릅니다, 형님."

쓴웃음을 지은 김광도가 주위를 둘러보는 시늉을 했다.

"왜? 내가 발기불능이라고 소문이 났어?"

"형수가 숙소로 남자를 끌어들인다는 소문이 났어요."

바짝 다가선 백진철이 얼굴을 일그러뜨리며 웃었다.

"용삼이가 사흘 전에도 직접 보았답니다. 오전 5시에 어떤 놈이 숙소에 들어갔다가 6시에 나왔답니다."

"……."

"용삼이가 우연히 들어가는 것을 보고는 이상해서 그놈이 나가는 것까지 보고 뒤를 쫓아갔다는데요."

"……."

"밀입국자 합숙소로 들어갔는데 얼굴을 보면 알아볼 것 같다고 합니다."

"그전에도 소문이 났어?"

"예, 그건 애들이 합숙소에서 들었다는 것이라 어디서 나왔는지는 모릅니다."

"몸 파나?"

퍼뜩 눈을 치켜떴던 백진철이 입맛을 다셨다.

"에이, 형님도 참."

"그럼 내가 방값을 받아야 될 것 아니냐? 내가 빌린 집이니까 말이다."

"형님, 그것이……."

"우린 서류만 그렇게 되어 있잖아? 서로 필요해서 말이다. 그러니까 내가 그 여자 몸까지 내 것이라고 할 염치는 없는 거지. 안 그러냐?"

"하긴……."

"장사 잘되나?"

"예?"

"너도 한번 돈 갖고 내 숙소 가봐라. 받아주는가."

"에이, 형님도 참."

이맛살을 찌푸린 백진철이 한걸음 물러서기까지 했다. 그러다가 은근히 화가 났는지 김광도를 노려보았다.

"아무리 그래도 말입니다, 형님, 떡을 치려면 딴 데 가서 치든지 해야지. 왜 형님 숙소에서……."

"얀마, 내가 안 가는데 뭐 하러 딴 데로 가? 내 방이 얼마나 푸근하다고."

"……."

"침대 쿠션도 좋아."

백진철이 몸을 돌렸으므로 김광도는 다시 걸레질을 시작했다.

"지기미."

저절로 욕이 뱉어졌으므로 김광도가 주위를 둘러보았다. 모두 열심히 일을 한다. 로스토프는 유리잔을 닦다가 먼지가 있는지 눈을 가늘게 뜨고 보았고, 밀입국자 종업원들은 제각기 쓰레기를 버리고 의자를 쌓아 놓는다. 김광도는 심호흡을 하고 나서 다시 일을 시작했다.

"카짜라고 불러주세요."

서동수의 가슴에 볼을 붙인 채 카타리나가 말했다. 오전 5시, 아직 창밖은 회색빛 어둠으로 덮여 있다. 시베리아의 대지가 가장 단단하게 얼어붙는 시간, 방 안은 페치카의 열로 훈훈했지만 밖은 8시가 되어야 밝아질 것이다. 북극의 겨울은 아침이 늦다. 영하 40도 이상이 되었을 때 대기는 짙은 안개로 뒤덮인다. 그것은 공기 속의 수증기가 얼어붙기 때문이다. 서동수가 알몸의 카타리나를 당겨 안았다. 따뜻하고 말랑한 몸이 빈틈없이 안겨왔다. 풍만하며 탄력이 강한 몸이기도 하다. 서동수가 불렀다.

"카짜."

카타리나가 손을 뻗어 서동수의 남성을 움켜쥐더니 부드럽게 애무했다.

"라진이 한랜드에 호텔과 카지노, 관광과 유흥업소를 세우는 데 '올인'하겠다고 했어요. 전 재산을 투자하겠다고."

카타리나의 입술이 서동수의 젖꼭지를 물었다가 떼어졌다.

"이곳이 러시아보다 안전하다고 생각한 것이죠. 러시아는 집권자가 바뀌면 어떻게 될지 모르잖아요?"

서동수가 카타리나의 젖가슴을 움켜쥐었다. 탄력이 강해서 손을 놓으면 거칠게 흔들린다. 카타리나가 가쁜 숨을 뱉더니 서동수의 가슴에 턱을 붙이고 물었다.

"라진이 도와달라고 했어요. 그렇게만 말하면 장관께선 아실 것이라고."

카타리나는 라진의 전달자가 되었다. 때로는 푸틴의 전달자 역할도 했으니 서동수에게는 중요한 인물이다. 서동수가 카타리나의 배를 문지르다 곧 손을 아래로 뻗었다. 짙은 숲 밑의 골짜기는 이미 뜨겁게 달아올라 있다.

"그건 푸틴 씨한테도 알릴 건가?"

서동수가 묻자 카타리나는 머리를 저으면서 다리를 벌렸다.

"보스, 저는 당신 편이에요."

"카짜, 정말이냐?"

서동수가 카타리나의 몸 위에 오르면서 물었다. 대답 대신 카타리나가 서동수의 어깨를 움켜쥐었다. 서동수가 카타리나의 몸 안으로 진입하면서 말했다.

"카짜, 마약은 안 돼."

"아아아."

카타리나가 서동수의 어깨를 움켜쥐고 신음했다. 그러나 다 들었을 것이다.

"투자는 적극적으로 보호해 주겠어. 그러나 경쟁을 해야 발전하는 거야. 일방적인 특혜는 줄 수가 없어."

"아아아."

"대국적인 융통성은 발휘해 주겠어. 그렇게만 전하면 알아들을 거다."

"알았어요."

숨 가쁘게 말한 카타리나가 움직임에 맞춰 허리를 흔들기 시작했다. 탄력이 강한 몸이 용수철처럼 반응하면서 자극을 증가시키고 있다. 방 안은 어느덧 가쁜 숨소리와 탄성으로 가득 찼다. 두 쌍의 사지가 뒤엉켰다가 풀리기를 반복하면서 열기는 더욱 달아올랐다. 라진은 북한에서 반입되는 마약을 카타리나를 통해 알려주었지만 그쪽이 안 한다는 보장이 없다. 라진에게도 마약 사업은 엄청난 이윤이 남기 때문이다. 이윽고 카타리나가 절정에 올랐다. 사지를 뻗은 카타리나의 알몸이 불빛을 받아 반들거리고 있다. 서동수가 카타리나의 땀이 밴 이마에 입술을 붙였다가 떼고는 몸을 굴려 옆에 누웠다.

"카짜, 한랜드는 넓어. 라진한테 지금은 손님을 모으는 데 집중해야 된다고 전해."

가쁜 숨을 뱉는 카타리나의 어깨를 당겨 안으면서 서동수가 말을 이었다.

"우선은 손님을 모아야 한다고. 손님이 있어야 사업을 하건 장관을 하건 할 것 아닌가? 라진도 이해할 거다."

"형님이 회장을 맡아 주셔야 합니다."

백진철이 정색하고 말했으므로 김광도는 헛기침부터 했다. 오전 4시, 오늘은 청소를 로스토프에게 맡기고 김광도가 옆쪽 종업원 대기실에 앉아 있다. 둘러앉은 사내들은 여섯, 모두 눈빛이 강한 사내들이다. 백기철이 말을 이었다.

"우리를 스스로 지켜야겠다고 만든 조직이라 일단은 '자위대'로 불렀지만 그게, 일본 자위대가 있어서요."

백진철이 말을 이었다.

"또, 손으로 자위를 한다는 말같이 들리기도 해서요. 그래서 형님이 회장으로 추천되셨으니까 이름까지 지어주시죠."

"아니, 이건."

이맛살을 찌푸린 김광도가 다시 백진철을 포함한 여섯을 둘러보았다. 그 중 안기춘은 실크로드 종업원이다. 이들은 조직의 간부들이었고 백진철은 벌써 25명을 모았다고 했다. 이윽고 입맛을 다시고 난 김광도가 입을 열었다.

"할 수 없지. 서로 돕고 살자는 뜻에서 만든 조직이니까. 회장 맡겠다."

"감사합니다."

백진철이 머리를 숙이면서 선창을 했고 다섯이 따라 소리쳤다. 어깨를 부풀렸다가 내린 김광도가 말을 이었다.

"이름을 부르기 쉽게 한강회라고 하지. 모두 한강 알지?"

"예, 압니다."

두어 명이 대답했고 백진철도 머리를 끄덕였다.

"좋습니다. 한강회로 하지요."

"그리고 백진철이 부회장을 맡아라."

김광도가 서두르듯 말을 이었다.

"그래야 균형이 맞는다. 모두 이의 없지?"

"없습니다."

나머지 다섯이 일제히 대답하는 바람에 백진철이 쓴웃음을 지었다.

"알겠습니다. 그럼 제가 부회장을 맡지요."

최은영과 조상규 사건을 겪으면서 김광도는 절실하게 힘의 필요성을 느꼈던 것이다. 백진철이 도와주지 않았다면 조상규에게 끌려들었을지도 모른다. 그래서 백진철과 함께 조직 결성을 계획했던 것이다. 일일이 법에 의지할 수가 없는 세상이다. 더욱이 한랜드는 영화에서나 보았던 서부 개척시대 같아서 도처에서 무법이 판을 친다. 법보다 주먹이 가깝게 있는 곳이다. 심호흡을 한 김광도가 말을 이었다.

"나도 너희 먹여 살려야 하니까 가게를 더 늘리든지 할 거다. 너희도 나하고 함께 성장하도록 하자."

"열심히 하겠습니다."

다시 대표로 백진철이 선창했고 모두 따른다. 대기실을 나온 김광도 옆으로 로스토프가 다가왔다.

"이봐, 보스. 할 이야기가 있어."

로스토프도 대충 분위기를 아는 것이다. 옆쪽으로 김광도를 데려간 로스토프가 청소를 끝낸 테이블에 마주보고 앉았다.

"어떻게 할 거야?"

로스토프가 묻자 김광도가 입맛을 다셨다. '무슨 말이냐'고 시치미를 떼고 싶었지만 바로 대답했다. 귀찮다.

"그건 서류만 부부지 남남이나 마찬가지 아닌가? 가게 일만 잘 해주면 되는 거야. 그것으로 끝내."

로스토프는 아마 백진철이나 안기춘을 통해 들었을 것이다. 그때 로스토프가 눈을 부릅떴다. 성난 곰 같다.

"그게 말이나 돼? 밀입국자 신분 면해주고 마담 시켜줬으면 당연히 그것을 줘야지. 그건 내 것이니까 내 마음이다, 하고 남한테 팔아?"

"아, 시끄러워."

김광도가 자리에서 일어섰을 때 로스토프가 말했다.

"그래서 내가 오늘 따라가 보라고 했어."

남과 북의 꿈

"어제 학습 참가 인원은 252명이었습니다, 회장님."

강영만이 말을 이었다.

"밤 9시부터 11시까지 2시간 동안 했는데 출석률이 82퍼센트가 되었습니다."

"지난주보다 떨어졌네요."

장현주가 출석자 명단을 보면서 말했다.

"회원은 24명이 증가했군요."

"예, 회장님."

강영만의 검게 탄 얼굴에 웃음이 떠올랐다. 42세, 공산당원 사상교육 목적으로 파견된 이론가, 평양의 중학교 교사였다가 차출되었다.

"올해 안에 500명은 채울 수 있습니다."

"직장에서 노조 결성 준비를 해놓아야 됩니다."

"그건 조직 담당 천 동무가 잘하고 있습니다."

"아직 나설 때는 아니니까 별도 지시가 있을 때까지 인원 확보에 주력하시고."

"예, 회장님."

"여기 어제 도착한 공작금."

장현주가 강영만에게 봉투를 내밀었다.

"3,000달러가 들었어요. 동무들 7명 생활비와 공작금으로 모자라겠지만 앞으로 회원이 제대로 확보되면 회비로 운영될 테니까 그때까지 견딥시다."

"한랜드가 이제 공산당의 희망입니다."

결연한 표정이 된 강영만이 장현주를 보았다.

"이제는 북조선도 남조선과 똑같이 부패했고 한랜드를 공산당의 낙원으로 만들어야 합니다."

머리를 끄덕인 장현주가 숙소로 사용하는 20피트 컨테이너 하우스를 둘러보았다. 이곳은 김광도의 숙소다. 그래서 벽에 김광도의 방한복이 걸려 있고 문 옆에는 부츠도 놓여 있다. 벽시계가 오전 4시 반을 가리키고 있다.

"손님이 오시기로 했으니까 오늘은 이만 합시다."

장현주가 말하자 강영만이 자리에서 일어서더니 정중하게 목례를 하고 방을 나갔다. 장현주는 얼굴을 드러내지 않은 채 조직을 이끌어가고 있는 것이다. 강영만이 나가고 5분쯤이 지났을 때 문에서 노크 소리가 났다. 문을 연 장현주는 방한복 차림으로 눈만 내놓고 서 있는 사내를 보았다. 장현주가 잠자코 비켜서자 사내가 찬 기운과 함께 방으로 들어섰다.

"밖에서 기다리셨겠네."

"예, 5분쯤."

짧게 말한 사내가 방한복 지퍼를 열더니 방수지로 싼 뭉치를 꺼내어 내밀었다.

"1kg을 가져왔습니다."

사내는 아직 방한복 모자를 눌러쓴 데다 마스크까지 벗지 않아서 눈만 드러났다. 장현주가 재빨리 뭉치를 받더니 제 가방에 넣고 나서 말했다.

"조형채 일당이 일망타진되고 나서 마약값이 폭등했어요. 1kg이면 3kg 가격으로 팔 수 있어요."

장현주의 두 눈이 반짝였고 목소리도 밝아졌다.

"수고했습니다."

"그럼 저는 일주일쯤 후에 다시 연락드리겠습니다."

사내가 앉지도 않고 몸을 돌리더니 방을 나갔다. 사내가 어둠 속으로 사라지자 장현주는 방문을 잠그고는 가방에 넣었던 뭉치를 꺼내 방수지를 젖혔다. 그러자 꼼꼼하게 포장된 작은 비닐 뭉치 더미가 눈앞에 펼쳐졌다. 1g짜리 비닐 뭉치가 1000개일 것이다. 이것만 해도 엄청난 물량이다. 이것을 판 돈을 공작금으로 써야 하는 것이다. 조금 전에 강영만에게 준 돈도 마약을 판 돈이다. 강영만에게 평양에서 온 공작금이라고 했지만 다 이곳에서 마약을 팔아 조달한 것이다.

"두 놈이나? 그것도 한 시간 동안에?"

로스토프가 어깨를 부풀리며 바샤를 보았다. 바샤는 로스토프의 러시아인 조수다. 바샤가 장현주를 미행하고 돌아온 것이다. 오전 6시 반, 바샤가 지친 얼굴로 로스토프와 백진철을 번갈아 보았다. 실크로드의 홀 안이다. 깨끗하게 치워진 홀 안에는 그들 셋뿐으로 모두 자러

들어갔다. 김광도도 안쪽 룸에서 잔다.

"아유, 피곤해 죽겠네."

추운 곳에서 떨었다가 따뜻한 곳으로 오면 온몸이 늘어지는 법이다. 하품을 한 바샤가 둘을 번갈아 보았다.

"나중에 들어간 놈을 미행했어요. 그 새끼, 숙소 건너편에서 기다리다가 앞에 들어간 놈이 나오고 나서 들어갔는데 금방 싸고 나오더군."

"금방? 몇 분이나?"

로스토프가 어김없이 물었더니 바샤가 머리를 기울였다.

"10분 정도?"

"10분?"

로스토프가 혼자 떠들었다.

"젠장, 그 시간 갖고는 바지도 못 벗겠다. 그 새끼 외상값 갚으러 왔나?"

"잠깐."

로스토프의 입을 막은 백진철이 바샤에게 물었다. 백진철의 러시아어는 수준급이다.

"그놈 미행했다고?"

"예, 그놈이 부산호텔 뒤쪽의 아무르 모텔 204호실로 들어갔소."

"아무르 모텔 204호……."

혼잣말로 복창한 백진철이 다시 물었다.

"얼굴 보았어?"

"그놈이 눈만 내놓았지만 동양인이야."

"수고했다."

로스토프가 바샤의 어깨를 넓은 손바닥으로 토닥이며 말했다.

"이 이야기 누구한테 하지 마, 바샤."

바샤가 돌아가자 로스토프가 미간을 모으고 백진철을 보았다.

"어떻게 할 거냐?"

"뭘?"

생각에 잠겨 있던 백진철이 눈동자의 초점을 모았다.

"뭐라니? 네 보스의 와이프가 저 지랄을 하도록 놔둘 거냐?"

"보스는 나더러 돈 갖고 가서 뛰라던데."

"어?"

숨을 들이켠 로스토프가 눈을 치켜떴다.

"농담이지?"

"보스가 그랬어."

"나한테도 그럴까?"

"미친놈."

숨을 들이켠 백진철이 로스토프의 어깨를 툭 치고는 몸을 돌리면서 말했다.

"잠이나 자."

잠시 후, 옆쪽 홀로 다가간 백진철이 종업원 사이에 끼어 자고 있는 안기춘을 깨워 밖으로 나왔다. 밖은 아직 어두웠고 영하 45도다. 자욱한 얼음 안개가 끼어 있어 5m 앞도 보이지 않았고 몸을 움직이면 대기 흐름에 따라 안개 덩이가 흔들렸다. 백진철과 안기춘은 안개를 헤치며 걷기 시작했다. 이곳에서 아무르 모텔까지는 500m쯤 거리였지만 이런 추위에서는 5㎞를 걷는 것만큼 에너지가 소비된다. 그러나 추위에 익숙해진 둘은 거침없이 앞으로 나아갔다. 이윽고 둘이 모텔 현관으로 들어섰을 때는 20분이 지난 후다. 7시가 조금 넘은 시간이어서

프런트 앞은 일 나가려는 노동자들로 소란했다. 대부분이 러시아인이다. 둘은 그들 사이에 끼어 서서 잠시 몸을 녹였다.

"형님, 어떻게 하시려고?"

겨우 언 입이 풀린 안기춘이 묻자 백진철이 힐끗 계단 쪽을 보았다.

"그 자식 얼굴이나 확인하자."

30분쯤 몸을 녹이면서 기다렸던 백진철이 안기춘을 보았다. 7시 반.

"가자."

"어디로요?"

"204호실."

이제 모텔 로비는 더 분주해졌다. 각 공사장에서 온 감독들이 소리쳐 인부들을 불렀고 시끄럽다. 안기춘의 시선을 받은 백진철이 결심한 듯 말했다.

"그놈이 뭐하고 나왔는지는 알아야겠다."

"글쎄, 토끼처럼 뛰고 나왔다면서요?"

"만나면 알겠지."

"형님, 그렇게까지……."

"장 마담, 아니, 장현주가 몸을 판다는 게 믿기지가 않아서 그런다."

그러고는 백진철이 앞장서 계단을 오른다. 계단을 오르면서 머리 위로 말아 올렸던 마스크를 내리자 곧 눈과 입만 드러난 방한용이 되었다. 계단을 내려오던 투숙객들도 이상하게 보지 않는다. 이곳에서는 집 안에서도 마스크를 쓰는 것이 보통이기 때문이다. 204호실은 복도 안쪽으로 10m쯤 들어간 왼쪽 방이다. 복도에 오가는 투숙객이 사라질 때를 기다리며 둘은 204호 문 옆에 서 있었다. 이윽고 복도가 비었을 때 안기춘이 노크를 했다. 이곳은 문에 외시경이 없다. 노크를 두 번 했을 때 안에서 한국말이 들렸다.

"누구요?"

"예, 객실 당번입니다."

백진철이 러시아어로 말했다.

"히터 파이프가 고장이 나서요."

그때 문에서 고리가 풀리는 소리가 들리더니 문이 10㎝쯤 열렸다. 그 순간 백진철이 문을 와락 밀치며 뛰어들었고 뒤를 안기춘이 따른다. 문에 얼굴을 부딪친 사내가 뒤로 뒹구는 바람에 백진철은 배 위로 올라탔다. 안기춘은 등 뒤에 문을 닫으면서 재빠르게 방 안을 둘러보았다. 어느새 손에 단검을 꺼내 들고 있다. 그때 백진철이 깔고 앉은 사내의 얼굴을 어지럽게 치면서 소리쳤다.

"방에 이놈뿐이지?"

"다른 놈 없어요."

문을 잠근 안기춘이 다가와 버둥거리는 사내의 다리를 잡았다. 사내는 맞으면서도 비명이나 외침을 뱉지 않는다. 이윽고 둘은 사내의 팔다리를 묶었고 입에도 시트를 찢어 재갈을 물렸다.

"이 새끼, 수상하다."

재갈을 물리고 난 백진철이 사내를 발로 굴려 반듯이 눕히면서 말했다.

"소리를 지르지 않아. 죄를 지은 놈 같다."

백진철이 마스크를 벗었으므로 안기춘도 따라 벗는다. 곧 둘은 방 안을 수색하기 시작했다. 묶인 사내가 정신을 차리더니 사지를 버둥거렸고 재갈이 물린 입에서 기괴한 외침이 울렸지만 둘은 상관하지 않았다.

“서둘러!”

사내의 가방을 침대 위로 쏟으면서 백진철이 안기춘에게 말했다.

“이 새끼 뭐하는 놈인지 모르겠군. 장사꾼 같지도 않아.”

빈 트렁크를 침대 위로 던졌던 백진철이 머리를 기울이더니 트렁크를 당겨 보았다. 빈 트렁크가 무거웠기 때문이다. 곧 트렁크 바닥을 눌러본 백진철이 허리에 차고 있던 단검을 꺼내더니 바닥을 북 찢었다. 그 순간 백진철이 숨을 들이켰다. 비닐 주머니가 드러난 것이다. 커다란 비닐 주머니 안에는 수백 개의 작은 봉지가 있었고 봉지 안에는 흰색 분말이 담겨 있다. 마약이다.

“이것 봐라.”

백진철이 갈라진 목소리로 안기춘을 불렀다. 눈을 부릅떴고 어금니가 물렸다.

“이 새끼, 마약 장사다.”

“죽였습니다.”

백진철이 차분한 표정으로 말했다.

“어쩔 수 없었습니다.”

옆에 앉은 안기춘은 외면하고 있었지만 김광도의 반응을 예민하게 주시했다. 오전 9시 반, 둘은 ‘실크로드’로 돌아와 있다. 대기실에는 김광도까지 셋이 둘러앉아 있었는데 로스토프도 부르지 않았다. 탁자 위에 놓인 헝겊 가방 안에는 204호실에서 가져온 히로뽕이 가득 담겨 있다. 이윽고 김광도가 물었다.

“뒷수습은 잘했겠지?”

"예, 방 안에 마약 봉지 100개쯤을 흩어 놓았습니다. 경찰이 현장을 보면 마약 때문에 살해된 것으로 알 겁니다."

"그렇다면 장 마담이 마약 장사하고 연관되어 있단 말인가?"

김광도가 혼잣소리처럼 묻자 백진철은 먼저 긴 숨을 뱉었다.

"형님, 그놈이 장 마담하고 그 짓을 하고 간 것이 아닙니다. 뻔하지 않습니까?"

"……."

"마약 장사를 한 겁니다. 집에 온 놈들은 소매상이었겠지요."

"그 돈으로 뭘 하려고?"

"곧 알게 되겠지요."

"빌어먹을……."

어깨를 부풀렸다가 내린 김광도가 둘을 번갈아 보았다.

"난 왜 이런 여자들만 걸리냐?"

백진철은 204호실의 사내를 죽여 침대 밑에 밀어 넣고 나온 것이다. 백진철이 가져온 사내의 신분증이 탁자 위에 놓여 있다. 북한 여권이었는데 한랜드에는 밀입국했다. 기록이 없는 것이다. 러시아 입국 사증이 6일 전에 찍혀 있었고 이름은 고종우, 35세다. 김광도가 말을 이었다.

"장 마담한테는 비밀로 하고."

"면목 없습니다, 형님."

"무슨 소리냐? 그래도 장 마담 덕분에 아가씨들 구했다."

"기반이 굳어지면 내보내지요, 형님."

"인마, 마누라를 버리란 말이냐?"

외면하고 있던 안기춘이 놀란 듯 시선을 들었으므로 김광도가 빙그레 웃었다.

"난 결혼신고만 하고 자지도 않았어. 너도 알고 있지?"

김광도의 시선을 받은 안기춘이 엉겁결에 대답했다.

"예, 사장님."

"너도 수고했다."

"아닙니다, 사장님."

"이 마약은 치워라. 깊숙하게 숨겨 놓아. 절대로 손대지 말고."

김광도가 마약을 턱으로 가리키며 말을 이었다.

"버리기는 아깝고 신고할 수도 없으니 꼭꼭 숨겨놓는 수밖에."

"걱정하지 마십시오."

가방 지퍼를 잠그면서 백진철이 말했다.

"눈 속에 숨기면 안전하고 오래갑니다."

가방을 챙겨 든 백진철과 안기춘이 방을 나간 지 얼마 되지 않았을 때 로스토프가 들어섰다. 백진철은 로스토프에게도 204호실에 찾아간 이야기를 하지 않은 것이다. 오랫동안 도망자로 지내온 백진철은 입이 무겁다. 로스토프가 말했다.

"김, 손님이 찾아왔어. 고향 친구라는데."

로스토프가 말하자 김광도가 이맛살을 찌푸렸다. 한랜드에서 고향 친구를 만나다니. 더구나 연락도 없이. 로스토프가 서둘렀다.

"밖에서 기다리고 있어."

"누구야?"

투덜거린 김광도가 밖으로 나갔더니 30대쯤의 사내가 서 있다가 벙긋 웃었다.

"신분을 밝히기가 그래서 고향 친구라고 했습니다."

한 걸음 다가선 사내가 말을 이었다.

"행정청 내무부에서 왔습니다. 지금 장관님과 내무부장님이 기다리고 계십니다."

서동수는 신의주에서 지도자의 품성을 단련했고 이제 한랜드에서 실현하고 있다. 완벽한 지도자는 존재하지 않는다. 완벽한 지도자가 되려고 노력한다면 반드시 실패한다. 왜냐하면 그 '완벽'에 스스로를 가둬버리기 때문이다. 서동수는 각 부분을 전문인에게 일임하고 권한과 책임을 함께 주었다. 서동수의 '일'은 각 전문인 간의 조정과 흐름을 유지하는 것뿐이다. 보이지 않고 생색이 나지 않아서 잊힌 존재처럼 보였지만 그때가 가장 잘되는 시기인 것이다. 그것을 참지 못하고 나서면 흐름이 깨진다. 대세가 비틀려지거나 멈춰질 수도 있는 것이다. 지도자 대부분의 실수가 그 때문에 일어난다. 지금 서동수와 내무부장 안종관이 '실크로드'의 사장 김광도를 만나는 것도 그런 '생색 안 나는' 일 중의 하나다. 그러나 가장 중요한 일 중의 하나이기도 하다. 이곳은 행정청의 내무부장실. 서동수가 내무부장실로 와서 김광도를 맞고 있다.

"장사 잘됩니까?"

서동수가 웃음 띤 얼굴로 먼저 물었으므로 김광도는 우물쭈물하다가 대답했다.

"네, 장관님"

그러자 안종관이 나섰다.

"자, 긴장 푸시고."

안종관이 말을 이었다.

"장관님께서 김 사장을 추천하셨는데 결정은 김 사장이 하시는 겁니다. 그러니까 부담 갖지 말고 들어보시지요."

서동수는 소파에 등을 붙였고 안종관이 바로 본론을 꺼냈다.

"한랜드가 곧 조직들의 각축장이 될 겁니다. 러시아, 일본 그리고 한국과 중국의 세력들이 몰려오고 있어요. 그 조직이란 것이 무엇인지 아시지요?"

안종관의 시선을 받은 김광도가 어깨를 늘어뜨리며 대답했다.

"예, 부장님."

"조직이란 조폭 집단이죠. 하지만 모두 감쪽같이 위장하고 있어서 구별하기가 쉽지 않지요. 거기다가……."

안종관의 얼굴에 다시 웃음이 떠올랐다.

"한랜드에 엄청난 자금을 유입시켜 활력을 일으키는 동력의 역할을 합니다. 우리가 공식적으로 나서서 막는다면 동력이 뚝 떨어질 겁니다."

"……."

"그렇다고 내버려 둘 수는 없지요. 그래서 김 사장을 보자고 한 겁니다. 이제 무슨 일인지 짐작이 가십니까?"

"예, 약간은. 하지만……."

김광도가 상기된 얼굴로 한랜드의 지도자와 그 오른팔을 번갈아 보았다.

"제가 그럴 만한 능력이 없습니다."

"아니, 김 사장. 사람은 처음부터 다 갖추고 있는 게 아냐."

서동수가 끼어들더니 다시 안종관을 보았다. 계속하라는 표시다. 안종관이 말을 이었다.

"그렇다고 우리가 한국 조폭을 지원할 수는 없지요. 그래서 이번에 북한군 탈영자들을 끌어들이고 또 장현주 씨까지 싸안은 김 사장을 주목하게 됐습니다."

김광도가 숨을 들이켰다. 안종관이 장현주 이름을 부르고 '싸안다'라는 표현을 쓴 것에 놀란 것이다. 그때 안종관이 웃음 띤 얼굴로 김광도를 보았다.

"김 사장님, 장현주 씨가 어떤 여자인지 조금 알고 계시지요?"

"예? 저, 저는……."

김광도가 얼어붙었다. 오늘 아침에 백진철이 저지른 살인사건이 연결되어 있기 때문이다. 고종우는 장현주의 방에서 나왔다. 안종관이 말을 이었다.

"장현주 씨는 북한에서 보낸 공산당 조직 책임자입니다. 이곳에서 마약을 판 돈으로 공산당 조직을 세우려고 하지요."

이제 알았다. 하지만 더 정이 떨어지려고 한다.

"저, 기다리셨죠?"

뒤에 선 전영주가 옷을 벗기면서 물었다. 오후 9시 반, 관사로 들어온 서동수를 전영주가 맞았다. 웃음만 띠고 있는 서동수의 앞으로 전영주가 돌아와 넥타이를 풀었다. 전영주는 평양에 다녀온 것이다.

"직접 말씀을 드렸어요."

서동수의 셔츠 단추를 풀면서 전영주가 말을 이었다.

"마약 제조는 조사하시겠다고 말씀하셨습니다."

전영주한테서 옅은 향내가 맡아졌다. 익숙한 향이다. 몸에 향이 배면 독특한 체취가 풍겨 나온다. 전영주의 체취는 달콤하다. 달콤한 냄새가 나는 것이다. 전영주가 바지 벨트를 풀었으므로 서동수가 저도 모르게 허리를 감싸 안았다. 상체가 닿으면서 전영주의 얼굴이 가슴에 닿았다. 서동수는 전영주의 반듯한 이마에 입술을 붙였다.

"술 한잔하시겠어요?"

전영주의 숨결이 목에 부딪혔다. 숨결에서는 살구향이 맡아졌다. 바지 벨트를 푼 전영주가 지퍼를 내리더니 바지를 내렸다. 서동수는 허리를 감싸 안은 채 다리만 번갈아 들었다가 내리면 됐다.

"아니, 됐다."

"그럼 그냥 침대로 가요?"

전영주의 손이 팬티 위로 솟아오른 서동수의 남성을 가볍게 쥐었다.

"그러지."

"그럼 옷 걸어 놓고 바로 갈게요."

전영주가 서동수의 몸에서 떨어졌다. 북한의 마약 반입과 밀입국자들의 조직 활동에 대해 전영주를 시켜 김동일에게 알려준 것이다. 당장 해결할 수도 없겠지만 기대하지도 않았다. 한랜드는 준독립국이나 같다. 스스로 해결해야만 한다. 침대로 들어간 서동수가 다가오는 전영주를 맞는다. 전영주는 이미 분홍빛 가운 차림으로 얼굴이 조금 상기됐다. 전영주가 침대 위로 오르면서 말했다.

"한랜드는 이제 통일 한국이 뻗어 나갈 미래예요. 북한에서도 그렇게 말해요."

서동수가 전영주의 어깨를 당겨 안으면서 가운을 젖혔다. 그 순간 전영주의 알몸이 드러났다. 전영주는 가운 밑에 아무것도 입지 않았다. 단단하게 솟아오른 젖가슴, 진홍빛 젖꼭지는 건드리면 떨어질 것 같았고 아랫배는 도톰하다. 가운을 모두 벗기자 풍만한 하체가 드러났다.

"일어설까요?"

전영주가 물기 어린 눈을 반짝이며 물었으므로 서동수는 머리를 끄덕였다. 곧 전영주가 일어나 서동수의 앞에 섰다. 검은 숲과 골짜기가 바로 눈앞에 펼쳐졌고 아랫배는 가쁘게 들썩였다. 서동수는 전영주의 엉덩이를 감싸 안았다. 전영주가 두 손으로 서동수의 머리칼을 부드럽게 쓸어 올렸다. 한랜드의 밤이 깊어가고 있다. 곧 '별이 속삭이는' 소리가 들려올 것이다. 대기 속의 얼음 결정이 서로 부딪치며 붙어 지상으로 내려오는 소리다.

"아아."

전영주의 탄성이 울렸다. 침대 위에 알몸으로 선 채 머리를 뒤로 젖히며 외친다. 이윽고 전영주를 쓰러뜨린 서동수가 몸 위로 올랐다. 서로 익숙해진 몸이어서 금방 자세가 잡혔고 그것이 열기를 고조시킨다. 전영주가 두 손을 뻗어 서동수의 허리를 감싸 안으면서 가쁜 숨소리와 함께 말했다.

"좋아요."

그 순간 서동수는 온몸이 블랙홀로 빨려 들어가는 느낌을 받았다. 검고 뜨거운 공간, 주위에는 온갖 색깔이 회오리치며 저 깊은 곳으로 함께 들어가고 있다.

"장현주가 조금옥이란 여자를 통해 마약을 유통시키고 있습니다."

오전 4시 반, '실크로드'의 숙소로 찾아온 내무부 직원 박기우가 말했다.

"조금옥은 '개성식당' 주방장인데 장현주의 심복입니다. 평양에서

부터 함께 한랜드에 왔고 마약 유통 전문가인 것 같습니다."

"체포하실 겁니까?"

김광도가 묻자 박기우는 머리를 저었다.

"아니, 당분간 놔두라는 상부의 지시입니다. 그러니까 장현주한테도 내색하지 마시기 바랍니다."

"그건 곤란한데요."

쓴웃음을 지은 김광도가 박기우를 보았다.

"이미 백진철하고 부하 한 명도 알고 있어요."

"어제 아침에 아무르 모텔 204호실에서 살인사건이 일어났지요."

숨을 죽인 김광도를 향해 박기우가 쓴웃음을 지어 보였다.

"마약 운반책이더군요. 방 안에 마약이 흩어져 있고 고종수라는 북한 국적의 사내는 심장에 칼이 찔려 죽었습니다. 죽기 전에 묶였던 흔적이 있었습니다."

"……."

"장현주와 관련이 있는 놈 같습니다."

김광도의 시선을 받은 박기우가 이제는 정색했다.

"피살되기 전에 두 사내가 이층으로 올라간 것을 보았다는 목격자가 있어요. 방한 마스크를 써서 얼굴을 보지 못했다는군요."

"……."

"사건은 미궁에 빠질 것 같습니다. 그러니까 백진철과 부하한테 입 다물고 있으라고 하시지요."

"알겠습니다."

"그리고 이것 받으시지요."

박기우가 김광도에게 쪽지를 내밀었다. 쪽지를 받은 김광도가 적힌 숫자들을 보았다.

"외우고 계시는 게 나을 겁니다. 센트럴 은행의 계좌와 비밀번호니까요."

김광도가 시선만 주었다. 어제 내무부장실에 불려갔을 때 장관 서동수로부터 지원 약속을 받았던 것이다. 박기우가 말을 이었다.

"1차로 200만 달러입니다. 그 돈으로 조직을 강화시키고 영업장을 늘리세요."

자리에서 일어선 박기우가 방 안을 둘러보는 시늉을 했다.

"먼저 숙소부터 만드셔야겠습니다. 잠자리가 편해야 피로가 풀립니다."

박기우가 나가자 김광도는 쪽지를 펴고 한동안 내려다보았다. 외우려고 했지만 무수한 잡념이 떠올랐다. 이제 자신이 망망대해로 떠밀려온 배처럼 느껴졌다. 파도가 높았고 바람이 세 돛이 잔뜩 부풀어 있다. 앞으로 달려가는 수밖에 없다. 그때 문에서 노크 소리가 들렸다.

"누구야?"

쪽지를 주머니에 넣은 김광도가 묻자 문이 열리고 장현주가 들어섰다.

"아니, 웬일?"

30분쯤 전에 장현주는 숙소로 돌아갔던 것이다. 조금 전에 박기우가 앉았던 의자에 앉으면서 장현주가 웃었다.

"웬일은요? 남편한테 오는 게 이상해요?"

"피곤할 텐데 가서 쉬어야지. 왜 돌아왔어요?"

"저, 오늘 여기서 자도 되죠?"

김광도가 먼저 장현주의 얼굴부터 보았다. 장현주의 시선이 떼어지지 않는다.

"불편할 텐데."

"우리, 결혼한 지 한 달이 넘었어요."

어깨를 늘어뜨린 김광도가 입안에 고인 침을 삼켰다. 장현주가 몸을 파는 줄로만 알았다면 이 말에 후끈 달아올랐을 것이다. 그런데 지금은 아니다. 더 서늘해진다.

"그럼 여기서 잡시다."

이윽고 김광도가 말하고는 눈으로 침대를 가리켰다.

"먼저 자요. 난 조금 있다가 잘 테니까."

장현주가 시선을 내렸다. 같이 침대에 들어가자고 말할 수는 없을 것이었다. 몸을 돌린 김광도가 방을 나왔을 때 홀에서 얼쩡거리던 백진철이 다가왔다. 불을 끈 홀은 어두웠지만 백진철의 윤곽은 선명하게 드러났다.

"형님 갑자기 왜……?"

다가선 백진철이 낮게 묻자 김광도가 입맛부터 다셨다.

"같이 자려고 왔다는군."

"형님이 의심하실까 봐서 그런 겁니다."

"잔다고 하는데 가라고 할 수는 없지."

"그렇지요."

"그런데 넌 왜 오줌을 마신 얼굴이냐?"

"아닙니다. 제가 언제……."

김광도가 백진철의 팔을 잡고 홀의 구석으로 데려갔다. 테이블 위에 올려놓은 의자를 내려서 둘이 마주보고 앉았을 때 김광도가 입을 열었다.

"네가 탈북 군인을 중심으로 사람을 모아라. 우리도 조직을 갖추자는 말이다."

긴장한 백진철이 몸을 굳혔고 김광도의 말이 이어졌다.

"난 업체를 늘릴 거다. 룸살롱, 직업소개소, 모텔까지 운영할 테니 조직원도 모두 채용할 수가 있어."

"자금은요?"

백진철이 갈라진 목소리로 물었을 때 김광도가 낮게 말했다.

"충분해."

"알겠습니다."

어깨를 부풀렸다가 내린 백진철이 번들거리는 눈으로 김광도를 보았다.

"정예를 모으지요. 직장까지 보장이 되니까 얼마든지 모을 수가 있습니다."

"우리는 한랜드 정부가 직접 처리하지 못하는 일을 하는 거야. 쉽게 말하면 한랜드의 사조직이다."

"알고 있습니다."

"그건 너만 알고 있도록."

"물론입니다."

백진철도 조금 전에 다녀간 박기우가 내무부 직원인지를 알고 있는 것이다.

"당장 오늘부터 시작하지요."

사기가 오른 백진철이 말을 이었다.

"우선 직업소개소부터 설립해서 병력을 모으겠습니다. 금방 몇 백 명이라도 모을 수가 있습니다."

한랜드에 쏟아져 들어오는 온갖 검은돈을 한랜드 정부에서 공개적으로 규제한다면 투자 열기가 순식간에 식는다. 따라서 한랜드는 김광도의 조직을 이용해 적절하게 규제 또는 제거하려는 것이다. 김광도가 다시 숙소로 돌아왔을 때 방 안의 불은 꺼져 있었다. 장현주는 이불을 둘러쓰고 침대에 누워 있었는데 숨소리가 고르다. 옷을 벗은 김광도는 소파에 누워 모포를 덮었다. 그때 장현주의 숨소리가 멈췄다.

"미안해요."

장현주의 목소리는 자다가 깬 것 같지가 않다.

"미안하긴 뭐가?"

"갑자기 자자고 해서."

"뭐, 당신 말도 맞지. 내가 먼저 그랬어야 했는데."

"생각나면 언제든지 말하세요."

"그럽시다."

모포를 끌어당기면서 김광도가 말을 이었다.

"서로 좋을 때 하는 거지. 그렇지 않으면 돈 내고 하는 것이나 같지."

장현주는 대답하지 않았고 방 안에 잠깐 정적이 덮였다. 그래서 막 잠이 들려던 김광도가 장현주의 말을 듣는다.

"저는 언제든지 받아들일게요."

"밀입국자가 100만 명 가깝게 됩니다."

비서실장 유병선이 말하자 서동수는 머리만 끄덕였다. 행정청 장관실 안, 오전 10시가 되어가고 있다. 소파에는 서동수와 유병선, 내무부장 안종관까지 셋이 둘러앉았다.

"밀입국자까지 포함해서 한랜드 인구가 300만, 1년 만에 인구가

300만 명이 되었습니다."

1년 전 한랜드가 시베리아의 불모지였을 때는 인구가 10만 명도 되지 않았던 것이다. 그것이 러시아 연방소속이지만 한랜드 자치국으로 분리되면서 인구가 폭증했다. 그때 안종관이 말했다.

"300만을 출생국으로 분류하면 한국이 45만, 북한이 120만, 조선족 25만, 러시아계 고려인이 35만, 세계 각국에 이민 가 있던 교포가 25만, 러시아인이 40만, 기타가 10만입니다."

가장 많은 북한계 120만 명 대부분이 밀입국자인 것이다. 안종관이 말을 이었다.

"앞으로 한국과 해외이민 교포 입국자가 부쩍 늘어날 예정입니다. 이제 한랜드 이주에 대한 불안감이 가셨기 때문이지요."

그것은 한랜드의 경제가 궤도에 올랐다는 것을 의미한다. 서동수는 한랜드의 자연관광 사업을 먼저 추진했고, 각종 유흥사업을 적극적으로 유치했다. 그래서 이미 수십 개의 호화 카지노와 수백 개의 유흥업소가 운영 중이다. 한국 건설업체는 호황을 맞아 주식이 폭등했고 한랜드 전체는 건설붐이 일어나 있다. 북한 밀입국자 대부분은 건설현장에 고용되고 있는 것이다. 서동수의 시선을 받은 유병선이 웃음 띤 얼굴로 말했다.

"덩달아서 러시아 경제도 1% 상승했습니다. 8년 만에 한랜드 경기 덕분에 상승한 것이지요."

"자, 그럼 엄청난 자금이 유입되고 있는 지하경제는?"

서동수가 묻자 안종관이 서류를 펼쳤다. 오늘 회의는 이것 때문이다.

"러시아는 라진이 기반을 잡았고, 모스크바의 8대 패밀리 중 이바노프 조직이 진출했습니다. 중국과 일본 조직이 각각 3개, 4개고 한국은 2개 조직이 연합체를 구성해서 진출했습니다."

모두 막대한 자금을 들여온 것이다. 그 자금으로 호텔을 짓고 유흥 사업을 시작했다. 라진도 카지노 2개를 허가받아 영업 중이다. 한랜드 당국은 검은돈의 출처를 묻지 않는다. 서동수가 물었다.

"마피아는 아직 드러나지 않은 거요?"

"곧 드러날 것입니다."

안종관의 얼굴에 웃음이 떠올랐다.

"일본 조직과 자주 만난다는 정보가 있습니다. 한랜드가 황금시장인 것이 드러난 이상 가만있을 리가 없습니다."

"벌과 나비가 모여야 꽃밭이지요."

유병선이 거들었다. 그렇지 않으면 조화라는 말이나 같다. 그때 안종관이 머리를 돌려 서동수를 보았다.

"김광도가 직업소개소를 설립했고 러시아인이 운영하던 모텔 한 곳을 인수했습니다."

"빠르군."

"실크로드를 두 배로 확장시키고 있는데 영업은 그대로 합니다."

"그, 부인은 어떻게 되었습니까?"

"장현주는 지금도 은밀하게 당원을 늘리고 열성적으로 교육을 시키고 있지만 자금 때문에 고전하고 있습니다."

안종관이 말을 이었다.

"마약 공급책이 피살된 것도 알겠지요. 그래서 요즘은 숙소에서 자지 않고 김 사장과 함께 영업장에서 잡니다."

서동수의 시선을 받은 안종관이 쓴웃음을 지었다.

"둘 사이는 잘 모르겠습니다."

하루 만에 인력공급업체를 등록, 설립한 후에 사장으로 취임한 백진철은 취임 다음날에 기가 막힌 선물을 받았다. 그것은 '한랜드 시민증'이다. 이제 밀입국자가 아닌 것이다. 이것은 모두 김광도의 후광이며 그 뒤에 한랜드 정부가 있기 때문이다. 인력공급업체 사명(社名)은 '일성상사', 백진철은 본격적으로 '한강회' 회원을 모으기 시작했다. 탈북군인은 일반 탈북자와 달라서 군사훈련이 잘 되어 있는 데다 규율에도 익숙해서 조직원으로 적격이다. 오후 6시 무렵, 일성상사에서 돌아온 백진철이 김광도에게 보고했다.

"모집한 인원 중에서 고른 한강회 간부급 인적사항입니다."

백진철이 김광도에게 서류 뭉치를 내밀면서 말을 이었다.

"이 전무님 하고 같이 면접을 보았습니다."

이 전무는 한랜드 내무부에서 파견된 위장 직원이다. 김광도는 '한강회'의 간부급을 고를 때 내무부 직원을 참석시키도록 부탁한 것이다. 장현주가 남자도 포섭했을지 모르기 때문인데 안종관은 즉각 협조해 주었다.

"장교 출신도 둘이나 있군."

서류를 훑어본 김광도가 머리를 끄덕였다.

"이곳에서 다시 새 인생을 시작하는 거야."

한강회는 이제 100명 정도의 조직원을 갖췄으니 러시아의 라진 조직에 이어서 두 번째 세력이 되었다. 그러나 아직 조직력이나 경륜이 턱도 없이 부족하다. 김광도가 말을 이었다.

"우리 한강회도 그렇다. 처음부터 시작하는 거야."

그런데 그날 밤 실크로드에 한 무리의 관광객이 찾아왔다. 모두 한국인이다. 이제는 한랜드의 카지노와 겨울여행, 유흥관광이 유명해져서 하루에도 수천 명의 관광객이 방문하고 있다. 실크로드에 한국인들이 오는 것도 드문 일이 아니다. 그런데 그 한국인 손님들이 지난번 만났던 조상규 일행이었다. 손님은 모두 여덟 명, 보스로 보이는 40대쯤의 사내를 중심으로 셋이 방 하나를 차지했고 조상규는 다른 넷에 포함되어 옆방에 들었다. 장현주가 방에 들어가 주문을 받고 나오더니 김광도에게 말했다.

"사장님, 잠깐 뵙자세요."

그들이 올 때부터 주시하고 있던 백진철이 그 소리를 듣더니 김광도를 보았다.

"제가 가지요, 형님."

"인마, 네가 사장이냐?"

쓴웃음을 지은 김광도가 보스의 방으로 들어가 인사를 했다.

"김광도라고 합니다. 오셔서 영광으로 생각합니다."

정중히 머리를 숙인 김광도가 보스 앞에 명함을 놓았다. 보스가 웃음 띤 얼굴로 머리를 끄덕였다.

"경험이 별로 없으신 것 같은데 장사 잘하십니다."

"아닙니다, 아직 부족합니다. 많이 지도해 주십시오."

"옆방에 있는 조상규 알지요?"

불쑥 보스가 물었고 둘러앉은 사내들의 시선이 김광도에게 모여졌다.

"예, 한 번 뵈었습니다."

김광도가 웃음 띤 얼굴로 보스를 보았다. 파카를 벗은 사내는 스웨터 차림으로 단단한 체격이다. 가는 눈, 굵은 콧날, 꾹 다문 입술에 관록이 느껴졌다. 그때 사내가 말했다.

"우리도 곧 근처에 영업장 세 개를 운영하게 될 겁니다. 그래서 나도 인사차 온 것이죠. 잘 부탁합니다."

아직 사내는 명함도 주지 않았고 이름도 밝히지 않았다.

김광도가 다시 머리를 숙였다.

"반갑습니다. 잘되시기를 바랍니다."

마침내 조상규 일당이 진출한 것이다.

"그렇군요. 근처에서 큰 공사를 여러 개 하고 있던 것이 그것인가?"

김광도의 말을 들은 백진철이 말했다. 방에서 나온 김광도가 다가온 장현주와 백진철에게 이야기를 해준 것이다.

"그렇다면 손님 빼앗기겠는데."

그때 장현주가 다가섰다. 이곳은 대기실이다. 아가씨들은 모두 방으로 들어갔고 셋이 모여 있다.

"저기, 3번 방에 들어간 손님 중에서 검정 목도리를 한 손님이 마약 도매상입니다."

놀란 김광도와 백진철이 입을 다물었다. 장현주가 말을 이었다.

"내가 며칠 전 합숙소에 갔었는데 그 사람이 와 있더군요. 그런데 그 사람을 보고 우리 동무 하나가 말해주었습니다."

"마약 도매상이라고요?"

백진철이 먼저 묻더니 숨을 골랐다. 장현주 방에 들렀던 도매상을 죽인 백진철이다. 도매상 소리에 놀랄 만하다. 장현주가 대답했다.

"네, 미얀마에서 직접 가져와 이곳에 쏟아붓는다고 했습니다."

"누가 그래요?"

다시 백진철이 물었을 때 김광도가 손목시계를 보는 시늉을 하고 말했다.

"너 나가서 로스토프한테 러시아 아가씨들을 3, 4번 방으로 보내라고 해."

백진철이 시선을 들었다가 곧 대답을 하고 방을 나갔다. 로스토프가 러시아 아가씨들을 데려온 것이다. 방에 둘이 남았을 때 김광도가 물었다.

"3, 4번 방에 들어간 사람들은 한국조폭들이오. 알고 있었어요?"

"몰랐어요."

"4번 방에 있는 한 놈은 나하고 동업하자고 협박을 했던 놈이지. 백진철이 덤벼들어서 물러났지만."

"……."

"충분히 그럴 만한 놈들이오. 내가 내무부에 신고를 하지."

김광도가 정색하고 장현주를 보았다.

"내무부에서 당신을 증인으로 불러도 괜찮을까?"

"아뇨, 싫어요. 안 돼요."

질색을 한 장현주가 한 걸음 물러서기까지 했으므로 김광도가 소리 죽여 숨을 뱉었다. 내무부에서는 웃을 것이다. 김광도가 장현주를 보았다.

"저기, 당신이 지금도 밀입국한 동포들을 돕는 것 같은데, 내가 돈을 좀 지원해줘도 될까?"

놀란 듯 장현주가 시선만 주었고 김광도가 말을 이었다.

"당신 말대로 서류상이지만 부부 사이인데, 그리고 가불을 해준 것으로 쳐도 될 것이고."

"……."

"내가 유산으로 받은 서울의 부동산을 처분해서 지금 여유가 있거든."

유산은커녕 우산 한 개 받을 것이 없는 김광도다. 그때 장현주가 말했다.

"그래요. 가불 좀 해주세요."

"얼마나?"

"1만 달러쯤 해도 될까요?"

"2만 달러 내지."

장현주가 숨을 들이켜더니 물끄러미 김광도를 보았다. 그러더니 억양 없는 목소리로 물었다.

"괜찮겠어요?"

"아, 부부 사인데."

장현주가 시선을 내렸다.

"고맙습니다."

"자, 그럼 일하러 갑시다."

김광도가 몸을 돌려 대기실 문을 열자 소음이 와락 덮쳤다. 장현주는 이곳 대기실로 와서 사흘을 함께 자더니 나흘째에 다시 숙소로 돌아갔다. 그래서 아직 둘은 총각 처녀 관계나 같다.

"김동일 위원장에게 반발한 세력은 신의주로 망명했지요."

안종관이 웃음 띤 얼굴로 말을 잇는다.

"이제 남북한 연방이 되어서 남한의 자본주의 체제로 병합되기 전에 공산주의 세력이 한랜드로 빠져나오려는 것입니다."

"그것 참."

서동수의 얼굴에도 웃음이 떠올랐다.

"내가 북한 땅의 저항 세력에게 계속해서 도피처를 만들어 주는 셈이군."

"결국 한랜드가 남북한 갈등의 마지막 종착지가 될 것입니다."

안종관은 오늘 취한 것 같다. 얼굴도 상기되었고 목소리도 크다. 오후 11시, 서동수와 안종관이 저택 2층에서 술을 마시는 중이다. 안종관이 늦게 보고를 하려고 왔다가 술을 마시게 된 것이다. 가끔 서동수는 각 부장들하고 이렇게 술을 마신다. 안종관이 서동수를 보았다.

"저는 김광도와 장현주의 관계가 궁금합니다. 둘이 남북한의 전형적인 모델이거든요."

"그렇군."

서동수의 얼굴에 다시 웃음이 떠올랐다.

"둘이 아직 합방을 안 했다면서?"

"그렇습니다, 장관님."

대답했던 안종관이 어색했는지 덧붙였다.

"일부러 알아본 건 아닙니다. 장현주 조사를 하다 보니까 알게 되었습니다."

"김광도가 나보다 나은 놈이야."

정색한 서동수가 말을 이었다.

"나는 절대로 그렇게 못 해."

"김광도는 남한의 자존심입니다."

"나는 똥칠을 했어."

"아니 장관님께서는……."

당황한 안종관이 술이 깨었는지 손목시계와 벽시계를 번갈아 보다가 엉거주춤 일어섰다.

"장관님, 너무 늦었습니다."

"아, 기분만 달아오르게 하고 가면 어떡해?"

"죄송합니다."

머리를 숙여 보인 안종관이 몸을 돌렸고 서동수는 배웅하려고 이층 계단을 함께 내려갔다. 현관 밖까지 안종관을 배웅하고 돌아온 서동수의 얼굴에 문득 웃음이 떠올랐다. 그러더니 계단을 올라가면서 혼잣소리를 했다.

"그래, 너는 남한의 자존심이다."

김광도를 떠올린 것이다. 그 시간에 김광도는 실크로드의 주방 옆 복도 끝에서 손바닥만 하게 닦아놓은 유리창을 통해 창밖을 바라보며 서 있었다. 위쪽에 환풍기가 돌아가는 위치여서 김광도의 손에는 담배가 끼워져 있다. 담배는 끊었지만 가끔 하루에 한두 개비, 어떤 때는 일주일에 한 개비 피울 때도 있다. 창밖으로는 짙은 어둠밖에 보이지 않는다. 담배 연기를 길게 뿜은 김광도는 자신이 심란해진 이유를 끄집어내었다. 장현주 때문이다. 이런 기묘하고 이상한 인연은 처음이다. 그리고 전혀 어울리지 않는 상대다. 다시 담배 연기를 뿜은 김광도는 문득 장현주와의 공통점을 하나 찾아내었다. 열심히 사는 것이다. 쓴웃음을 지은 김광도가 담배를 종이컵에 비벼 끄고 나서 몸을 돌렸다가 숨을 들이켰다. 앞에 장현주가 서 있었기 때문이다. 시선이 마주치자 장현주가 희미하게 웃었다.

"가끔 여기 오시데요."

"왜, 무슨 일 있어요?"

"그냥 보이지 않아서 와 봤어요."

머리를 끄덕인 김광도가 비켜 지날 때 장현주가 물었다.

"오늘 밤 여기서 자도 돼요?"

"왜?"

"같이 있게요."

김광도가 머리를 저으면서 발을 떼었다.

"집으로 가서 잡시다."

숙소는 20피트 컨테이너를 넓게 붙여 놓은 것으로 앞쪽에 거실, 주방을 만들었고 뒤쪽은 침실, 화장실이다. 거실로 들어선 김광도가 장현주에게 말했다.

"옷 갈아입고 한잔 합시다."

"그래요."

장현주가 선선히 동의했다. 오전 4시 반이다. 김광도가 씻고 옷을 갈아입고 나왔더니 탁자 위에 술상을 차려놓은 장현주가 침실로 들어가며 말했다.

"나도 씻고 올 테니까 먼저 마시고 계세요."

술안주는 가게에서 가져온 마른안주와 통조림, 장현주가 만든 오믈렛 등이다. 술은 보드카, 김광도가 만족한 얼굴로 잔에 보드카를 따르면서 문득 이것이 결혼해서 사는 재미인 것 같다는 생각을 한다. 이렇게 살다가 애 낳고, 키우고, 늙는 것인가? 보드카를 네 잔째 마셨을 때 장현주가 나왔다. 장현주는 헐렁한 원피스 차림이었는데 얼굴이 조금 굳어져 있다. 당연한 일이다. 오늘 밤이 첫날밤이 될지도 모르니까. 김광도가 앞에 앉은 장현주의 잔에 술을 따르면서 말했다.

"며칠 전에 말해준 3번 방의 마약 도매상이 체포되었어요."

장현주가 시선만 주었고 김광도는 말을 이었다.

"그놈한테서 마약 3kg이 발견되었다는군. 그놈은 지금 내무부 구치소에 수감되어 있는데 증거자료와 함께 한국 정부로 인계될 거요."

"잘되었네요."

술잔을 든 장현주가 머리를 끄덕였다. 굳어진 표정이다. 김광도는 한 모금 보드카를 삼켰다. 그리고 내일은 장현주의 마약 도매상인 개성식당 주방장 조금옥이 체포될 것이었다. 내무부 직원 박기우가 알려준 것이다. 또 있다. 내무부는 장현주의 오른팔, 왼팔 역할을 하는 사상교육담당 강영만과 조직담당 천영신까지 체포할 예정이다. 한랜드 장관 서동수는 한랜드에 공산당 조직을 허용하지 않겠다는 방침인 것이다. 한입에 술을 삼킨 김광도는 모른 척하기로 마음을 굳혔다. 장현주의 정체를 파헤친 것이 자신이나 마찬가지인 것이다. 로스토프, 백진철이 장현주를 의심했다가 본색을 밝혀낸 셈이니까. 김광도가 불쑥 물었다.

"현주 씨는 꿈이 뭡니까?"

"꿈이요?"

되물었던 장현주가 금방 대답했다.

"평등한 세상, 착취당하지 않는 세상에서 함께 사는 거죠."

"현주 씨는 나보다 공부를 많이 해서 과연 생각하는 것이 다르군."

장현주의 시선을 받은 김광도가 말을 이었다.

"난 대학 졸업하고 시간당 5,000원짜리 알바에서 실적대로 먹는 배달일까지 했지만 누구한테 착취당한다는 생각을 한 적이 없어요. 얼른 성공해야겠다는 생각밖에 없었지요."

"……."

“얼른 나 같은 놈들을 고용해서 돈을 벌어야겠다고, 그러려면 더 열심히 일해야 했지.”

김광도가 얼굴을 펴고 소리 없이 웃었다.

“그래서 지금 종업원들을 착취하는 입장이 된 것 같은데, 현주 씨 입장으로 보면 그렇지 않은가요?”

“글쎄요, 저는…….”

“내 꿈은 한랜드 장관 서동수처럼 되는 것이지요.”

눈을 가늘게 뜬 김광도가 장현주를 보았다.

“기업가로 성공해서 자기 전 재산을 조국과 민족에 재투자를 하는 사람.”

“…….”

“한랜드가 나에게도 꿈을 이룰 장소요.”

김광도가 길게 숨을 뱉었다. 가슴이 벅찼기 때문이다.

따로 잤다. 몇 번 양보한 후에 침실은 장현주가 썼고 김광도는 소파에서 잤다. 김광도가 깨었을 때는 오후 1시, 머리맡에 둔 휴대폰이 울렸기 때문이다. 7시간쯤 숙면을 한 터라 몸은 가뿐했지만 숙취에 머리는 조금 띵한 상태, 휴대폰을 귀에 붙였더니 백진철의 목소리가 울렸다.

“형님, 조금 전에 개성식당 조금옥이 마약 도매상 혐의로 체포되었고 강영만과 천영신은 내란음모 혐의로 체포되었습니다.”

김광도의 시선이 침실 쪽을 스치고 지나갔다. 침실 문은 닫혀 있고 안의 기척은 들리지 않는다.

“형님, 별일 없으시죠?”

백진철이 문득 장현주와 함께 있다는 것을 의식한 듯 목소리를 낮췄다.

"응, 별일 없어."

"언제 모시러 갈까요?"

"바로 와."

휴대폰을 귀에서 뗀 김광도가 문득 침실에서 장현주가 같은 보고를 받고 있을지도 모른다는 생각을 했다. 물론 보고자는 다를 것이다. 김광도가 냉장고에서 생수를 꺼내 마시고 있을 때 침실 문이 열리더니 장현주가 나왔다. 장현주는 바지에 스웨터 차림으로 얼굴도 말끔했다. 씻고 옷까지 갈아입은 상태다.

"일어나셨네요."

장현주가 가라앉은 표정으로 말했다.

"씻으세요. 해장국 끓여 드릴게요."

"아니, 곧 백 부장이 온다고 했어요."

백진철은 실크로드의 관리부장 직책으로 불린다. 화장실로 들어가면서 김광도가 말을 이었다.

"준비 안 해도 돼요. 씻고 바로 나갈 테니까."

오전 5시 반까지 술을 마시다가 잔 것이다. 그런데 김광도는 장현주에 대해서 전혀 성적 감동이 일어나지 않았다. 술기운이 번졌어도 그렇다. 마치 마네킹과 함께 있는 것처럼 느껴졌다. 그러니 적의는 물론 호의도 없다. 씻고 나왔을 때 마침 벨이 울렸다. 문 근처에 있던 장현주가 문을 열었더니 백진철이 떠들썩하게 인사를 했다.

"아이고, 형수님. 제가 너무 일찍 온 것이 아닙니까?"

"어서 오세요. 아녜요. 일찍 일어났어요."

김광도를 본 백진철의 눈동자가 흔들렸다. 함께 있는 것을 보니 어색한 것 같다.

"자, 나가자."

옷을 다 입은 터라 김광도는 앉지도 않은 백진철을 데리고 숙소를 나왔다. 다시 떠들썩하게 장현주에게 인사를 한 백진철이 차로 다가가면서 김광도의 눈치를 보았다.

"형수님도 조금옥, 강영만이가 잡힌 걸 아십니까?"

"나한테 말하겠어?"

차에 탔을 때 백진철이 힐끗 앞쪽 운전사에게 시선을 주고 나서 목소리를 낮췄다.

"강영만, 천영신을 심문하고 나서 장현주, 아니 형수를 체포할지도 모릅니다."

"……."

"조금 전에 내무부 박기우 씨가 와서 그런 말을 하고 갔습니다."

백진철이 정색하고 김광도를 보았다.

"형님, 어떻게 하실 겁니까?"

"내가 연락할 거다."

김광도가 어깨를 부풀렸다가 내리고 나서 말을 이었다.

"놔두라고 해야지."

"형님, 하지만 장현주가 총책입니다. 머리라고요."

"글쎄, 그렇다면……."

이번에는 정색하고 김광도가 백진철을 보았다.

"장현주 배 속에 내 아이가 들었다고 할 거다. 어젯밤에 내 아이가 들어갔어."

"마약은 안 된다는 메시지를 보낸 것 같습니다."

고문 유충섭이 말하자 박기호는 어금니를 물었다가 풀었다. 오후 5시 반, 한시티의 부산호텔 방 안이다. 방 안에는 유충섭과 전무 고복진까지 셋이 모여 있었는데 분위기가 가라앉았다. 이틀 전에 간부 중 하나인 양현수가 마약 반입과 판매 혐의로 한국정부에 인계되었기 때문이다. 양현수는 마약관리법이 강력한 한국정부로부터 중형을 선고받게 될 것이었다. 유충섭이 말을 이었다.

"양현수가 우리 조직원이라는 것을 모를 리가 없는 데도 우리는 놔두고 있는 것이 그 증거입니다."

박기호가 헛기침을 했다. 한랜드 투자자금 일부를 마약판매 대금으로 충당하려던 계획이 무산되었다. 한국에서 현금을 가져와야만 한다.

"서동수가 러시아 마피아한테는 마약을 봐준다는 소문이 있던데, 안 그러냐?"

박기호가 고복진에게 물었다.

"그건 헛소문입니다. 어제도 북한의 마약 도매상이 잡혀서 본국으로 송환될 예정이라고 합니다."

"안 잡히면 되는 거야."

어깨를 부풀리면서 박기호가 말을 이었다.

"그렇게 잡힌다고 마약 소비가 뚝 끊기는 것이 아니란 말이다. 공급하는 놈들이 있어. 그놈들이 수지맞는 거다."

그러나 당분간은 마약에 손을 대지 못할 입장인 것이다. 분하지만 어쩔 수가 없다. 그때 유충섭이 화제를 바꿨다.

"최 회장이 곧 B지구에 사업장을 개업한다고 합니다. 사업장 허가 5개를 받았다는데요."

"다 오라고 해."

쓴웃음을 지은 박기호가 소파에 등을 붙였다. 최 회장이란 서울 강남에 기반을 둔 최영식을 말한다. 압구정파로 불렸다가 지금은 대영산업 회장 직책의 기업가로 변신했다.

"경쟁자가 있어야 사업이 발전하는 거다."

말은 그렇게 했지만 박기호의 두 눈이 번들거렸다. 최영식은 아마 박기호를 경쟁자로 여기지 않을 것이었다. 사업 규모나 연륜, 로비력에 이르기까지 최영식과 비교가 되지 않기 때문이다. 그 최영식이 본격적으로 한랜드에 진출했으니 긴장이 안 될 리가 없다. 그때 고복진이 말했다.

"회장님, C지구에 삼합회가 진출해 있습니다. 조선족이 운영하는 줄로만 알았더니 삼합회 사업장인 것이 요즘 밝혀졌다는 것입니다."

그저 눈만 껌벅이는 박기호를 향해 고복진이 말을 이었다.

"삼합회가 조선족을 내세운 것이 아니라 조선족 삼합회라고 합니다."

"무슨 말이야?"

박기호가 이맛살을 찌푸렸다.

"그 말이 그 말 아니냐?"

"다릅니다."

호흡을 고른 고복진이 말을 이었다.

"조선족으로 한국말만 할 뿐이지 중국인이란 말씀입니다."

"더 알아듣기 쉽게 말 해봐."

"C지구에 나온 조선족 삼합회 놈들은 중국인으로 한국과는 남남이란 말씀이죠."

"나하고 최영식이도 그렇다."

박기호가 결론을 냈다.

"사업하는 데 형제도 필요 없다. 한국 놈끼리는 말할 것도 없고, 조선족 삼합회 족보를 따지는 건 미친놈이다."

둘은 듣기만 했지 말은 더 잇지 않는다. 삭막한 분위기가 전염된 것 같다. 그러나 맞는 말이다. 삼합회는 한국인의 땅 한랜드에 조선족 회원을 앞세워 진출했다. 그렇다면 야쿠자는 재일교포인가? 셋의 머리에 똑같이 떠오른 생각이다.

커피숍으로 들어선 김광도가 안쪽 자리에 앉아 있는 신지현을 보았다. 신지현도 김광도를 보더니 자리에서 일어섰다. 흰색 파카를 입고 긴 머리를 뒤로 묶었는데 갸름한 얼굴이 돋보인다. 주위의 시선이 신지현에게 모였다. 오후 3시, 가게에 있다가 연락을 받고 온 것이다.

"여기서 만나다니."

다가선 김광도가 웃음 띤 얼굴로 손을 내밀었다. 신지현이 손을 잡으면서 따라 웃었다.

"오랜만이야, 오빠."

신지현은 김광도의 대학 2년 후배로 28세, 4년 전에 1년쯤 사귀고 나서 헤어진 여자다. 당시는 신지현이 증권회사에 다녔고 김광도는 변변한 직장을 잡지 못했던 때였다. 김광도는 신지현과 헤어지고 나서 신의주로 떠난 셈이다. 그리고 신의주에서 다시 이곳 한랜드로 왔다. 자리에 앉아 커피를 시킨 뒤 김광도가 물었다.

"여기서 직장 잡으려고 왔다고?"

"응."

"어디 연락해 놓은 데 있어?"

"아직."

"그냥 온 거야?"

"응."

"누구 아는 사람 있어?"

"오빠 있잖아?" 하고 신지현이 웃었으므로 김광도가 입맛을 다셨다. 한 시간쯤 전에 전화가 왔을 때 김광도는 목소리도 잊어버려서 누구냐고 물었다. 신지현과 헤어진 이유는 김광도의 앞이 보이지 않았기 때문이다. 신지현이 대놓고 말한 적도 있다.

"오빠는 장래성이 없어. 비전이 보이지 않아."

당시에 김광도는 주차요원, 퀵서비스, 대리운전, 편의점 알바 등을 닥치는 대로 뛰는 중이었다. 입사지원서를 200통도 더 썼고 면접은 37번까지 봤다. 서류 합격은 65회, 속아서 피라미드 조직에 들어간 적도 있으며 입사하면서 사기로 350만 원을 날린 적도 있다. 그것을 모두 숨기고 있다가 대리운전이 발각되면서 터졌다. 비록 헤어지기는 했지만 그동안 열심히 살았다. 가져온 커피를 한 모금 삼킨 김광도가 신지현을 봤다.

"정우한테서 내 이야기 들었다고?"

"응, 여기서 오빠를 만났다고 해서."

그때는 김광도가 막 실크로드를 설립하려던 참이었다. 신지현이 정색하고 김광도를 봤다.

"여기서 사업을 하겠다고 하니 정우 선배가 말렸다면서?"

"그랬지."

이정우는 김광도와 대학 동기로 한랜드에 취업차 왔다가 추위에 질색하고 돌아갔다. 김광도보다 절박한 상태가 아닌 것도 그 이유가 될 것이다.

"너 진짜 나 보려고 온 거야?"

김광도가 확인하듯 물었더니 신지현이 풀썩 웃었다.

"내 소식 못 들었어?"

"그래."

"정우 오빠도 이야기 안 해?"

"안 했어."

안 했다기보다 묻지도 않았다. 대학 동기나 후배 대부분이 김광도가 신지현에게 차인 줄 아는 것이다. 그래서 이정우도 신지현 이야기를 꺼내지 않더니 이놈은 돌아가서 이야기를 한 모양이다. 신지현이 말을 이었다.

"나 결혼했어."

"잘했구나. 그럼 남편하고 같이 온 거냐?"

"결혼했다가 1년 만에 이혼했지. 이혼한 지 1년 됐어."

"……."

"여긴 네이션 은행에 취업이 돼서 온 거야. 조건이 아주 좋아서 말이야."

"잘됐다. 난 아직도 그저 그렇다."

김광도는 저절로 튀어나온 제 말에 몸이 굳어졌다. 생각보다 말이 먼저 나온 것 같다. 신지현의 검은 눈동자와 부딪쳤을 때 4년 전의 어느 날이 떠오른 것이다. 헤어지기 전이었는데 그때의 얼굴이다. 다시 김광도가 말을 이었다.

"여긴 직장이 꽤 많아. 험한 일이지만 놀지는 않아. 지금은 룸살롱에서 일해. 안에서 술과 안주를 나르는 일이라 추위 걱정은 없어."

'내가 백마 탄 왕자 행세는 안 한다. 하지만 장래성이 없다고 날 찬 상대한테 나 지금 잘나간다고 말할 필요도 없다. 다 끝난 일이니 그대로 간직하게 해두자. 다른 방법도 있겠지만 피곤하다.'

그러자 신지현의 시선을 받던 김광도의 눈앞에 장현주의 모습이 떠올랐다. 숨을 들이켠 김광도가 문득 결심을 했다.

'그렇다. 백진철에게는 열나는 김에 말했지만 장현주에게 아이를 심어주자. 아직 내무부에 이야기하지 않았으나 진짜로 정자를 넣어주는 거다.'

그때 신지현이 말했다.

"그렇겠네. 추위 걱정은 없겠네."

"팁도 꽤 많아. 하루에 200달러 받은 적도 있어."

"많네. 여긴 부자들이 많이 오나 봐."

"그런 것 같아. 난 만족해."

"그럼 됐지, 뭐."

신지현이 머리까지 끄덕였는데 표정은 가라앉아 있다. 김광도는 문득 신지현에게 내가 지금 룸살롱 3개, 직업소개소 1개를 운영 중이며 시내에 방 150개짜리 호텔과 카지노, 아웃렛 2개를 건설 중인 사업가라는 것을 말하고 싶은 충동을 느낀다. 조금 전에도 느꼈다가 포기했었다. 그렇게 말한다면 신지현이 뭐라고 할까? 우선 표정관리에 애를 먹을 테지만 김광도에게는 어떤 표정도 다 연기 못하는 탤런트처럼 보일 것이다. 이윽고 김광도가 심호흡을 하고 나서 웃었다. 그러면서 문득 열심히 살아온 것에 대한 자부심이 일어났다.

"너, 네이션 은행이라고 했지?"

“응.”

생각에서 깨어난 듯 신지현의 눈동자에 초점이 잡혀졌다. 맑은 눈, 곧은 콧날과 가늘고 단정한 입술을 보자 김광도의 가슴이 갑자기 찌르르 울렸다. 1년 동안 몇 번 여관에 갔던가? 아마 10번쯤 될 것 같다. 그때 신지현이 말했다.

“오빠, 나, 오빠가 일한다는 가게 아가씨로 일할 수 없어?”

숨을 들이켠 김광도가 시선만 주었고 신지현이 말을 이었다.

“나, 네이션 은행에 취직했다는 건 거짓말이야. 한국에서 사채업자 피해서 도망쳐 나온 거야.”

“…….”

“사채가 6,000만 원이나 있어. 이혼하고 직장 잡기 힘들어서 2,500만 원쯤 빌렸다가 그렇게 늘어났어.”

신지현의 얼굴에 웃음이 떠올랐지만 눈에는 눈물이 가득 고였다.

“나 여기선 무슨 일이든 할 거야. 오빠처럼 술안주를 나를 수도 있어.”

“…….”

“오빠처럼 열심히 살 거야.”

그때 신지현의 눈에서 주르르 눈물이 떨어졌다.

“밥이나 먹으러 가자.”

호흡을 가눈 김광도가 손목시계를 보면서 말했다. 오후 4시가 되어 가고 있다. 어중간한 시간이었지만 어서 이 자리를 떠나고 싶다. 개가 살이 붙은 뼈다귀를 입에 물었을 때 이 기분일 것이다. 잠자코 따라 일어선 신지현에게 김광도가 물었다.

“너 지금도 김치찌개 좋아하니?”

옛날 기억이 다 떠오르고 있다.

서동수에게 한랜드는 한민족의 새로운 땅을 개척하겠다는 꿈을 현실화시킨 것이었다. 그것을 신의주에서 단련한 후에 한랜드로 옮겨 왔다고 볼 수 있다. 새로운 땅 한랜드는 70년 동안 남과 북으로 갈라져 온갖 시행착오와 갈등을 겪어온 한민족에게 꿈과 희망을 심어주게 될 것이다. 그것이 기업가로 성공한 서동수의 조국과 민족에 대한 마지막 봉사다. 오후 8시, 서동수가 한시티 C지구에 위치한 중식당 베이징으로 들어섰다. 한랜드에는 중국인들의 투자가 한국인에 이어서 두 번째로 많다. 지리적으로 가까울 뿐만 아니라 조선족은 중국어에 익숙했기 때문에 중국계로 봐도 될 것이다.

"어서 오십시오."

미리 연락을 받은 사장 정한성이 기다리고 있다가 서동수 일행을 맞았다. 서동수는 비서실장 유병선과 동행이다. 안쪽 방으로 안내된 서동수에게 정한성이 웃음 띤 얼굴로 말했다.

"장관 각하, 식사 시중을 들도록 아가씨들을 데려오겠습니다."

"아니, 이 식당에서는 밥 먹으면서도 시중을 받나?"

서동수가 눈을 동그랗게 떴다. 베이징 식당은 컨테이너 건물이 아니다. 건설회사의 작품으로 철근 3층 건물이다. 연건평 1,000여 평에 식당과 나이트클럽, 룸살롱까지 갖춰졌다. 정한성이 다시 웃었다.

"식사와 함께 술을 드실 테니까요. 제가 서비스하겠습니다."

정한성이 몸을 돌렸으므로 서동수가 유병선을 보았다.

"한국인이 중국인 상술까지 배웠으니 천하무적이구먼."

"과연 그렇습니다."

유병선도 웃음 띤 얼굴이다. 오늘 베이징 식당에 온 것은 사장 정한성을 만나기 위해서다. 다시 정한성이 들어섰는데 뒤를 아가씨 셋이 따르고 있다. 제 파트너까지 데려온 것이다. 서동수는 물론이고 점잔을 빼는 유병선의 얼굴에도 웃음이 떠올랐다. 정한성은 중국에서도 성공한 기업가다. 40대 중반이지만 요식업 체인점으로 억만장자가 되었고 이번에 한랜드에 진출해서 벌써 10여 개의 식당, 유흥업소, 호텔을 세웠다. 셋이 각각 파트너 한 명씩을 옆에 끼고 앉았을 때 서동수가 긴 숨을 뱉고 나서 물었다.

"정 사장, 이제 만난 인사는 끝낸 거요?"

"예, 말씀하시지요."

정한성이 웃지도 않고 말했다. 다롄 출신의 고졸 학력인 조선족 정한성은 20세 때 식당 종업원으로 시작했다가 25년 만에 거부가 되었다. 운도 따랐겠지만 그 이유가 있을 것이다. 서동수가 지그시 정한성을 보았다.

"정 사장이 한랜드에 진출하신 목적을 들읍시다."

"새 시장이기 때문이지요."

정한성이 바로 대답했다. 어깨를 부풀린 정한성이 똑바로 서동수를 보았다.

"기회가 많은 곳이기도 하고요."

머리를 끄덕인 서동수가 의자에 등을 붙였다. 만족한 것이다. 정한성의 배후에는 삼합회가 있다. 삼합회는 마피아보다도 더 방대하고 막강한 조직이다. 안종관은 정한성이 삼합회의 간부라고 했다. 서동수의 시선이 옆에 앉은 아가씨에게로 옮겨졌다. 초승달 같은 눈썹, 물기를 먹고 반짝이는 눈, 오뚝 선 콧날 밑의 입술이 깨물고 싶도록 육감적이다.

"네 이름은?"

서동수가 중국어로 묻자 아가씨가 눈웃음을 치면서 대답했다.

"마오라고 합니다, 장관님."

식사가 들어왔고 술까지 놓이자 서동수가 만족한 얼굴로 말했다.

"좋은 식사와 술과 여자, 그야말로 삼합(三合)이군."

"한랜드에서 한국이 다시 태어나야 됩니다."

술은 50도짜리 백주다. 술병이 3개 비워졌을 때 정한성이 정색하고 말했다. 취한 것 같지는 않다. 서동수와 유병선은 시선만 주었고 정한성이 말을 이었다.

"내년에 연방대통령 후보가 되려고 남한에서는 난리가 났더군요. 이러다가는 북한 김동일 위원장이 어부지리로 연방대통령이 되겠습니다."

다 아는 말이었지만 서동수 앞에서 이렇게 말하는 인사는 없었다. 서동수와 김동일과의 인연을 세상 사람들이 다 아는 터라 삼가기 때문이다. 그러나 정한성은 조선족이면서도 중국인이라는 의식이 있는 것 같다. 다시 열변이 이어졌다.

"김 위원장이 연방대통령이 되고 남북한이 각각 총리를 수반으로 하는 내각제로 운영이 된다지만, 연방정부하고 마찰이 일어나고 난리법석이 될 것은 초등학생도 알 겁니다."

"이거, 오늘 정 사장님 정치 강의를 듣게 되었는데."

쓴웃음을 지은 유병선이 술잔을 들어 보이면서 말했다.

"다 잘될 겁니다, 정 사장님. 그러니까 정 사장님께선 한랜드에나 더 많은 투자를 해 주시지요. 한랜드 정부에서 적극 도와드리겠습니다."

"제가 이런 말씀을 드리는 이유는요……."

어깨를 늘어뜨린 정한성이 쓴웃음을 지었다.

"바닥이 든든하지 못한 집은 곧 허물어진단 말씀을 드리려고 했습니다."

"그렇지요."

정색한 서동수가 머리를 끄덕였다.

"정 사장께선 사업 기초를 잘 닦으셨더군요."

"제가 중국에선 좀 지저분하게 기업을 했지만 이곳에선 아닙니다."

서동수가 시선만 주었고 정한성이 말을 이었다.

"장관께서 우려하시는 일은 결코 일어나지 않을 것입니다."

어깨를 늘어뜨린 서동수가 천천히 머리를 끄덕였다. 과연 억만장자 기업자가 된 본색이 드러났다. 한랜드 장관 서동수가 방문한 이유를 아는 것이다. 한랜드 제일의 식당을 운영하고 있기 때문이 아니다. 그때 서동수가 잔을 들어 한입에 술을 삼켰다. 마오가 재빨리 빈 잔에 술을 채운다. 서동수가 말을 이었다.

"한랜드는 광대한 땅입니다. 이주민은 얼마든지 받아들일 테니까 남북한에서 옮겨와도 되지요."

유병선이 거들었다.

"한랜드를 새로운 고향으로 만드는 것이지요."

"저도 그럴 작정으로 왔습니다."

정한성의 얼굴이 상기되어 있었다. 머리를 돌린 서동수가 마오를 보았다.

"마오, 몇 살이냐?"

"스물여섯입니다."

마오가 또랑또랑한 목소리로 대답했다.

"이곳에는 언제 왔고?"

"두 달 되었습니다."

"식당에서 일해?"

"아래층 클럽에서 일합니다."

"그렇군."

이제 한랜드에서 미인을 보는 것이 흔해졌다. 거리의 여자 대부분이 미인이라고 해도 과언이 아니다. 아직 일반인 여자보다 유흥, 여행, 서비스 업종에 근무하는 여자 비율이 높기 때문이다. 다시 술잔을 든 서동수가 한랜드에서 만난 모든 사람에게 꼭 하는 질문을 한다.

"네가 한랜드에 온 이유는?"

"돈 벌려고요."

마오도 들을 때마다 감동을 주는 대답을 했다.

한식당에서 김치찌개를 먹고 소주를 네 병 비웠을 때 신지현이 말했다.

"오빠, 나 취했어."

"술이 약해졌구나."

"나 자야겠어."

오후 9시 반이다. 가게에다 오늘은 10시쯤에 들어가겠다고 했으니 지금 일어나기는 해야 한다.

"그래, 네 숙소로 가서 자."

"오빠 숙소로 가면 안 돼?"

"안 돼."

김광도는 이제 자신의 상황을 밝혀야겠다고 결심했다. 나는 갓길 휴게소가 아니다.

"나 실은 여기서 결혼했어."

신지현의 눈동자에 초점이 잡혔고, 김광도가 말을 이었다.

"탈북해 온 여자야. 그 여자도 가게에서 일하고 있는데 지금 같이 살아."

"……."

"서로 열심히 일해서 돈 모으고 있어."

"그럼 진작 말하지."

신지현의 이맛살이 찌푸려져 있다. 본래 신경질이 많은 성격이다. 옆자리에 벗어놓은 방한복을 집으면서 신지현이 말을 이었다.

"미안해, 난 몰랐어. 정우 오빠가 혼자 산다고 해서."

"내가 먼저 말해 주는 건데 미안한 건 나야."

자리에서 일어난 김광도가 계산을 하고 나서 입구에 선 신지현에게 다가갔다.

"이것 받아."

신지현의 시선이 김광도가 내민 손으로 옮아갔다. 손에는 지폐가 쥐어져 있다.

"1,000달러야. 현금이 이것뿐이어서."

잠깐 지폐를 내려다보던 신지현이 손을 내밀어 받았다.

"고마워, 받을게."

"어려운 일 있으면 연락해."

그때 신지현의 눈에서 주르르 눈물이 흘렀다.

"오빠가 안주 나르고 팁으로 받은 돈 아냐?"

"뭐, 그런 돈도 있고……."

"돈 벌어서 갚을게."

"택시 태워줄게."

밖으로 나온 김광도가 신지현을 택시에 태워 보내고 나서 실크로드로 돌아왔을 때는 10시가 조금 넘었다. 손님이 많았으므로 바쁘게 옆을 지나던 장현주가 건성으로 인사를 했다.

"늦으셨네요. 식사는 하셨어요?"

장현주한테는 친구 만난다고 한 것이다. 그 순간 갑자기 가슴이 뭉클해진 김광도가 다가가 말했다.

"사무실로 와요."

그러고는 몸을 돌려 사무실로 들어갔다. 사무실은 컨테이너 하나를 더 붙여서 가게 맨 끝 쪽이다. 대지가 얼마든지 있었기 때문에 컨테이너만 놓으면 건평이 늘어난다. 실크로드는 이제 40피트 컨테이너를 6개씩 두 줄로 놓아서 면적이 3배로 넓어졌다. 사무실에서 기다린 지 10분쯤 되었을 때 노크 소리가 들리더니 장현주가 들어섰다. 긴장한 듯 얼굴이 굳어 있다. 소파에 앉아 있던 김광도가 눈으로 문을 가리키며 일어섰다.

"문을 잠그세요."

몸을 돌린 장현주가 문을 잠갔을 때 다가간 김광도가 뒤에서 껴안았다. 깜짝 놀란 장현주가 몸을 돌렸는데 얼굴이 순식간에 새빨개졌다. 그때 김광도가 장현주의 입술에 입을 붙였다. 놀라 입을 벌리고 있던 장현주가 입을 다물었다가 곧 벌렸다. 숨이 가빴기 때문이다. 김광도가 입술을 빨자 마침내 장현주가 팔을 들어 허리를 감싸 안았다. 이제 둘의 몸이 빈틈없이 붙었고 가쁜 숨소리만 울렸다. 아무도 말을 하지 않았다.

"잠깐만요."

장현주가 헐떡이며 말했다.

"나중에요, 응? 일 끝나고……."

다시 장현주가 말했을 때 김광도는 소파 쪽으로 밀어붙였다. 소파에 다리가 걸린 장현주가 주저앉았을 때 김광도는 서둘러 스커트를 들쳤다.

"아유."

김광도의 팔을 잡은 장현주의 얼굴이 다시 새빨개졌다. 그때 김광도는 장현주의 팬티를 끌어 내렸다. 밖은 영하 몇 십 도였지만 가게 안에서는 스커트에 팬티차림인 것이다. 팬티가 끌어 내려졌을 때 장현주가 잡고 있던 김광도의 팔을 놓았다. 그러고는 다리를 들어 팬티가 잘 내려가도록 도왔다. 김광도는 거친 숨을 뱉으며 장현주를 소파 위로 눕혔다. 순순히 소파에 누운 장현주가 불빛에 눈이 부신지 눈을 가늘게 떴다. 반쯤 벌린 입에서 가쁜 숨소리가 들렸고 스커트가 추켜올려져서 알몸의 하반신이 드러났다. 김광도는 서둘러 벨트를 풀고 바지와 팬티를 한꺼번에 무릎까지 끌어 내렸다. 그 상태로 장현주 몸 위로 엎드린 김광도가 다리 한쪽을 추켜올렸다.

"아아."

곧 장현주의 입에서 신음이 터졌다. 두 손으로 김광도의 어깨를 움켜쥔 장현주가 곧 김광도의 움직임에 맞춰 몸을 흔들기 시작했다. 방안은 가쁜 숨소리와 함께 신음 같은 탄성으로 덮이기 시작했다. 바깥쪽 홀의 소음이 희미하게 들렸지만 이제 둘은 전혀 신경 쓰지 않는다. 김광도가 갑자기 상반신을 붙이면서 장현주의 입술에 키스했다. 장현주가 이번에는 입을 벌려 혀를 내밀어 주면서 두 팔로 목을 감아 안는다. 장현주의 두 다리가 김광도의 다리를 감싸 안았다가 곧 풀리면서 방바닥을 짚더니 하반신이 튕겨지듯 위로 솟구쳤다.

"아앗."

장현주의 입에서 커다랗게 탄성이 터졌으므로 김광도가 막듯이 다시 입술을 붙였다. 이제는 장현주가 김광도를 리드하기 시작했다. 김광도의 허리를 두 손으로 움켜쥐고 잠깐 멈추라는 시늉을 하고 나서 몸을 일으켰다. 그러고는 소파에 상반신을 붙이더니 엉덩이를 내밀었다. 자세를 바꾸라는 것이다. 김광도는 눈에서 불이 나는 느낌을 받고는 장현주의 몸에 매달리듯 붙었다. 이제는 거침없는 탄성이 방 안을 메웠고 움직임도 크다. 방 안에 폭풍이 몰아치는 것 같았다. 누군가가 문을 열려고 철커덕거렸지만 둘은 신경 쓰지 않았다. 조금 후에 누가 노크를 하다가 돌아갔다. 그것이 둘을 더욱 격렬하게 움직이도록 만들었고, 다시 정상위로 돌아온 후에 곧 폭발했다. 장현주가 먼저 터지면서 김광도가 뒤를 따른 것이다. 환성 같은 탄성이 길고 크게 터졌지만 이번에는 김광도가 막지 않았다. 이윽고 둘의 몸이 떼어졌을 때 먼저 김광도가 바지를 추켜올리고 나서 장현주의 팬티를 찾아 건네주었다. 팬티를 받던 장현주가 시선이 마주치자 눈을 흘기는 시늉을 했다. 둘은 가쁜 숨을 뱉으면서 옷차림을 갖춘다. 그때 김광도는 지금까지 아무 말도 하지 않았다는 것을 깨달았다. 그때 먼저 몸을 세운 장현주가 문 쪽으로 다가가며 말했다.

"저 먼저 나갈게요."

"저기."

무슨 말인가 해야겠다고 작정한 김광도가 장현주를 불러 세웠다.

발을 멈춘 장현주가 머리만 돌렸다. 시선은 마주치지 않았고 얼굴만 조금 상기되었다. 그때 김광도가 말했다.

"우리, 잘해봅시다."

그때 장현주가 풀썩 웃는 바람에 흰 이가 드러났다. 저렇게 웃는 건 처음 보았다.

한랜드

아무르 바 안쪽의 사무실로 두 사내가 들어섰다. 동양인이다. 기다리던 라진이 웃음 띤 얼굴로 맞는다.

"어서 오시오, 왕춘(王春) 선생. 반갑습니다."

라진이 50대쯤의 사내와 악수를 나눴다. 왕춘은 삼합회의 부회장으로 서열 4위의 거물이다. 삼합회는 중국 공산당 정부 흉내를 내는지 주석 격인 회장과 7인의 부회장이 통치한다. 왕춘은 조직과 자금 담당 부회장이니 실세 중 실세다.

"반갑습니다, 우장(吳江) 선생."

라진이 40대 중반쯤의 사내와도 악수를 하고는 동업자 이바노프를 소집했다. 우장은 삼합회의 한랜드 지역총책 역할을 맡고 있다. 넷이 마주보고 앉자 라진이 웃음 띤 얼굴로 말했다.

"역시 한랜드가 세계의 축소판이 되고 있군요. 우리가 이곳에서 만나고 있지만 야쿠자는 일본에서 미국 마피아하고 한랜드 진출 건을 상의하고 있다는 정보를 받았습니다."

"나도 알고 있습니다."

왕춘이 검은 얼굴을 펴고 웃었다.

"한랜드만 한 황금시장이 없거든요."

"미·일 세력에 밀리면 안 되지요."

라진이 단호한 표정으로 말하자 이바노프가 머리를 끄덕였고 왕춘이 거들었다.

"우리가 기선을 잡은 상황 아닙니까? 더구나 지역적, 혈연적 관계로 주도권을 쥐고 있고요."

"그렇습니다."

라진이 웃으며 말을 잇는다.

"한랜드의 고려인과 조선족만 해도 25%나 됩니다. 더구나 한랜드는 러시아 임차지이고 중국과도 가깝습니다. 이곳을 우리들의 근거지로 키워야지요."

그리고 이제 러시아, 중국이 동맹을 맺을 작정인 것이다. 그때 왕춘이 헛기침을 했다.

"한랜드 정부에서 한국인 사업가 김광도를 키우고 있는 것을 아시지요?"

왕춘은 김광도 이름을 정확하게 발음했다. 라진의 얼굴에 웃음이 떠올랐다.

"잘 알고 계시는군요. 그놈이 한국과 북한의 대리인 역할을 합니다."

"김광도가 북한인 심복 백진철을 내세워 세력을 모으고 있는데 벌써 조직원이 300명이 넘었더군요."

왕춘이 정색하고 말을 이었다.

"한랜드에서 축소판 세계대전이 일어날 가능성이 높습니다. 중·러와 미·일, 그리고 남북한 연합 세력 간에 말입니다."

"승자가 이 황금랜드를 독차지하게 되겠지요."

라진이 느긋한 표정으로 대답했다.

"미국의 5개 호텔·카지노 체인과 일본의 다나카 그룹이 진출하면서 곧 마피아와 야쿠자가 끼어 들어올 겁니다."

이미 한랜드 정부의 투자 승인을 받아 놓은 상태인 것이다. 미국과 일본 기업의 투자 금액은 러시아와 중국 측 기업과 비교가 되지 않는다. 엄청난 물량과 함께 마피아와 야쿠자가 본격적으로 진출하게 된다. 그때 왕춘이 입을 열었다.

"중국 정부는 적극적으로 우리를 지원해 주겠다고 했습니다. 필요하다면 러시아 정부 측에 협조를 요청하겠다고 했습니다. 그만큼 한랜드에 대한 관심이 많습니다."

"우리도 마찬가지지요, 왕 선생."

라진이 웃음 띤 얼굴로 왕춘을 보았다.

"이 한랜드는 시베리아 지역의 경제 개발을 위해 임차해 준 땅입니다. 러시아는 이곳을 한국의 북방 영토로 내준 것이 아니란 말씀입니다. 러시아 정부도 우리를 적극 지원하고 있지요."

동병상련이다. 한국의 국력 확장에 대한 러·중 간 입장이 분명하게 맞는다. 이로써 러·중 대리인 격인 마피아와 삼합회 간 협상은 의견 일치를 보고 끝났다.

한시티 서북쪽에 대형 시장이 형성되어 있다. 한랜드 정부에서 서울 남대문시장을 모델로 만든 곳인데 상점은 모두 컨테이너 박스로 만들어졌고, 가로 세로가 각각 2㎞에 이르는 정사각형의 대형 시장이다. 시장에는 그야말로 없는 것이 없었으므로 장현주는 낮에 이곳에 와서 실크로드 주방의 장을 보거나 쇼핑을 하는 것이 취미가 되었다. 오후 3시, 장현주가 시장 서쪽 식당가의 함흥식당 안으로 들어서자 자리에 앉아 있던 사내가 일어나 주방으로 들어갔다. 주방으로 따라 들어간 장현주가 구석 쪽 의자에 앉았을 때 주방 아줌마가 밖으로 나갔다. 주방에는 사내와 장현주 둘만 남았다. 40대쯤의 사내는 마른 얼굴에 표정이 굳어 있다. 주방이 좁았으므로 바짝 붙어 앉은 사내가 입을 열었다.

"개성식당 조금옥 동무가 평양으로 소환되고 나서 다 자백을 했습니다. 그래서 당에 있던 동지들이 모두 체포되었습니다."

사내의 눈동자가 흔들렸다. 사내의 이름은 이석진. 어제 평양에서 탈출해온 신(新)공산당의 회원이다. 장현주도 신공산당의 간부회원인 것이다. 이석진이 말했다.

"김동일 위원장의 강력한 지시를 받은 보위부가 체포반을 이곳으로 급파한다는 정보가 있습니다."

그렇다면 장현주는 체포 0순위다. 장현주가 머리를 들었다.

"조봉수 비서도 체포되었어요?"

조봉수가 신공산당의 핵심인 것이다. 김동일 체제에도 비판적이었고, 썩어빠진 남조선 주도하에 한반도가 자본주의화 되는 것에도 반대했던 이상가. 지도자 김동일의 최측근으로 선전선동부 비서인 조봉수가 한랜드를 신(新)공산주의 국가로 건설하려고 했다. 장현주의 시선을 받은 이석진이 외면했다.

"실종되었는데 소문으로는 총살당했다고 합니다."

"……."

"그래서 장 동무도 피하는 게 낫겠습니다. 나는 한랜드를 떠나 러시아 서쪽으로 숨어들 작정입니다."

"……."

"내가 그 말 전하려고 다시 이곳에 온 겁니다. 시간이 없어요, 장 동무."

장현주가 소리 죽여 숨을 뱉었다. 무력감으로 어깨가 무거워졌고 가슴에 쇳덩이가 든 것 같다. 이윽고 머리를 든 장현주가 주머니에서 접힌 지폐를 꺼내 이석진에게 내밀었다.

"이거 2,000달러예요. 여비도 모자라실 텐데 갖고 가세요."

"장 동무……."

지폐를 응시하던 이석진의 눈에 금방 눈물이 고이더니 주르르 볼로 흘러 떨어졌다. 아직 이석진은 손을 내밀지 않는다.

"무슨 돈이 있다고 이걸 주십니까?"

"빌렸어요. 자, 어서 받으세요."

김광도한테서 받은 돈이다. 이윽고 돈을 받은 이석진이 자리에서 일어서며 물었다.

"장 동무는 어떻게 하실 겁니까? 곧 보위부 체포반이 온다는 데 말입니다."

"아직도 날 믿고 있는 동지들이 이곳에 남아 있어요."

장현주의 얼굴에 희미하게 웃음이 떠올랐다.

"저만 도망칠 수는 없지요."

"분합니다."

어깨를 추켜올렸다가 내린 이석진이 장현주에게 악수를 청했다.

"장 동무, 미안합니다."

"어서 떠나세요."

이석진의 손을 쥔 장현주가 일어서며 웃었다. 맑은 웃음이다.

"카짜, 나 같은 속물이 지도자가 된다는 건 좀 우습지?"

방으로 들어선 카타리나에게 서동수가 불쑥 물었다. 오후 6시 반, 행정청 장관실 유리창 밖은 이미 붉은 저녁노을로 물들어 있다. 시베리아의 밤이 덮이고 있다. 카타리나가 테이블 옆으로 다가와 섰다. 앞쪽이 아니라 옆이다. 카타리나한테서 옅은 향내가 맡아졌다. 향수와 체취가 섞인 이 냄새는 색향(色香)이다. 숨을 깊게 마신 서동수가 손을 뻗어 카타리나의 스커트 밑의 허벅지를 쓸었다. 카타리나가 짧게 웃더니 더 가깝게 다가섰다.

"이렇게 하시려고 그 말 하신 건가요?"

"널 부를 때부터 기분이 묘해졌어."

서동수의 손이 팬티 속으로 들어가 골짜기를 어루만졌다.

"이곳은 언제나 젖어 있구나."

"언제든지 준비가 되어 있다는 표시죠."

"요즘 러시아 분위기는 어때?"

"이쪽은 라진과 이바노프에게 일임한 상태입니다, 장관님."

그때 카타리나가 옅은 신음을 뱉었다.

서동수의 손가락이 동굴 안으로 들어갔기 때문이다. 다리를 비튼 카타리나가 허리를 서동수의 몸에 붙였다.

"장관님, 여기서 하실 건가요?"

"아니, 그렇게까지는 안 돼."

"그럼 서로 인내심 경쟁을 합니까?"

"라진의 동향은?"

"일주일 전 삼합회 부회장 왕춘과 한랜드 책임자 우장이 라진과 이바노프를 만났습니다."

"아무르 바에서 만났지?"

"네."

다시 카타리나가 신음했다. 이제는 서 있는 것도 힘든지 서동수의 의자 팔걸이에 엉덩이를 걸치고 있다. 스커트는 이미 걷어올려졌고 팬티는 무릎 밑으로 내려진 상태다.

"아악."

카타리나가 서동수의 상반신을 옆에서 안으며 신음했다. 서동수의 손가락이 이제는 더 깊게 움직이고 있다.

"무슨 내용이야?"

"구체적인 내용은 없는 것 같아요. 동맹 합의 같은 것이겠죠."

카타리나가 다리를 벌렸으므로 검은 숲과 선홍빛 골짜기가 다 드러났다. 거친 숨소리가 방을 울리고 있다.

"라진과 이바노프의 투자 비율은?"

"5대 5인데 라진이 리드하는 상황이죠."

카타리나가 머리를 숙이더니 서동수의 입술에 키스했다. 서동수가 카타리나의 혀를 빨고 나서 입을 떼었다.

"카짜, 앞으로 마피아와 삼합회, 야쿠자와 미국 마피아까지 낀 대리전이 일어난다."

"라진도 다 예상하고 있어요."

두 팔로 서동수의 목을 감싸 안은 카타리나가 허덕이며 말했다.

"라진은 3파전으로 예상하고 있었어요. 남북한 연합 세력까지 가담한 3파전.”

이미 카타리나의 동굴은 흠뻑 젖어 있었는데 숨소리가 거칠어서 마치 달리면서 이야기하는 것 같다. 카타리나는 수시로 라진의 사무실에도 들러 행정청의 정보를 전해주고 있는 것이다. 이른바 이중 스파이 역할인데 양측이 모두 그것을 안다. 머리를 끄덕인 서동수가 동굴에서 손을 떼고는 휴지를 뽑아 카타리나의 동굴을 꼼꼼하게 닦으면서 말했다.

“카짜, 너는 이 대리전의 승자가 누구일 것 같나?”

“당신.”

카타리나가 바로 서동수의 코를 손끝으로 쥐면서 말했다. 서동수는 카타리나가 라진에게도 같은 말을 했을지도 모른다는 생각을 했다. 카타리나는 라진의 애인도 되어 있기 때문이다.

김광도의 사업장은 하루가 다르게 늘어나서 이제는 식당과 주점이 7개, 모텔 3개, 여행사 1개, 직업소개소 1개다. 그리고 호텔 1곳이 건설 중이다. 대기업에 비교하면 몇 퍼센트도 안 되는 투자였지만 단순 노동력을 사용하는 업체가 대부분이어서 고용 인력이 600명 가깝게 되었다. 그래서 한시티 서남쪽에 직원용 숙소까지 갖춰 놓았는데 이곳을 ‘한강촌’이라고 이름 붙였다. 모두 한랜드 정부에서 지원해준 덕분이다. 오후 5시가 되었을 때 김광도가 실크로드의 사무실로 돌아왔다. 각 사업장을 돌아보고 온 것이다. 방한복을 벗은 김광도가 소파에 앉다가 머리를 들었다. 문에서 노크 소리가 들리더니 장현주가 들어섰기 때문이다. 김광도의 시선을 받은 장현주가 두 걸음쯤 앞에 서더니 말했다.

"말씀드릴 것이 있는데요."

지난번 이 사무실에서 장현주를 안고 나서 보름이 지났다. 그동안 김광도는 다시 가게에서 잤고, 장현주는 숙소로 돌아가서 자고 출근했다. 숨을 죽인 김광도에게 장현주가 말했다.

"아무래도 알고 계셔야 할 것 같아서요."

"……."

"북조선에서 보위부 체포반이 한랜드에 와 있거든요. 그들이 반역분자를 체포하고 있다는데요……."

"……."

"한랜드에 대한 반역분자이기도 하죠. 한랜드의 방침을 따르지 않고 한랜드에서 공산주의를 다시 시작하려고 시도했다니까요."

"……."

"모두 체포했답니다. 한랜드 내무부 당국의 협조를 받아서 거의 일망타진되다시피 했다는군요."

장현주가 조금 상기된 얼굴로 김광도를 보았다.

"그런데 주모자가 체포되지 않았어요. 한랜드에 파견된 총책이라는데요."

심호흡을 한 장현주가 시선을 준 채로 물었다.

"왜 그런지 모르세요?"

김광도가 대답 대신 시선을 내리고는 담배를 꺼내 입에 물었다. 한랜드의 클럽에서는 아직 금연구역이 없다. 불을 붙인 담배를 깊게 빨아들인 김광도가 앞쪽을 향해 길게 뿜었다. 연기가 가스 분무기처럼 앞으로 쏟아졌다.

"모르겠는데."

머리까지 기울인 김광도가 똑바로 장현주를 보았다.

"전혀."

그때 장현주가 어깨를 늘어뜨리면서 시선도 내렸다.

"그 주모자가 오늘 밤 한랜드를 떠날지도 모르겠어요."

"……."

"그 주모자의 꿈은 한랜드에서 이루지 못했지만 후회하지는 않을 것 같군요."

김광도가 다시 연기를 내뿜었을 때 장현주가 몸을 돌렸다. 문이 닫히는 소리가 나자 김광도는 담배를 재떨이에 비벼 끄고는 소파에 등을 붙였다.

"멋지구먼."

김광도가 벽을 바라보며 말했다.

"영화의 한 장면이야."

이제는 길게 숨을 앞쪽으로 뱉은 김광도가 말을 이었다.

"꿈같은 소리 하고 자빠졌네."

물론 대답 소리는 없고 김광도의 목소리가 높아졌다.

"만날 꿈이나 꾸다가 얼어 죽어라."

김광도는 입을 다물었다. 장현주의 체포를 막은 것이 김광도다. 그래서 보위부 체포반은 빙빙 돌다가 돌아가곤 했다. 입맛을 다신 김광도가 자리에서 일어섰다.

'유토피아'는 40피트 컨테이너를 18개 늘어놓은 나이트클럽으로 꽤 큰 업소 축에 든다. 오후 7시 반, 유토피아 안쪽 사장실 분위기는 무겁다. 상석에 앉은 대전 유성파 회장 박기호의 얼굴은 굳어졌고, 좌우에 늘어앉은 간부들도 모두 시선을 내리고 있다. 그동안 유성파는 한랜드에 쏟아붓듯이 투자를 해서 두 달간 룸살롱 4개, 식당 2개, 모텔 2개를 인수하거나 설립했다. 그러나 모텔 두 곳만 현상유지를 할 뿐 나머지는 적자 운영인 것이다. 특히 유토피아는 하루에 1,000만 원이 넘는 적자를 기록하고 있다. 그 원인은 단 하나, 김광도의 '한강그룹'이 운영하는 업소에 손님을 빼앗기기 때문이다. 방금 업무 보고를 끝냈는데 뚜렷한 해결책은 나오지 않았다. 이윽고 박기호가 입을 열었다.

"방법 없냐?"

잘못 말했다가는 재떨이나 물병이 날아가는 터라 모두 시선만 피하고 있다. 박기호의 숨결이 거칠어졌다. 그러나 따지고 보면 원인은 박기호 때문이다. 가게나 식당을 김광도의 업소 바로 옆에다 세우라고 했던 것이다. 김광도 업소 손님을 빼앗겠다는 의도였는데 지금은 박기호 소유의 업체들이 김광도 업체의 선전용 간판 노릇을 하는 꼴이 되었다. 박기호도 제 눈으로 보고 아연실색을 했다. 첫날에 유성파 종업원들은 손님을 끌어갔는데 둘째 날이 되었을 때 밖에 나온 종업원들은 혼비백산을 했다. 사내들 수백 명이 가게 앞을 가로막고 서 있었기 때문이다. 세어 보았더니 가게 한 곳당 50여 명씩 가로막아서 문도 보이지 않았고 덤빌 엄두도 못 내었다. 내무부 경찰에 신고를 했더니 와보고는 그냥 돌아가 버렸다. 별일 아니라는 것이다. 유성파 행동대는 합쳐서 100명도 안 되었는데 이쪽은 500명이 넘는 데다 모두 북한 출신이었다. 그때부터 유성파 가게는 물만 먹었고 지금도 가게 앞에는 북한 양아치들이 모여 있다. 박기호는 어금니를 물었다. 가게를 시작하기 전에 김광도를 찾아가 으스대면서 겁을 주었던 일을 생각할 때마다 관자놀이가 쑤신다. 그때 고문 유충섭이 말했다.

"회장님, 김광도는 한강회 회장입니다. 북한에서 온 밀입국자를 모두 장악하고 있어서 솔직히…."

박기호도 아는 사실이었으므로 유충섭의 목소리가 낮아졌다. 그러나 작심을 한 듯 말을 잇는다.

"저기, 김광도하고 화해를 하는 것이......, 허락하신다면 제가 가 보겠습니다만."

박기호가 눈만 치켜뜨고 있자 유충섭의 말이 빨라졌다.

"서로 공존하자고 제의하겠습니다. 예, 이대로 가면 서로…."

"서로?"

박기호가 말을 자르더니 얼굴을 일그러뜨리고 웃었다.

"야, 유 고문, 너 나를 얼라로 봐? 그놈이 협상을 할 것 같냐? 이대로 두 달, 아니 한 달만 가면 우린 문 닫아야 된다. 행정청 놈들도 모두 한강놈들 편이고 말이야. 그런데 서로라니?"

유충섭은 숨만 쉬었고 박기호의 목소리가 사무실을 울렸다.

"협상을 하려면 러시아 마피아 하고 해야 돼. 그래야 자존심도 세우고 조건도 좋아진다."

어깨를 부풀린 박기호가 전무 고복진을 보았다.

"고 전무, 네가 가라."

"예, 회장님. 가지요."

대답부터 한 고복진이 물었다.

"가서 뭐라고 할까요?"

"김광도의 한강을 같이 죽이자고 해. 그럼 알아듣고 조건을 내밀

거다."

버스가 멈춰섰으므로 장현주는 눈을 떴다. 이곳은 한시티를 벗어난 고속도로 휴게소. 불을 환하게 밝힌 휴게소 주차장에 관광버스가 여러 대 주차되었다. 오후 10시 반, 한시티를 8시에 출발했으니 2시간 반을 달려온 셈이다. 그때 버스 문이 열리더니 사내 두 명이 들어섰다. 방한복 가슴에 한랜드 마크가 붙어 있다. 내무부 소속 경찰이다. 버스 문이 다시 닫혔으므로 장현주의 심장 박동이 빨라졌다. 검문이다. 검문은 입국자 중심으로 했고 그것도 형식적이다. 이것은 특별한 경우가 된다. 버스 승객은 거의 러시아 관광객이었고, 중국인이 서너 명 섞였다. 그때 앞장선 경찰이 곧장 장현주에게 다가왔다. 시선이 마주친 후에 떨어지지 않는다. 경찰은 한국인 같다. 장현주 앞에 멈춰선 경찰이 무표정한 얼굴로 물었다. 한국말이다.

"장현주 씨죠?"

"네."

"같이 가시죠. 짐은 어디 있습니까?"

"왜 그러시는데요?"

"체포되신 것입니다. 죄명은 내란선동…."

장현주가 숨을 들이켰을 때 경찰의 말이 이어졌다.

"마약 공급 혐의도 있습니다. 마약 도매상 역할을 하셨더군요."

버스 안의 시선이 모두 모였고 주위는 조용하다. 뒤쪽 경찰은 러시아인이다. 무심한 표정으로 주위를 두리번거리고 있다. 그때 장현주가 자리에서 일어서자 경찰이 한 걸음 물러섰다.

"밖에 순찰차가 있습니다."

밖의 순찰차에는 한 사내가 앉아서 기다리고 있었는데 장현주가 옆자리에 앉았어도 눈만 껌벅이며 바라만 보았다. 순찰차는 곧 휴게소에서 유턴하더니 한시티를 향해 달려가기 시작했다. 앞자리에 탄 경찰 둘도 입을 열지 않았으므로 차 안은 엔진 소리만 울리고 있다. 옆자리의 사내는 40대 중반쯤 되었다. 거친 피부, 납작한 코에 눈이 가늘다. 어둠을 뚫고 순찰차는 속력을 내어 달려가고 있다. 한랜드 감옥에 갇혔다가 북한으로 추방되면 바로 총살될 것이다. 공개 총살될 가능성이 많다. 그랬으면 좋겠다. 관중이 많은 곳에서 총살되면 두려움이 적어진다는 소문이 났다. 자신이 무대에 선 배우 느낌이 들기 때문이라는 것이다. 맞는 말이다. 우리는 배우다. 인생은 무대 위에서 일어나는 한 편의 연극. 그때 옆자리 사내가 말했다.

"난 보위부 체포반 반장 김태식이다."

숨이 막힌 장현주가 목만 벌렸다. 그러나 감히 머리를 돌려 사내 시선을 받지 못했다. 앞만 본 채 굳어 있다. 사내의 목소리가 차 안을 울렸다.

"너는 아는가? 이제는 한랜드가 북조선 인민들의 꿈이 되어 있다는 사실을?"

장현주는 몸이 공기를 뺀 비닐 풍선처럼 오그라드는 느낌을 받는다. 사내가 앞쪽을 향한 채로 말을 이었다.

"그래서 한랜드로의 탈북도 눈감아주고 있었던 것이다. 한랜드는 실패한 공산주의의 대안이나 같았다."

"……."

"그것이 지도자께서 심사숙고 끝에 내리신 결론이었다."

그때 김태식이 머리를 돌려 장현주를 보았다. 얼굴에 일그러진 웃음이 떠올라 있다.

“그런데도 실패한 공산주의를 다시 한랜드에 심으려고 하다니. 너희들 같은 족속 때문에 일본인한테서도 무시를 당하는 것이야.”

어깨를 부풀린 김태식이 한마디씩 씹어뱉듯이 말했다.

“너희의 더러운 피로 조국 땅을 더럽힐 수 없다. 이곳 동토의 거름이 되어라.”

순찰차가 멈춘 곳은 다음 휴게소 주차장이다. 한 시간쯤 달린 터라 밤 11시 반, 한시티는 한 시간 거리가 되었다.

“커피나 한잔 마십시다.”

앞쪽을 향해 말한 김태식이 문을 열다가 생각난 것처럼 장현주에게 말했다.

“따라와.”

차에 혼자 둘 수는 없을 것이다. 휴게소 식당은 늦은 시간이었기 때문인지 운전사로 보이는 손님이 드문드문 앉아 있을 뿐이다. 경찰들은 따로 자리 잡았고 김태식과 장현주는 구석 쪽 자리에 앉아 뜨거운 커피를 시켰다. 김태식은 그 후로 일절 말을 안 했는데 뭘 마실 거냐고 묻지도 않았다. 커피가 올 때까지 물끄러미 앞에 앉은 장현주의 가슴만 보았으므로 숨이 막힐 것 같았다. 뜨거운 커피를 한 모금 삼킨 김태식이 자리에서 일어서더니 옆쪽 통로로 나갔다. 화장실에 가는 것 같았다. 그제야 커피 잔을 든 장현주가 한 모금을 삼켰다. 맛있다. 설탕도 안 탄 커피가 이렇게 맛있다니. 곧 커피 맛을 보지 못할 운명이기 때문인가? 다시 한 모금을 삼킨 장현주의 눈이 뜨거워졌다. 평양에 남겨둔 어머니가 떠올랐기 때문이다. 함흥의 언니, 형부, 그리고 여섯 살짜리 조카 옥이, 모두 반역자 가족으로 총살형이 아니면 수용소행이다. 수용소는 더 참혹하다.

'차라리 죽는 것이 나은데, 미안합니다. 형부, 언니, 옥아, 그리고 어머니, 새 세상을 만들려고 했는데, 모두가 잘사는 세상….'

그때 앞쪽에 다시 김태식이 앉았으므로 장현주는 머리를 들었다. 그러고는 눈을 감았다가 떴다. 헛것이 보였기 때문이다. 김태식 대신으로 김광도가 앉아 있다. 그때 김태식이 말했다.

"벌써 영하 40도요. 오늘은 50도까지 내려가겠는데."

김광도다. 김광도가 말하고 있다. 숨을 들이마신 장현주가 주위를 둘러보았을 때 김광도가 말을 이었다.

"나한테 인계하고 갔습니다."

김광도가 김태식이 마시다 만 커피 잔을 들고 한 모금을 마셨다. 그러고는 이맛살을 찌푸렸다.

"커피 맛이 형편없군, 신고해야겠어."

"……."

"보릿가루를 볶아서 만든 것 같은데."

머리를 든 김광도가 장현주를 보았다.

"자, 갑시다. 여기서 두 시간이나 기다리고 있었어요."

잠시 후에 장현주는 김광도와 대형 승용차 뒷좌석에 앉아 한랜드로 달려가고 있다. 운전사는 러시아인 직원 유리, 한국말을 모른다. 이제는 김광도가 김태식처럼 입을 꾹 다물고 있었지만 장현주는 그것이 더 편안했다. 문득 소리 내서 웃고 싶은 충동이 일어나더니 눈에서 눈물이 흘러내렸으므로 서둘러 창 쪽으로 머리를 돌렸다. 검은 유리창이 거울 역할을 해서 김광도의 옆모습이 비쳤다. 김광도는 앞쪽을 응시하고 있었는데 턱을 조금 들었지만 입술은 굳게 다물어져 있다. 손끝으로 눈물을 닦은 장현주가 다시 바로 앉았을 때 김광도가 말했다.

"내가 김태식 씨한테 평양에 계신 당신 어머니하고 함흥의 언니 가족을 한랜드로 모셔다 달라고 부탁했습니다."

숨을 들이마신 장현주가 몸을 굳혔고 김광도의 말이 이어졌다.

"보고하겠다고 했습니다. 뭐, 벗은 김에 오입한다고 한꺼번에 처리해야지요."

"……."

"당신 가족이 북한에서 제대로 살기는 어려울 테니까."

그리고 김광도가 좌석에 등을 붙이고 앉더니 긴 숨을 뱉었다.

"이제 다 끝났으니까 가족이 오고 나서 나하고 이혼하든지 말든지 해요."

밤 12시, 아무르 바 안쪽 사무실에 사내 여섯 명이 둘러앉아 있다. 상석에는 러시아 마피아의 터줏대감 행세를 하는 라진, 왼쪽에는 아무르 바 사장 마르비와 라진의 심복 노보스키가 앉았고, 그 앞쪽에 대전 유성파의 전무 고복진과 조상규, 통역 빅토르 안이 자리 잡았다. 라진은 보드카에 적당히 취한 상태인데, 고복진과 약속을 11시에 했지만 한 시간을 기다리게 한 후에 방금 불러들였다. 라진이 웃음 띤 얼굴로 고복진을 보았다.

"상의할 것이 있다고 했는데 무슨 일이오?"

통역을 들은 고복진이 바로 대답했다.

"예, 저희 보스의 지시를 받고 왔습니다만 러시아와 동맹을 맺고 싶

습니다."

"동맹?"

빅토르 안에게서 시선을 뗀 라진이 이를 드러내고 웃었다. 라진의 시선을 받은 마르비는 따라 웃었지만 노보스키는 외면했다. 곧 라진이 웃는 얼굴로 말을 이었다.

"어떤 동맹을 말하시오?"

"예, 미·일의 마피아-야쿠자 연합세력, 그리고 김광도의 세력에 대비하기 위한 동맹입니다."

"방금 김광도의 세력이라고 했소?"

"그렇습니다."

"김광도가 한랜드 정부의 지원을 받고 있다는 것을 알고 있지요?"

"압니다."

"내가 알기로는 한국에서 서울 강남의 거대 조직이 곧 자리를 잡을 것 같은데 우리가 당신들하고 서둘러 동맹을 맺어야 할 이유가 있어야겠소."

이것이 핵심이다. 통역하기 쉽도록 한마디씩 분명하게 말했던 라진이 곧 답변을 듣는다.

"김광도의 방해로 영업이 안 됩니다. 우리 업체의 지분을 드릴 테니까 러시아에서 보호해 주십시오."

작정하고 왔기 때문에 고복진도 가감 없이 말하자 라진의 얼굴에서 웃음기가 지워졌다. 이건 동맹이 아니라 수하가 되겠다는 말이다. 앉아서 보호비만 받게 되었다. 라진이 물었다.

"보호비는?"

"영업이익의 10퍼센트."

"20퍼센트는 받아야 하겠는데. 인건비가 많이 나가."

"우리 보스는 15퍼센트가 넘으면 차라리 업체 문을 닫겠다고 했습니다."

"좋아, 그럼 15퍼센트."

의자에 등을 붙인 라진이 다시 얼굴을 펴고 웃었다.

"계약서에 사인한 날부터 업체에 손님이 쏟아지게 만들어 드리지."

"감사합니다."

"우리가 중국 측하고 연대한 사실을 알고 있지요?"

"알고 있습니다."

"강남의 조직에 대해서 잘 알고 있지요?"

"예, 라진 씨."

"그 규모가 어느 정도일 것 같소?"

"그것이…."

고복진은 심호흡부터 했다. 한국 최대 조직인 강남의 신한국파는 한랜드에 전력투구하기로 내부 총회의 의결을 받았다. 신한국파는 12개 지역 조직의 연합체 형식인데, 말이 강남의 신한국파지 본부만 강남에 있을 뿐 부산, 대구, 전주, 광주, 서울, 대전, 인천 세력 등을 규합한 연합조직이다. 현재 신한국파 회장은 서울 강남회 회장인 백기종인데, 강남건설 회장이기도 하다. 고복진이 말했다.

"저희보다 10배는 클 겁니다."

그래서 러시아 마피아와 붙은 것이다.

유성파는 신한국파에 끼지 못했다. 라이벌인 대전파가 선수를 쳤기 때문이다. 라진이 건성으로 머리를 끄덕였다.

"유성파가 러시아 마피아와 연합한 것 같습니다."

안종관이 말하자 서동수의 얼굴에 웃음이 떠올랐다. 인천으로 날아가는 전용기 안이다. 오전 9시 반, 전용기는 하얗게 눈이 덮인 한랜드 상공을 지나고 있다.

"김광도에게 밀리다가 러시아의 보호를 받으려는 것입니다."

"약육강식의 세상이야."

서동수가 앞에 앉은 안종관과 유병선을 번갈아 봤다.

"곧 강남 신한국파가 대거 밀려올 테니 절박하겠지."

"한랜드의 밤 세계도 세계 강국의 각축장이 되겠습니다."

유병선이 거들었다.

"그곳에 김광도의 남북한 연합이 포함돼 있는 셈이군요."

그러더니 유병선이 안종관에게 물었다.

"그럼 강남 신한국파는 어떻게 됩니까?"

"유성파는 재빠르게 러시아·중국 측에 가담했습니다. 보호를 받는 조건으로 가담했겠지요."

안종관이 말을 이었다.

"강남 신한국파는 규모가 크지만 연합 세력과 비교하면 열세지요."

그때 서동수가 말을 받았다.

"아직 김광도의 세력은 진정한 남북한 연합이 아냐. 남한 출신 김광도 휘하에 북한 용병단이 모여 있을 뿐이지."

머리를 끄덕인 안종관이 말을 받는다.

"김광도의 한강회에 신한국파가 합세하면 남북한 연합이 되겠지요."

"누가 연합체 보스가 되는 것이 낫겠습니까?"

다시 유병선이 묻자 안종관이 웃었다.

"마치 외우기 시험 연습하는 것 같군요. 당연히 김광도가 보스가 돼서 남북한 연합체의 열정을 불러일으켜야지요."

"그리고 세탁도 하고."

서동수가 마지막 결론을 내자 둘은 머리를 끄덕였다. 그때 노크 소리가 들리더니 문이 열리고 카타리나가 들어섰다. 머리를 숙여 보인 카타리나가 옆쪽 의자에 앉아 서류를 폈다.

"장관님, 푸틴이 한랜드 자치국 법안을 통과시킨다고 합니다."

약속이 돼 있는 사항이었지만 서동수가 머리를 끄덕였고 유병선과 안종관의 표정도 밝아졌다. 그렇게 되면 러시아연방에 포함되기는 해도 준독립국 체제를 갖추는 것이다. 서동수의 계획대로 진행되는 셈이다. 카타리나가 말을 이었다.

"한랜드의 영향으로 사하공화국, 시베리아연방관구의 인구가 1년 반 동안에 600만 명이 늘어났고 경제성장이 2.3% 증가했습니다. 1인당 소득이 2년 전 기준으로 53% 상승했습니다."

서류를 덮은 카타리나의 눈동자가 반짝였고 얼굴은 상기됐다.

"한랜드가 푸틴 대통령의 업적에 들어갈 것입니다."

유병선이 말하자 안종관이 맞장구를 쳤다.

"그렇죠. 한국처럼 임기가 5년이었다면 이런 업적은 이룰 수 없었을 것입니다."

뜬금없는 비유처럼 들렸지만 다시 생각하자 일리 있는 말이었다. 푸틴은 2012년 6년 임기의 대통령이 됐지만 재선될 수 있다. 서동수가 카타리나에게 말했다.

"푸틴 대통령께 한랜드를 방문해 달라고 연락해. 언제든지 좋다고."

"예, 장관님."

서동수의 시선이 유병선에게 옮아갔다.

"한시티 북쪽 경관 좋은 곳에 푸틴 별장을 하나 세우도록. 내가 자금을 댈 테니까, 건설회사는 경성건설로 하지."

"예, 장관님."

유병선이 기운차게 대답했다. 경성건설은 한수정의 회사다.

이태원의 요정 아성은 20여 년 전부터 서동수의 단골이었던 곳이다. 그러나 기약 없이 들르는 터라 올 때마다 새 파트너가 옆에 앉는다. 세월 따라 꽃이 지고 피는 것 같다. 주인도 바뀌었고 마담은 세 번째가 된다. 오늘 방에 마주 앉은 서동수와 고교 동창 강정만도 이제는 반백의 중년이다. 어렸을 때 아무리 친했다고 해도 성장하면서 생활환경이 달라지면 소원해지는 법이다. 제각기 바쁜 생활에 쫓기면서 환경이 다른 친구까지 챙기는 건 어렵다. 그런 면에서 강정만은 어렸을 때부터 지금까지 계속해서 만나온 친구에 속한다. 강정만은 이제 건설회사 사장이 되었다. 도급 순위 100위 안에 겨우 들었지만 제 회사인 것이다. 서동수가 신의주 장관이었을 때 회사 기반을 굳히더니 한랜드 장관이 되고 나서 공사를 여러 개 수주했다. 서동수한테 폐를 끼치지도 않았지만 그렇다고 모른 척하는 인간도 아니다. 적절하게 서동수와의 인연을 이용하고는 있다. 오후 8시 반, 아성의 방에서 서동수와 강정만이 마주앉아 있다. 서울에 있던 강정만이 먼저 와서 서동수를 맞은 것이다. 자리에 앉은 서동수가 방 안을 둘러보며 감개가 어린 표정으로 말했다.

"여긴 10년이 지나도 분위기가 변함이 없구먼."

"10년이 뭐냐? 20년이다."

쓴웃음을 지은 강정만이 말을 이었다.

"네가 거쳐 간 파트너만 모아도 선거운동원은 충분할 거다."

"갑자기 웬 선거운동원?"

"연방대통령 선거가 2년 남았어."

그때 문이 열리더니 마담이 아가씨 둘을 데리고 들어왔다. 강정만이 미리 손을 쓴 터라 둘 다 저절로 탄성이 나올 정도의 미인이다. 곧 술상이 들어오더니 방 안에 넷이 남았을 때 아가씨들이 제각기 인사를 했다. 서동수의 파트너는 김수정, 28세라고 했다. 술잔을 든 서동수가 강정만을 보았다. 오늘 만남은 서동수가 강정만을 불러낸 것이다.

"요즘 한국은 어떠냐?"

"개판이지."

기다렸다는 듯이 강정만이 말했다. 한 모금에 소주를 삼킨 강정만이 심호흡을 한 뒤 말을 이었다.

"청와대가 가만있으니까 연방대통령 후보가 현재 다섯 명이 나와 있어. 그리고 아마 올해 안에 다섯 명쯤 더 나올 거야."

서동수는 한 모금 소주를 삼키고 잔을 내려놓았다. 작년에 신의주 장관으로 국무총리를 지낸 조수만이 임명되었다. 조수만은 68세로 덕망이 있는 인물이다. 지도자를 크게 나누면 개척형, 안정형으로 나뉘는데 서동수가 개척형이 될 것이고, 조수만은 안정형이다. 서동수는 조수만이 신의주 장관으로 적임이라고 생각했다. 이제 신의주는 자신이 벌여놓은 사업을 수습, 안정, 발전시켜 나가는 과정이 필요한 것이다. 만일 거꾸로 신의주 개척 시에 조수만이 임명되었다면 결과는 달라졌을 것이다.

"야단났군."

입맛을 다신 서동수가 말을 이었다.

"나, 실은 대통령이 만나자고 해서 온 거다. 내일 저녁에 만나기로 했다."

"그렇다면……."

숨을 들이켠 강정만의 시선이 아가씨들을 스치고 지나갔다.

"얘들 잠깐 내보낼까?"

"아니, 됐다. 그 이야기는 그만두자."

서동수가 김수정의 허리를 당겨 안으면서 말했다. 한국 대통령 한대성이 췌장암에 걸렸다는 소문이 난 것은 반년쯤 되었다. SNS에서 퍼진 소문이 근래에 번지면서 자천타천으로 연방대통령 후보가 우후죽순처럼 등장했다. 개판이 맞다.

"여기 나온 지 얼마나 되었어?"

서동수가 묻자 김수정이 시선을 주었다. 검은 눈동자가 또렷했고 딱 다물려 졌던 입술이 열렸다.

"네, 3년 되었어요."

"너 정도의 인물이면 단골이 좀 있겠다, 그렇지?"

"네."

"자기도 했고, 그렇지?"

"네."

머리를 끄덕인 서동수가 술잔을 들었다. 강정만은 제 파트너하고 얼굴을 붙인 채 소곤대는 중이었는데 손 하나가 치마 속으로 들어가 있다.

"장관님은 애인이 많으시죠?"

불쑥 김수정이 물었으므로 서동수의 얼굴에 웃음이 떠올랐다.

"그럼 맞지. SNS에 소문이 났지?"

"그럼요."

여전히 차분한 얼굴로 김수정이 말을 이었다.

"요즘은 카타리나 조회 수가 많아요."

"전에는?"

"비서 전영주 씨요."

"또 있었어?"

"신의주에 계실 때는 더 많았는데 한랜드로 가시고 나서 좀 뜸해졌어요."

"왜 그러지?"

"추운 데라 장관님을 자주 뵐 수 없어서 그런가 봐요."

서동수가 얼굴을 펴고 웃었다. 거침없이 대답하지만 거슬리지가 않는다. 그것은 분위기를 이끄는 기술일 것이다. 서동수가 김수정의 허리를 당겨 안았다. 연한 향내가 맡아졌고 치마 밑으로 말랑한 허릿살이 잡혔다.

"어떠냐? 나에 대한 소문은?"

"전 좋아요. 다른 사람은 모르지만."

"이유는?"

"인간적이시거든요."

"속물이란 말이군."

"요즘은 권위적인 지도자 안 통해요."

"네 위주로 말하지 마라."

"제 주변도 다 그렇습니다."

"속물이 낫단 말인가?"

"정직한 사람이요."

"정치인이 그러면 바보가 될 텐데."

"요즘은 달라졌다니까요?"

대화가 빠르다. 김수정이 제 생각을 바로 말한다는 증거 같다. 이윽고 숨을 길게 뱉은 서동수가 김수정의 귀에 입을 가깝게 붙였다. 도톰하고 잘생긴 귀다.

"어떠냐? 오늘 밤?"

"좋아요."

"너도 SNS에 오를까?"

"그럴 리가요."

눈을 흘긴 김수정의 얼굴에 교태가 덮여 있었으므로 서동수는 목구멍이 좁혀지는 느낌을 받는다. 내일 저녁에 대통령 한대성이 자신의 의중을 털어놓을지 모른다. 한대성의 췌장암은 극비 사항이었지만 안종관은 확실한 것 같다고 보고했다. 그러면 대통령 임기도 마치지 못하고 사망할 수도 있는 것이다. 병마는 대통령이라고 비껴가지 않는다. 아직 언론이나 정치권도 공식적으로 떠들어대지 않았어도 2년이나 남은 연방대통령 후보로 너도나도 나서는 것으로 혼란은 이미 시작되었다. 이윽고 서동수가 머리를 들고 강정만을 보았다.

"야, 가자."

"응? 벌써?"

강정만이 파트너한테서 떨어지더니 손목시계를 보는 시늉을 했다. 아직 10시도 되지 않았다.

"나, 이차 나갈 테니까."

서동수가 눈으로 김수정을 가리켰다.

"다 네 덕분이다."

"아, 그렇다면야 빨리 나가야지."

강정만이 서둘러 일어섰다. 준비시키려는 것이다.

김수정의 몸은 부드럽고 탄력이 강했다. 서동수의 애무를 적극적으로 받아들이면서 거침없이 반응했는데 조금도 꾸미지 않았다. 성북동의 안가 2층 침실에서 두 알몸이 엉켜 있다.

"수정이 멋지구나."

마침내 서동수가 감탄했다. 탄성이나 마찬가지다. 서동수의 손이 허벅지 안쪽을 애무하다가 김수정이 다리를 딱 붙이는 바람에 잡힌 상황이다. 김수정이 가쁜 숨을 뱉으며 말했다.

"거기가 제 성감대거든요."

"다 그런 것 같은데."

"무릎 뒤도 그래요."

김수정이 다리를 열더니 서동수의 남성을 두 손으로 감싸 쥐었다.

"해드려요?"

"아니, 됐다."

"저는 해주세요."

턱을 치켜든 김수정의 목구멍에서 신음이 터졌다. 방 안의 불을 켜 놓아서 김수정의 꿈틀거리는 팔다리가 다 드러났다. 서동수가 입술로 김수정의 젖꼭지를 애무했다. 탱탱하게 곤두선 젖꼭지는 굴러 떨어질 것 같다.

"아, 좋아요."

김수정이 소리치듯 말했을 때 서동수의 입술이 아랫배로 내려왔다. 침대가 출렁거렸고 김수정의 두 다리가 서동수의 상반신을 감았다가 풀었다. 김수정의 입에서 탄성이 이어졌다.

"조금만 더요."

서동수의 머리칼을 움켜쥐면서 김수정이 소리쳤다. 방 안은 열기로 덮이고 있다. 이제 김수정이 서동수의 어깨를 잡고 끌어 올리려는 시늉을 한다. 서동수의 머리가 김수정의 골짜기에 박혀 있었기 때문이다. 김수정이 허리를 와락 추켜올렸다가 내리기를 반복하면서 신음은 더 높아졌다.

"이제 그만."

김수정이 소리쳤다.

"빨리."

서동수는 서둘지 않았다. 이번 한국 방문은 대통령 한대성이 한랜드와의 경제협력에 대한 상의를 하자면서 초청한 것이다. 그러나 내일 다른 이야기를 할 가능성이 많다.

"아유, 나 죽어."

마침내 김수정이 애무만으로 절정에 오르고 있다. 김수정은 빨리 그리고 강하게 달아오르는 몸이었다. 남자들은 그런 몸을 좋아하는 것이다. 곧 김수정의 악문 잇새로 긴 신음이 들리더니 두 다리가 서동수의 머리통을 빈틈없이 깍지 끼듯 조였다. 절정이다. 나는 한랜드를 떠날 수 없다. 김수정의 몸에 묻힌 채 서동수가 다짐했다. 나는 한랜드에 올인하고 있는 상황이다. 한랜드를 새로운 한국으로 만드는 것이다. 그때 김수정이 사지를 늘어뜨리면서 신음했다. 거친 호흡에 쇳소리가 섞여 있다. 머리를 든 서동수는 상반신을 일으켜 김수정의 입술에 가볍게 입을 맞췄다. 초점을 잃은 눈을 깜박이던 김수정이 손을 들어 서동수의 어깨를 잡았다. 다음 행동을 기다리는 것이다. 자세를 잡은 서동수가 거침없이 김수정의 몸 안으로 진입했다. 김수정이 입을 딱 벌리면서 커다랗게 숨을 들이켰다. 다시 방 안에 신음이 이어지기 시작했다. 한랜드는 지금이 가장 중요한 시기다. 해외에서 투자가 쏟아지고 있는 상황이다. 특히 세계 각국에서 밀려들어오는 검은돈을 양지로 옮겨줘야만 한다. 그때 김수정이 다시 절정에 오르기 시작했다. 이번은 더 크고 더 거칠었지만 서동수와 호흡이 맞는다. 김수정의 몸은 땀으로 젖었고 상기된 얼굴에도 땀이 번들거리고 있다. 서동수는 다시 김수정의 입을 맞췄다. 아름답다.

다음 날 오후 7시 반, 서동수는 청와대 대통령 관저의 식당에서 대통령 한대성, 비서실장 양용식과 셋이 저녁 식사를 한다. 한대성은 시종 웃음 띤 얼굴로 대화를 이끌었고 양용식도 밝은 표정이다. 메뉴는 된장국에 겉절이 김치, 조기구이와 나물 두 가지인 간소한 차림이었지만 한대성은 밥 한 그릇을 다 비웠다. 긴장한 서동수가 삼분의 일쯤 밥을 남겼다. 식사를 마친 셋이 응접실로 자리를 옮겨 커피를 마실 때다. 느긋한 표정으로 소파에 등을 붙이고 앉은 한대성이 서동수를 보았다.

"한랜드에 투자 이민이 증가하고 있지요?"

"예, 대통령님."

커피 잔을 내려놓은 서동수가 다음 말을 기다렸다. 양용식은 손에 쥔 커피 잔을 내려다보고만 있다.

"한랜드가 연방자치국이 되면 한민족의 시베리아 진출이 완성되겠군요."

한대성의 눈동자에 초점이 멀어진다. 서동수 뒤쪽을 보는 것 같다. 시베리아 진출에 이어서 유라시아다. 국경을 넘은 민족의 대이동이다. 반도에만 박혀 있던 한민족의 대륙진출, 민족의 영향력으로 국경을 덮는다. 그때 한대성의 눈동자에 초점이 잡혔다.

"내 소문 들으셨지요?"

"예, 대통령님."

양용식이 커피 잔을 내려놓았고 한대성의 말이 이어졌다.

"그거, 사실입니다."

"……."

"언론도 알고 있어요. 국가를 위해서 보도 자제 요청을 받아들이고 있지요. 아마 외국 정보기관도 다 알고 있을 겁니다."

"……."

"며칠 전에는 김동일 위원장한테서 연락이 왔더군요. 괜찮으냐고 묻던데 그 말을 듣고 목이 메었습니다. 한민족의 장래를 걱정하는 진심이 느껴져서요."

"……."

"연방대통령 후보로 나서는 사람들, 기회주의자가 아닙니다. 충격을 완화시키기 위해서 우리가 조장을 한 점도 있어요."

조금 놀란 서동수의 시선이 양용식에게 옮겨졌다. 양용식이 잠자코 머리만 끄덕여 보였고 한대성의 말이 이어졌다.

"곧 내 병세를 발표해야 될 것 같습니다. 그러고는 수습을 해야겠지요. 나는 6개월 정도 살 수 있다는데 적어도 5개월 안에 사임, 후임 대통령선거, 연방대통령 후보 선정까지를 결정할 겁니다."

말을 그친 한대성이 소파에 등을 붙였을 때 양용식이 입을 열었다.

"앞으로 2년이 한민족 역사상 가장 중요한 시기라는 생각이 듭니다. 이번에 단추를 잘못 끼우면 하늘이 주신 기회가 날아가게 될 것입니다."

다시 서동수는 시선만 주었고 양용식이 말을 이었다.

"대통령께선 후임자로 서 장관을 바라고 계십니다. 연방대통령도 마찬가지고요."

서동수가 숨을 들이켰다. 예상은 했어도 충격이다. 사양할 이유도 머릿속에 넣고 왔으므로 막 입을 열었을 때 양용식이 서두르듯 말했다.

"사양하실 것도 예상하고 있습니다. 하지만 한반도에 단추가 잘못 끼워지면 한랜드도 붕괴됩니다. 고립된 땅이 될 겁니다. 요즘 어떤 상황인지 아십니까? 이제는 종북 세력 대신 신(新)민주 세력이 급속하게 결집하고 있습니다. 기반을 잃었던 반정부 세력이 북한의 신공산당 세력과 합세하여 한국 대통령, 연방 대통령까지 기획하고 있단 말입니다."

문득 서동수의 머릿속에 김광도의 부인 장현주의 얼굴이 떠올랐다. 그렇다. 70년간 뿌리를 박았던 조직이다. 그들에게도 천재일우의 기회가 될 수 있을 것이다.

평양으로 날아가는 전용기 안이다. 오전 9시 반, 비행기가 순항고도에 닿더니 멈춘 것처럼 떠 있을 때 서동수의 방 안으로 유병선과 안종관이 들어섰다. 둘은 서동수의 심복이라기보다 조언자 또는 동료의 역할을 한다. 외부 정보를 가감 없이 전달하고 모르는 부분은 즉시 전문가에게 연결시켜 줌으로써 서동수의 결단을 돕는 역할이다. 둘이 정색하고 앞쪽에 앉은 것은 어젯밤 한대성과의 회동 결과를 아직 듣지 못했기 때문이다.

둘은 어젯밤 제각기 맡은 일이 있었던 것이다. 서동수가 입을 열었다.

"대통령이 사임 발표를 하고 조수만 씨를 후임 대통령 후보로 지원하기로 했어."

둘은 시선만 주었고 서동수의 말이 이어졌다.

"내가 사양했지만 연방대통령 후보로 나갈 것을 받아들였어. 조 장관은 한국대통령 임기만 마치고 연방대통령 선거를 공정하게 치르는 역할을 할 거야."

그리고 조수만은 연방 대통령 체제 하에서 한국 측 총리를 맡게 될 것이다.

"잘하셨습니다."

안종관이 말하더니 어깨를 늘어뜨렸다. 긴장이 풀린 것 같다.

"실장님하고 혹시 제의를 거절하시지나 않을까 걱정했습니다만 역시……."

"아니, 내가 받아들일 줄 예상하고 있었던 것 같군."

"책임이 큰일이니까요."

유병선이 대신 대답했다.

"그래서 걱정은 했지만 결국은 받아들이실 것으로 예상했습니다."

"김 위원장 생각은 어떠실까?"

서동수가 묻자 둘이 서로의 얼굴을 보았다. 지금 그것 때문에 전용기가 평양으로 날아가고 있는 것이다. 본래의 계획은 한대성이 한국대통령 신분에서 연방대통령 후보로 선출되어 북한의 김동일과 선거를 치르기로 되어 있었기 때문이다. 유병선이 대답했다.

"오히려 더 반가워하실 것 같은데요? 선거에 져도 결과를 기껍게 받아들이시지 않겠습니까? 두 분의 친분도 깊고……."

"제 생각은 다릅니다."

정색한 안종관이 말을 이었다.

"위원장님 측근 입장에서 보면 상대가 장관님이어서 마음껏 선거 전략을 쓰기가 부담이 될 것입니다. 그래서 측근들이 불편할 것 같습니다."

서동수는 잠자코 머리만 끄덕였다. 한대성의 건강을 걱정해 줄 만큼 마음을 비우고 있는 김동일이다. 서동수는 문득 김동일이 연방대통령이 되어도 한반도와 한랜드의 발전에 큰 영향은 오지 않을 것 같다는 생각을 했다. 평양 공항에는 외교부장 양만철이 마중 나와 있었는데 서동수와 함께 차에 오르고 나서 말했다.

"위원장 동지께서 오늘 저녁 7시에 초대소로 오시겠다고 합니다."

상반신을 반듯이 세운 양만철이 말을 이었다.

"위원장 동지께서는 지금 원산에 계십니다. 그동안 장관께선 초대소에서 쉬시지요."

"어느 초대소로 갑니까?"

서동수가 묻자 양만철의 주름진 눈꺼풀이 몰려졌다.

"예? 저기 제3초대소입니다만……."

"지난번에 묵었던 곳인가요?"

그렇게 물었던 서동수는 그동안 묵었던 초대소가 여럿이라는 것을 깨달았다. 서동수가 양만철을 보았다.

"제 당번을 맡았던 하성숙이란 여성 동무가 있습니다. 평양 악극단에서 무용을 한다고 들었는데."

"아, 예."

크게 머리를 끄덕인 양만철이 핸드폰을 꺼내 들었으므로 서동수는 깊게 숨을 들이켰다. 여자 이름은 잊어먹지 않는다.

대동강 변의 초대소는 처음 와보는 곳이었다. 초대소에서 양만철과 점심을 먹은 서동수가 방에 돌아와 휴식을 취했다. 북한은 신의주특구가 발전되면서 경제가 살아났고 소득이 높아졌다. 암시장이 불 번지는 것처럼 일어났는데 한국산 밀수품이 신의주를 통해 쏟아져 들어왔기 때문이다. 당국은 전처럼 가혹하게 억제를 하지 않았으므로 북한 정부는 통제력을 상실한 대신 서민 경제가 살아났다. 이제 휴전선에서의 긴장감은 거의 사라졌고, 핵 협상은 유야무야되었다. 북한은 핵을 쓰지 않겠다고 공언했는데 폐기는 미루었다. 미·일·중 3국이 끈질기게 압박을 했지만 정작 북한 핵의 대상국이었던 한국 정부가 두둔하고 있었기 때문이다. 이유는 뻔했다. 남북한 연방이 핵을 보유하려는 것이다. 국가 간의 모든 이해관계도 개인과 다르지 않다. 이익이 되면 감싸고 해가 되면 없앤다. 그래서 어제의 친구가 오늘은 적이 되고 그 반대의 경우도 생기는 것이다. 국가의 이름으로 배신과 위약(違約)이 더 뻔뻔해진다. 소파에 눕듯이 앉아 깜박 잠이 들었던 서동수가 노크 소리에 깨어났다. 응답을 했더니 곧 문이 열리면서 한복 차림의 여자가 들어섰다. 여자를 본 서동수가 빙긋 웃었다. 하성숙이었기 때문이다. 양만철이 연락을 하더니 이제야 도착한 것 같다. 시선을 받은 하성숙이 눈을 크게 뜨더니 머리를 숙여 인사를 했다. 한 손으로 입을 가렸는데 얼굴이 상기되었다.

"오랜만이야. 지금도 그 초대소에 있었던 거야?"

서동수가 묻자 하성숙이 다가와 두 걸음 거리에서 대답했다.

"아닙니다. 집에 돌아가 있다가 불려 온 길입니다."

"그랬구나. 어쨌든 반가워."

"저도 반갑습니다."

"여기 앉아."

서동수가 옆자리를 가리켰다.

"내가 보고 싶다고 불러 달랬어."

"들었습니다."

하성숙이 조심스럽게 옆자리에 앉았다. 급하게 왔는지 긴 머리는 뒤로 묶었는데 진주색 한복 저고리에 무릎 밑까지 내려온 검정 치마를 입었고 단화 차림이다. 화장기가 없는 얼굴이 신선하게 느껴졌다. 곧 안정이 되었는지 하성숙이 머리를 돌려 서동수를 보았다.

"찾아주셔서 고맙습니다, 장관 동지."

"아직도 한랜드에 가고 싶어?"

서동수가 묻자 하성숙이 먼저 머리부터 끄덕였다.

"예, 그곳에서 식당을 하고 싶어요."

"참, 베트남에서 식당 일도 했다고 그랬지?"

"네, 3년 있는 동안 주방일, 영업까지 익혔거든요. 베이징 주재 대사관에서는 식당 관리 부주임이었습니다."

"한랜드에서 식당을 차리려면 몇 만 달러가 있어야 할 텐데."

"돈은 있습니다. 돈을 갖고 나갈 수만 있으면 됩니다."

하성숙의 두 눈에 열기가 띠어졌으므로 서동수가 웃었다. 투자자를 만났다.

"누구하고 나갈 거야?"

"오빠하고 어머니하고 저하고……."

입안의 침을 삼킨 하성숙이 말을 이었다.

"포병대 상위인 오빠는 올케하고 열 살짜리 딸이 하나 있습니다. 세 식구죠. 오빠 가족하고 어머니, 저까지 다섯 식구인데요."

하성숙의 목소리가 떨렸다.

"어머니, 올케 음식 솜씨도 좋습니다. 그리고 오빠가 모은 돈까지 합하면 10만 달러 정도는 됩니다."

보고 싶어서 불렀는데 투자자를 만난 셈이다.

오후 7시 반, 서동수가 초대소로 찾아온 김동일과 저녁 식사를 한다. 식당의 원탁에는 둘이 앉았다. 시중을 드는 직원들도 멀찍이 떨어져서 다가오지 않는다. 서동수가 먼저 입을 열었다.

"한 대통령께선 췌장암이라고 하셨습니다. 생존기간은 6개월, 5개월 내에 대통령 선거를 끝내고 물러나신다고 합니다."

식사가 거의 끝났을 때 서동수가 말했다. 김동일은 시선만 주었고 서동수가 말을 이었다.

"대통령으로 지금 신의주 장관 조수만 씨를 지원할 것 같습니다."

김동일이 머리를 끄덕였다.

"그분, 무난하지요. 대통령에 당선되시겠군요."

"그럴 가능성이 많습니다."

물 잔을 든 김동일이 서동수를 보았다.

"그럼 연방대통령 후보로도 조수만 씨가 나옵니까?"

"대통령은 저에게 부탁하셨습니다."

"조수만 씨는요?"

"연방의 한국 총리를 맡게 되실 겁니다."

"그럼 연방대통령 선거에서는 형님과 내가 대결하게 되는 겁니까?"

김동일이 굳어진 얼굴로 물었지만 서동수는 웃었다.

"그렇게 될 것 같습니다."

"우리 참모들이 싫어하겠는데요."

"글쎄 말입니다."

그러자 이번에는 김동일이 빙긋 웃었다.

"정말입니다. 우리 당에서는 연방대통령 승리를 자신하고 있었거든요."

"어쩔 수 없이 승낙한 겁니다."

입맛을 다신 서동수가 물 잔을 들고 한 모금 마셨다.

"한 대통령이 갑자기 그렇게 되셔서 나라가 혼란에 빠질 것 같았습니다. 그래서……."

"그건 이해합니다."

자리에서 일어선 김동일이 옆쪽 소파로 다가갔고 서동수도 뒤를 따랐다. 소파에 앉은 김동일이 말을 잇는다.

"한 대통령의 병세는 알고 있었습니다. 그래서 문안 전화도 드렸지요."

한복 차림의 여직원이 인삼차가 담긴 잔을 내려놓고 소리 없이 물러갔다.

"괜찮다고, 고맙다고, 말씀하시더군요. 나는 솔직히 한 대통령을 연방대통령 선거에서 누를 자신이 있었지요."

한 모금 인삼차를 마신 김동일의 얼굴에 다시 웃음이 떠올랐다.

“한국 야당이 이미 은밀하게 우리 측과 접촉하고 있습니다. 한국의 야당 기반은 의외로 깊고 넓게 퍼져 있더군요.”

“…….”

“그것이 꼭 이념이나 정책 차이 때문이 아니었습니다. 무조건 현재의 여당, 대통령과 지도층이 싫다는 비율이 30퍼센트가 넘는다고 합니다.”

“…….”

“이 표가 다 우리한테 옵니다. 그리고 우리는 남한에서 연방대통령이 나오면 북한 주민은 종이 되어서 모든 것을 다 빼앗기고 끌려 다닌다는 선전 선동을 할 겁니다. 그럼 먹히게 되어 있어요.”

서동수가 입맛만 다셨고 김동일의 말이 이어졌다.

“그런데 형님이 후보로 나오시면 상황이 좀 달라지지요. 형님이 신의주를 개발한 분이란 말씀입니다. 그런 선전 선동이 먹히지 않을 거란 말입니다. 더구나 한랜드까지 개발하는 중이시니…….”

그러고는 김동일이 이맛살을 찌푸린 얼굴로 길게 숨을 뱉었다.

“난 망했습니다.”

“나아 참.”

같이 숨을 뱉은 서동수가 혼잣말처럼 말했다. 역시 이맛살이 찌푸려져 있다.

“권불십년이라고, 몇 년 지나면 다들 물러날 텐데 왜들 미련을 못 버리고 있는지…….”

집으로 들어선 김광도가 주춤 멈춰 섰다. 저절로 숨이 들이켜졌고 몸이 굳어졌다. 주방에 장현주가 서 있었기 때문이다. 오전 5시 반, 일을 끝내고 집으로 돌아온 참이다. 고기 냄새가 맡아졌다. 갈비를 굽고 있었던 것 같다. 그때 장현주가 말했다.

"식사 차려 드릴게요. 씻고 오세요."

10년쯤 같이 산 것처럼 말했지만 시선은 내려졌다. 손에 젓가락을 들고 있는 것도 어색하다. 그때야 어깨를 늘어뜨린 김광도가 다가가 세 걸음쯤 앞에 섰다. 그날 밤, 김광도는 장현주를 부산호텔 앞에 내려 주고 돌아왔다. 돈이 없을 것 같아서 5,000달러를 주었더니 장현주는 아무 말 없이 받았다. 그것이 일주일 전이다.

"뭐, 부담 느낄 것 없는데…."

김광도가 조금 으스대는 표정으로 말했다. 어깨가 치켜졌다가 내려갔고 배가 내밀어졌다.

"그때 내가 말했던 것처럼 다 끝났으니까 도장 찍어줄 용의도 있고."

오늘 낮에 부산호텔 108호실로 노숙자 차림의 가족 넷이 들어섰다. 바로 장현주의 가족이 북한에서 온 것이다. 방한복을 준비하지 못해서 경비대에서 구해준 낡은 방한복을 똑같이 입은 넷이 방 안으로 들어간 후에 울음소리가 한참 동안이나 들렸다. 장현주의 어머니, 오빠, 올케, 그리고 조카다. 그때 몸을 돌린 장현주가 가스레인지 불을 끄더니 다시 김광도를 보았다. 이제는 조금 차분해졌고 눈동자도 흔들리지 않는다.

"우리 식구 넷을 어떻게 하죠? 당분간 이곳에서 살게 하면 안 될까요?"

그러고 보니 부산호텔은 1급이다. 하루 숙박비가 250달러다. 눈만 치켜뜬 김광도에게 장현주가 말을 이었다.

"우리 둘은 실크로드 방에서 자고요. 괜찮겠죠?"
"그럼 섹스는 어떻게 하고?"
정색한 김광도가 묻자 장현주가 준비하고 있었던 것처럼 대답했다.
"이번에 가게 증축 작업을 할 때 40피트 하나만 더 놓죠. 지금 숙소는 사무실로 쓰고요."
"그럼 오늘 밤이 이 집에서 마지막 섹스가 될 건가?"
머리를 기울였던 김광도가 생각났다는 표정을 지었다.
"그러고 보니 여기선 안 했구먼."
"고마워요."
"아직 해주지도 않았는데 뭘."
"나, 잘할게요."
"당신 몸은 괜찮았어, 나하고 궁합도 맞고."
"오빠도 좀 취직시켜 주세요."
"오늘 밤 세 번만 해주면 고려해보지."
"네 번도 좋아요."
마침내 끌려든 장현주가 얼굴을 펴고 웃었다.
"역시 남조선 남자들은 속물이야."
"임기응변이 탁월하지."
"호텔에서 생각 많이 했어요."
"나하고 섹스 생각?"
"정 그렇게 하고 싶으면 지금 해요."
정색한 장현주가 한 걸음 다가와 섰다.
"밥 먹기 전에 해요?"
"좋지."

다가선 김광도가 장현주의 허리를 당겨 안았다. 그때 장현주가 김광도의 목에 팔을 감으면서 말했다.

"키스부터."

김광도가 머리를 숙였을 때 하반신을 딱 붙인 장현주가 속삭였다.

"애무 오래 해줘요. 그냥 막 넣지만 말고."

"이 여자, 선수로군."

그러나 김광도는 안다. 장현주는 말만 선수다.

"하 동무가 내 애인인 줄 아시지요?"

불쑥 서동수가 물었으므로 박영진이 정색했다. 커피 잔을 내려놓던 하성숙이 하마터면 커피를 엎지를 뻔하더니 비틀거리며 비켜섰다. 오전 9시 반, 초대소의 응접실에 서동수와 박영진이 마주앉아 있다. 박영진이 서동수를 공항으로 배웅하려고 나온 것이다. 박영진이 고개를 돌려 옆에 선 하성숙을 보았다. 하성숙은 이미 얼굴이 새빨갛게 달아올랐다. 어젯밤에 둘은 애욕의 시간을 보낸 것이다. 하성숙은 적극적으로 받아들였고 수없이 터졌다. 애정의 감정이 적더라도 열성을 다해 주는 몸은 감동을 준다. 이윽고 박영진의 주름진 얼굴에 웃음이 떠올랐다.

"예, 압니다, 장관 동지."

"하 동무를 한랜드로 보내 주시지요."

서동수가 진심 어린 표정으로 박영진을 보았다.

"하 동무 가족하고 같이 말씀입니다."

"그러지요."

박영진이 선선히 고개를 끄덕였다.

"열흘 안에 보내겠습니다."

"감사합니다."

손목시계를 본 서동수가 자리에서 일어서며 하성숙을 보았다.

"그럼 열흘 후에 한랜드에서 보자."

목이 메인 하성숙은 머리만 숙이고는 입을 열지 못했다. 머리를 든 하성숙의 볼에는 눈물이 흘러내리고 있다. 밖으로 나온 서동수는 다시 박영진과 승용차의 뒷좌석에 나란히 앉아 공항으로 향했다.

"장관 동지, 어젯밤에 위원장 동지께서 다 말씀해 주셨습니다."

차가 초대소 정문을 나왔을 때 박영진이 가라앉은 목소리로 말했다.

"이왕 이렇게 됐으니 다 말씀드리라고 위원장 동지께서 지시하셨습니다."

"……."

"2년 후의 연방대통령 선거 작전은 순조롭게 진행 중이었지요. 우리는 충분히 승산이 있었습니다."

박영진이 길게 숨을 뱉었다. 60대 후반의 박영진은 김동일의 최측근이다. 호위총국 사령관이며 국방위 부위원장, 이제 차수(次帥)다. 북한의 치열한 권력투쟁에서 지금까지 버티고 있는 것은 김동일의 각별한 신임 덕분이다. 박영진이 말을 이었다.

"우리는 남조선 내부의 반(反)정부 세력들과 연대해 연방대통령 선거를 치를 작정이었지요. 그런데 장관께서 후보가 되시는 바람에 차질이 생겼습니다."

"……."

"조심하셔야 됩니다. 북조선 내부의 강경파, 과잉 충성자들이 장관님을 공격할 가능성도 있으니까요."

그제야 서동수는 공항으로 향하는 차량 대열에 경호차가 수십 대 따라붙어 있는 것을 보았다. 서동수가 입맛을 다시고는 의자에 등을 붙였다.

"한랜드에도 신(新)공산당 조직이 뿌리를 내리려다가 이번에 좌절됐지요. 당분간 막을 작정입니다."

"당분간이라고 하셨습니까?"

박영진이 묻자 서동수는 고개를 끄덕였다.

"한랜드 기반이 굳어지면 놔둘 겁니다. 국가 전복 세력만 아니라면 막을 필요가 없습니다."

"……."

"어차피 연방은 한국당과 공산당 양당 체제로 운영될 것 아닙니까?"

그것이 미국의 공화당, 민주당 체제와 비슷하게 될지도 모른다. 그때 박영진도 의자에 등을 붙이더니 눈을 가늘게 떴다.

"하긴 다 포용해야겠지요."

박영진이 머리를 돌려 서동수를 보았다.

"그러고 보면 장관께서 적임이십니다."

박영진은 그 이유는 말하지 않고 입을 다물었다.

"서두르지 마."

왕춘이 낮은 목소리로 말했다.

"서두르면 멀리 보지 못한다. 차근차근 쌓아가는 거다."

이곳은 한랜드 서남쪽의 주택가. 이제는 통나무를 가져다가 단단하게 짓는 주택이 유행이어서 이곳도 이층 통나무 저택이다.

밀집된 주택지역으로 마치 펭귄 떼가 추위를 피해 몰려 있는 것처럼 보인다고 '펭귄촌'으로도 불린다. 이 펭귄촌이 중국인들의 집단 거주지가 되었다. 중국인들이 하나둘씩 짓기 시작하다가 집단촌이 된 것이다. 왕춘의 앞에 앉은 우장이 찌푸린 얼굴로 말했다.

"대형, 러시아 놈들이 올해 카지노를 4개 허가받았는데 우린 고작 2개요. 한국이 3개, 이런 식으로 가면 우린 밀립니다. 다른 방법을 써야 됩니다."

한랜드에는 엄청난 투자가 쏟아지고 있었는데 유흥, 관광산업이 대부분이다. 그중에서 카지노가 가장 호황으로 세계 각지에서 몰려온 도박꾼들로 성황을 이루고 있다. 그러나 카지노 주변은 온갖 불법, 부정이 성행했고 마약과 매춘이 끼어들었다. 그만큼 이윤이 많은 사업이기 때문이다. 응접실 소파에 둘러앉은 사내는 셋, 그중 말석에 앉은 사내가 입을 열었다.

"어제 제 정보원한테서 재미있는 이야기를 들었습니다. 일본 놈들이 엄청난 물량의 마약을 들여왔다는 것입니다."

왕춘과 우장의 시선을 받은 사내는 선더, 우장의 부하로 한랜드에 가장 먼저 들어와 기반을 잡았다. 체격이 크고 무표정한 얼굴, 말을 할 때도 입술이 움직이는 것 같지가 않다. 우장의 행동대장이다. 선더가 말을 이었다.

"그런데 한국 조직하고 같이 마약장사를 한다는군요. 판매는 한국 조직이 맡고 이익금을 절반씩 나누기로 했답니다."

"북한 놈들이 마약 들여왔다가 박살이 났는데."

우장이 힐끗 왕춘을 보았다. 그것은 왕춘도 알고 있는 사실이다.

"하긴 한국 조직들도 한랜드 정부에서 밀어주는 김광도한테 눌리는 상황이지."

"재미있군."

이윽고 왕춘이 입을 열었다. 눈을 가늘게 뜬 왕춘이 선더를 보았다.

"그 소문, 역공작일지 모른다. 러시아나 김광도 조직에서 야쿠자, 한국 조직들을 씹으려고 내놓은 소문."

"네, 그것도 계산하고 있습니다."

"그런데 그게 사실이라면 재미있다."

왕춘의 목소리에 열기가 올랐다.

"야쿠자하고 미국 마피아가 손을 잡았다던데 미국 놈들이 쏙 빠져 있는 것도 수상하고."

"예, 부회장님."

"우리 속담에 불이 크게 날수록 줍는 것이 많다고 했다."

처음 듣는 말이었지만 선더는 물론이고 우장도 경청했다.

"잘만 되면 불이 크게 나겠다."

"부회장님."

선더가 무표정한 얼굴로 왕춘을 보았다.

"이건 제 생각입니다만, 미국이 그 배후에 있는 것 같습니다."

"마피아가?"

"예, 미국 정부기관하고 말입니다."

우장은 이맛살을 찌푸렸고 왕춘의 동공이 흐려졌다. 한랜드는 세계 열강의 각축장이나 같다. 마치 꿀에 벌레가 꼬이듯이 다 몰려왔다. 러시아, 미국, 일본, 중국 세계 4대 강국이 한랜드라는 한민족의 동토에 몰려와 주도권 다툼을 한다. 각각의 조직을 내세운 대리전 양상이다. 이윽고 왕춘이 다시 알쏭달쏭한 문자를 썼다.

"이이제이(以夷制夷), 오랑캐로 오랑캐를 치는 거다."

오후 10시 반, 한시티 중심부의 '서울클럽' 안이다. 홀을 가득 메운 손님 대부분은 관광객들로 중국인이 절반 이상, 나머지는 일본, 미국인 순이다.

"중국인 비율이 줄어들고 있어요."

클럽 사장 안영호가 백진철에게 보고했다.

"두어 달 전만 해도 3분의 2 정도가 중국인이었습니다."

"이게 정상이오."

콜라 잔을 쥔 백진철이 소음이 컸으므로 소리쳐 말했다. 한강회 부회장인 백진철은 김광도를 보좌하는 핵심 측근이다.

안영호도 한강회 회원으로 북한에서 백화점 지배인을 지낸 경력자다. 한강회는 이제 탈북군인뿐만 아니라 북한과 남한 출신까지 모두 가입시켰기 때문에 회원이 4,000여 명으로 늘어나 한랜드에서는 가장 큰 사조직이 되었다. 한 모금 콜라를 삼킨 백진철이 자리에서 일어섰다.

"나, 화장실 다녀올게."

옆자리의 고기수에게 말한 백진철이 서둘러 안쪽 화장실로 다가갔다. 서울클럽은 김광도의 사업장 중 하나로 종업원이 270여 명, 룸이 25개에 플로어가 100평쯤 되는 통나무, 시멘트 혼합 건물이다. 이제 초기의 컨테이너 가게를 대부분 탈피하고 있다. 블라디보스토크에서 한랜드까지 철도와 고속도로가 개통된 덕분으로 물자 수송이 몇 배나 단축되었기 때문이다. 백진철이 손님들 사이로 사라졌을 때 안영호가 고기수에게 물었다.

"대장 없는 사이에 위스키 한 잔 줄까?"

"아이고, 됐습니다."

놀란 고기수가 손까지 저었다.

"근무시간에 술 마셨다가는 잘립니다."

고기수는 백진철의 경호원이다. 김광도의 지시로 백진철은 9시부터 새벽까지 업소를 돌아보는데 이제는 하룻밤에 다 끝내지 못한다. 업소가 26개나 되어서 이틀에 한 번꼴로 들르게 되었다. 고기수가 손목시계를 보고는 안쪽을 힐끗거렸다. 갈 시간이 된 것이다. 그때였다. 손님들을 헤치고 종업원이 달려왔는데 다급한 눈이다. 그것을 본 안영호가 이맛살을 찌푸렸고 군 출신 고기수는 자리에서 일어섰다. 그때 넘어질 듯이 앞에 선 종업원이 소리쳤다.

"큰일 났습니다! 부회장님이…."

말이 끝나기도 전에 고기수는 화장실 쪽으로 달려갔고 안영호도 뒤를 따른다. 화장실 앞으로 달려간 고기수는 이미 사람들이 밖에 몰려서 있는 것을 보았다. 종업원 하나가 필사적인 얼굴로 문 앞에 지켜 서 있다가 달려온 고기수를 보자 비켜섰다. 뛰어든 고기수는 바닥에 누워 있는 백진철을 보았다.

"읔."

고기수의 입에서 저절로 신음이 터졌다. 백진철의 이마에 아이 주먹만 한 구멍이 뚫려 있었기 때문이다. 눈을 치켜뜬 백진철은 이미 생명체가 아니다. 군 출신의 고기수는 백진철이 뒤에서 총격을 받았다는 것을 알 수 있었다. 총탄이 이마로 빠져나오면서 큰 구멍을 낸 것이다. 소변을 보는데 뒤에서 쏘았다. 머리를 든 고기수가 소리쳤다.

"내무부에 신고해!"

문 앞에서 얼쩡거리는 종업원에게 다시 소리쳤다.

"화장실 출입을 막아라!"

고기수는 주머니에서 휴대전화를 꺼내 쥐었다. 이제 김광도에게 보고를 하려는 것이다. 한강회 부회장이 암살을 당한 상황이다. 손이 떨렸으므로 고기수는 심호흡부터 하고 나서 버튼을 눌렀다. 신호음이 세 번 울렸을 때 김광도가 밝은 목소리로 응답했다.

"여보세요."

"회장님, 부회장이 총에 맞았습니다."

문을 닫은 화장실 안에서 피 냄새가 맡아졌다.

한랜드 내무부장 안종관은 신의주 개발부터 참여한 안보, 내정(內政) 전문가다. 오전 10시 반, 한랜드 행정청의 장관실에 앉아 있는 안종관의 표정은 어둡다.

"용의자는 많습니다."

안종관이 서류를 펼치면서 말했다.

"백진철은 김광도의 최측근으로 한국조폭의 적이었지요. 또한 중국이나 러시아 쪽에서도 위험한 상대였습니다."

서동수가 머리를 끄덕였다. 그러나 누구든 김광도를 직접 치지는 못할 것이었다. 그것은 한랜드에 대한 도전이 될 테니까. 김광도의 오른팔이며 북한 세력을 이끌고 있는 백진철을 제거해서 조직에 치명상을 입히는 방법을 택했다. 안종관이 말을 이었다.

"요즘 강력사건이 많아졌습니다. 러시아와 중국인 거주 지역에서 살인사건이 자주 일어나고 마약 사범이 늘어나고 있습니다."

서류에서 시선을 뗀 안종관이 서동수를 보았다.

"마약에 손을 대지 않는 조직은 김광도 조직 하나뿐인 것 같습니다."

마약은 지난번 북한산을 근절시켰어도 다시 번지고 있다. 러시아 조직도 겉으로는 거래하지 않는 것처럼 보였으나 여러 번 하부 조직원이 마약 거래를 하다가 적발되었다. 중국인 집단 거주지인 펭귄촌은 아편촌이라고도 불릴 정도였다. 추위와 일에 지친 중국인들이 집에 들어가면 아편을 맞고 쉰다고들 했다. 서동수가 머리를 끄덕이며 물었다.

"그럼 한강회는 어떻게 되는 겁니까?"

"김 사장이 사건이 일어난 후에 부회장으로 보좌역이었던 조창복을 임명했습니다."

안종관이 다시 서류를 보았다.

"조창복은 지난달에 밀입국했는데 북한군 대좌 출신입니다. 탈북해서 중국에 2년쯤 살다가 가족과 함께 한랜드로 이주했습니다."

"거물급이군."

"50세로 나이도 지긋합니다. 백진철이 김광도에게 보좌역으로 추천했습니다."

한강회는 김광도의 사업뿐만 아니라 한랜드의 질서 확립에 필요한 조직인 것이다. 안종관이 사무실을 나갔을 때 서동수가 휴대폰을 들고 버튼을 눌렀다. 신호음이 울리더니 곧 김광도의 목소리가 들렸다.

"예, 장관님."

"응, 난데. 지금 어딘가?"

"예, 어젯밤에 일이 좀 있어서요…."

"알고 있어. 그것 때문에 전화한 거야."

"예, 장관님."

"보고 받았는데, 자네도 조심해야 돼."

"감사합니다, 장관님."

"자네 기반이 굳어져야지 한랜드가 건강하게 발전하네."

"명심하겠습니다."

"곧 조사 결과가 나오겠지만 새로 임명한 부회장, 한랜드에 적합한 인물인가?"

"저기…."

헛기침을 한 김광도가 말했다.

"조창복 씨는 북한군 대좌 출신으로 반란모의 혐의를 받자 가족과 함께 탈북한 것으로 알려져 있습니다."

"……."

"그런데 저한테 그러더군요. 국경 경비대에서 마약 밀매 사업을 하다가 발각이 되어서 도망쳤다는 것입니다."

"……."

"정직했고 통솔력도 있어 보이는데다 마약관계 사업도 잘 알고 있는 것 같아서 부회장을 맡겼습니다."

"잘 했어."

마침내 숨을 들이켠 서동수가 말했다.

"그렇게 사람을 포용하는 거야. 결함 없는 사람은 없어. 그리고 마침 적소에 적재를 고용했구먼."

<끝>

초판 1쇄 : 2016년 3월 20일

지은이 : 이원호
펴낸이 : 박경미

펴낸곳 : 도서출판 황금물고기
등록일자 : 2003년 12월 5일
등록번호 : 제2013-000213호
주소 : 서울시 마포구 모래내로 83 (성산동, 한올빌딩 6층)
전화 : 02 • 326 • 3336
팩스 : 02 • 325 • 3339
e-mail : raindropis@hanmail.net

ISBN 978-89-94154-52-7 (04810)
ISBN 978-89-94154-49-7 (세트)